W0380134

Mila Lippke, geboren 1972, lebt in Köln. Nach ihrem Studium der Theater-, Film- und Fernsehwissenschaften arbeitet sie heute als Fernsehautorin. »Mehr zu fürchten als den Tod« ist ihr erster Roman.

Dieses Buch ist ein Roman. Handlungen und Personen sind frei erfunden. Ähnlichkeiten mit lebenden oder toten Personen sind rein zufällig.
Einige zeitgenössische Begriffe und Phänomene, die sich nicht aus dem Text selbst erschließen, werden im Anhang erläutert.

Mila Lippke

Mehr zu fürchten als den Tod

Emons Verlag

© Hermann-Josef Emons Verlag
Alle Rechte vorbehalten
Umschlagzeichnung: Heribert Stragholz
Druck und Bindung: Clausen & Bosse GmbH, Leck
Printed in Germany 2004
ISBN 3-89705-334-9

www.emons-verlag.de

»So vergehen die Jahre, junge Jahre,
in diesem verfluchten Lande.«
Inschrift in einer Zelle des El-De-Hauses,
des ehemaligen Kölner Gestapo-Gefängnisses.

»Den Haien entrann ich
Die Tiger erlegte ich
Aufgefressen wurde ich
Von den Wanzen.«
Bertolt Brecht »Epitaph für M.«

1

»Los, Polacke! Arbeite!«

Einer der deutschen Vorarbeiter, die die Straßenreparaturen überwachten, brüllte Kolja an.

»Schneller! Wird's bald, oder muss ich nachhelfen?«

Trotz der offenen Blasen an seinen Handflächen packte er den Griff der Schaufel fester. Mit letzter Kraft rammte Kolja den Spaten in die gefrorene Erde, um sie zu lockern und in den Krater neben seinen Füßen zu schütten. Jeder Muskel war angespannt, dennoch gelang es ihm nicht, mehr als einen kleinen Klumpen abzustechen. Wieder trieb er die Schaufel in den Erdhaufen. Aus sämtlichen Poren triefte der Schweiß, der sich in der bitterkalten Dezemberluft sofort in Eistropfen verwandelte. Schwarze Punkte tanzten vor seinen Augen. Es gab nur eine Möglichkeit, nicht zusammenzuklappen. Er musste den Schutt kräftesparend in das Loch füllen, das eine Bombe vor ein paar Nächten in die Fahrbahn gerissen hatte, und zwar so, dass seine Bewacher nicht bemerkten, wie langsam er war.

Kolja sah nach oben zum ewig grauen Himmel. Eine Taube flog über ihn hinweg und steuerte eine Dachluke in einem nahe gelegenen Wohnhaus an. Er beneidete den Vogel, der frei war zu fliegen, wohin er wollte, und der einen Ort hatte, zu dem er jederzeit zurückkehren konnte.

Etwas traf ihn am Rücken. Ein Stein. Er fuhr herum. Ein paar Jungen in Uniform bewarfen ihn und die anderen Männer und lachten dabei fröhlich.

»Polacke, Polacke, stinkt nach Kacke!«, johlten sie.

Die Bewacher taten nichts dagegen. Kolja spürte Wut in sich aufsteigen. In Polen hätte er den kleinen Anführer gepackt und sich mit ein paar Ohrfeigen Respekt verschafft. Hier aber blieb ihm nur die Hoffnung, dass die Kinder von selbst aufhörten.

»Heinzi! Heinz! Was fällt dir ein? Lass das sofort sein!« Es war die Stimme eines Mädchens. Kolja wandte sich in ihre Richtung, und er sah in ihre Augen.

Marie war entsetzt. Was konnte ihr Bruder nur für ein gemeiner Kerl sein. Sie packte ihn am Ärmel, als er zu einem weiteren Steinwurf ausholen wollte. Heinzi hatte auf den Polen gezielt, der ihm am nächsten war. An seinem zufriedenen Grinsen konnte sie sehen, wie viel Spaß ihm sein Spiel machte. Das ärgerte sie. Die Polen waren zwar die Feinde der Deutschen, aber das war noch lange kein Grund dafür, einen Schwächeren zu quälen.

Als sie in das Gesicht des Polen blickte, erschrak sie. Er war noch jung, doch die dunklen Augen hätten von einem alten Mann, von ihrem Opa, sein können. Sie sahen unfassbar traurig aus. Mitleid stieg in ihr auf. Rasch zog sie Heinzi hinter sich her ins Haus Thürmchenswall Nummer 11.

Wie auf Bestellung erschien der quadratische Kopf der Blockwartin auf der zweiten Etage: »Ist was passiert?«

Marie beachtete sie nicht, sondern schimpfte auf ihren Bruder ein.

»Aua, lass mich los. Du tust so, als ob ich noch in der Kükenschar wär und du mich rumkommandieren kannst. Ich bin kein kleines Kind mehr.« Heinzi setzte sich zur Wehr.

»Dann verhalt dich nicht so und hör auf, mit Steinen zu schmeißen.«

»Reg dich ab. Das sind doch Untermenschen, Schmarotzer, Parasiten.«

»Na und? Auch wenn es Untermenschen sind. Du brauchst ihnen trotzdem nicht wehzutun, kapiert!«

Auf der Treppe begegnete ihnen der Opa. Er war mal wieder oben bei seinen Tauben gewesen. Stunden verbrachte er in der Gesellschaft der Vögel und redete mit ihnen.

»Wer ist ein Untermensch?«, fragte Opa mit deutlich vernehmbarer Wut.

»Die Polacken natürlich«, entgegnete Heinzi wie aus der Pistole geschossen, »die sind fast so schlimm wie die Juden.«

Sie waren oben in der stickigen Küche angelangt. Das Ofenrohr zog nicht mehr richtig, und die Wände waren mit einem schwärzlichen Film aus Ruß überzogen. Nur das Hitlerbild, das direkt neben dem Kreuz über dem Küchentisch hing, strahlte vor Sauberkeit, weil Heinzi es tagtäglich mit seinem Ärmel wienerte.

»Was weißt du von Polen oder Juden? Die sind nicht besser oder schlechter als wir.« Opa bekam rote Flecken im Gesicht, als er das sagte.

»Ich weiß genug von denen. Die sind den Tieren ähnlicher als uns«, redete Heinzi sich in Fahrt. Die Mutter saß am Küchentisch.

»Vorsicht, Vater, sei nicht so laut. Wenn dich die Nachbarn hören«, mahnte sie.

Was auch immer Opa sagen wollte, er schluckte es hinunter. Leider tat Heinzi es ihm nicht nach: »Du wirst noch sehen, was du von deinem bolschewistischen Geschwätz hast.«

Obwohl Marie ihn kräftig in die Seite boxte, schob er den Unterkiefer entschlossen hervor und fügte hinzu: »Das ist Verrat an unserem Führer.«

Das war immer Heinzis letztes Argument. Er sagte es so, als sei er der direkte Nachkomme Hitlers, nahm Haltung an, und seine Augen bekamen diesen ganz besonderen Glanz.

*

Durch den Sack voll schimmelndem Stroh, auf dem er lag, fühlte Kolja die Kälte aufsteigen. Selbst für Dezember war es ausgesprochen eisig. In dieser Nacht würden seine verschwitzten Sachen wieder nicht trocknen. Am nächsten Morgen würde er notgedrungen die klammen Kleider überziehen. Vor drei Tagen erst waren sie ihm draußen auf der Straße am Körper gefroren. Eigentlich mussten er und die anderen Männer in der Holzhandlung schuften, in der man sie untergebracht hatte. Seit dem Bombeneinschlag aber, der ihr Lager nur um wenige Meter verfehlt hatte, waren sie kurzerhand zu den Reparaturarbeiten herangezogen worden.

Kolja erhob sich schwerfällig und suchte die Pferdedecke, die ihm als Schlafzeug diente, wie jeden Abend nach Ungeziefer ab. Eigentlich war es ein hoffnungsloses Unterfangen, denn seine Arme und Beine waren bereits von Wanzenbissen übersät. Er konnte seine Sachen noch so häufig von innen nach außen wenden, er wurde nicht einmal die Kleiderläuse los. Sie schienen aus den Ritzen der Holzbaracke in Scharen auf ihn zu springen. Viele der Bisse und Stiche hatten sich entzündet und juckten vor allem nachts so sehr, dass er fast wahnsinnig davon wurde. Gerne wäre Kolja in einer schlaflosen Stunde, wenn das Ungeziefer ihn wieder einmal quälte und der Hunger ihn wach hielt, durch die Stadt spaziert, doch die Bewacher hatten das Tor der Holzhandlung abgesperrt. Er konnte nicht raus aus dieser zugigen Baracke, während die deutschen Vorarbeiter nebenan im Büro im Warmen saßen. Deutlich sah er sie vor sich, wie sie in diesem Moment dicke Scheiben von seiner Wurst schnitten. Vorhin hatten sie ihm einen Brief von seiner Mutter gegeben. Darin schrieb sie, sie hoffe, ihm würde die Wurst schmecken. Die hatte er gar nicht erst zu Gesicht bekommen. Nichts als Suppe und Brot bekam er hier und musste dafür von seinem kargen Lohn auch noch hohe Summen für Unterbringung und Verpflegung zahlen. Seine Augen brannten, als er daran dachte, wie die Mutter mühsam das Geld zusammengekratzt hatte, um ihm die Leckerei schicken zu können. Und das alles nur, damit die Wurst im Magen der Deutschen landete, die ihn so schlecht behandelten.

Kolja lieh sich einen Stift und kritzelte Buchstabe für Buchstabe auf einen Fetzen Papier. Schreiben gehörte nicht gerade zu seinen Stärken. Dabei hätte er so gerne schönere Worte gefunden als die, die ihm erst nach langem Nachdenken in den Sinn kamen. Wenn er nur die Schule länger hätte besuchen können.

»Liebe Mutter! Sei nicht betrübt. Mir geht es gut. Deine Wurst war sehr lecker. Bitte schick mir nichts mehr. Wir kriegen hier genug …«

Die Wassersuppe aus Kartoffeln und verfaulten Rüben, die er mittags im Stehen löffelte, und das harte Brot machten ihn einfach nicht satt. Es war nicht genug. Von der Wirklichkeit aber durfte er der Mutter nichts schreiben, sonst würde sie vor lauter Kummer nicht mehr schlafen können. Daher schwieg er lieber. Er schwieg über die Schläge, die Beleidigungen, den Schmutz und den Hunger. Irgendetwas musste er jedoch schreiben. Er kaute auf dem Stift herum, bis ihm endlich etwas einfiel: »Ich habe ein nettes Mädchen kennen gelernt.«

Das hörte sich gut an und entsprach fast der Wahrheit, auch wenn er sie nur ein Mal gesehen hatte. Immerhin hatte das Mädchen ihm geholfen. Nachdem sie mit dem Jungen im Haus verschwunden war, hatten die Kinder aufgehört, mit Steinen zu werfen. Das zählte. Und sie war sehr hübsch gewesen. Kolja sah ihr Gesicht vor sich. Was das Mädchen wohl von ihm gehalten hatte? Er wusste, dass sein Anblick nicht der beste war. Sein Hemd und seine Hose waren verdreckt und hingen an seinem dünnen Körper herunter.

»Träumst du mal wieder?«

Wladyslaw trat an sein Bett. Kolja lächelte. Wladyslaw war schon uralt; mindestens dreißig Jahre älter als er. Sein kurzes Haar war grau, und das Gesicht überzogen lauter Falten. Trotzdem war er im Lager Koljas bester Freund. Wenn ihn mal wieder Heimweh plagte, war es Wladyslaw, der ihm zuhörte und ihn mit Geschichten abzulenken versuchte. Er hatte viel zu erzählen. Zu Hause in Polen war er Bauer, doch als junger Mann hatte er seinen Traum von den sieben Weltmeeren Wirklichkeit werden lassen. Noch immer zeugten verblasste Tätowierungen von Ankern, Schonern und Meerjungfrauen auf seinen Armen davon. Wladyslaw hatte auf riesigen Schiffen angeheuert und war in den entferntesten Ländern gewesen. Dafür bewunderte ihn Kolja, der gerade mal bis zum Nachbardorf gekommen war, weiter nie, bis zu dem Tag vor acht Monaten, an dem die Männer ihn nach Deutschland verschleppt hatte.

Er hatte tief und fest geschlafen, als ihn die Schreie der Mutter weckten. Erschrocken hatte er die Augen geöffnet und geradewegs in das Gesicht eines Soldaten geblickt, der seinen Arm packte und ihn aus dem Bett zerrte. Dabei schlug sich Kolja den

Kopf am Boden auf. Es hatte bestimmt wehgetan, gleichwohl konnte er sich an den Schmerz nicht mehr erinnern, nur an seine Angst. Er schämte sich jetzt noch, wenn er daran dachte, wie er sich in die Hosen gemacht hatte. Angewidert ließ der Deutsche seinen Arm los. Er hatte etwas zu einem zweiten Soldaten gesagt, was Kolja nicht verstand. Dann spürte er einen Gewehrlauf an seinem Nacken. Jeden Moment konnte der Mann abdrücken. Das Gewehr stieß ihn von hinten in den Rücken und schob ihn in Richtung Tür. So wie er war, besudelt von Blut und Urin, musste er das Haus verlassen. Das Letzte, was er von seiner Mutter gehört hatte, war ihr Flehen: »Lasst mir doch meinen Jungen, meinen Kolja.«

Ein dumpfer Schlag, und sie verstummte. Er wollte sich nach ihr umdrehen, doch der kalte Stahl auf seiner Haut hielt ihn davon ab. Wie mit einem herbstlichen Nebelschleier verhangen waren seine Erinnerungen an das, was nun folgte. Die Deutschen hatten in den frühen Morgenstunden die Häuser umstellt. Er wurde mit vielen anderen Menschen aus seinem Dorf und aus den umliegenden Dörfern auf einen Lastwagen verfrachtet.

Während sie auf der Ladefläche hin- und hergerüttelt wurden, schmerzte die Wunde an seinem Kopf, und er konnte den durchdringenden Geruch seines eigenen Urins riechen. Vom Lastwagen aus brachte man sie in den Warteraum des nächsten Bahnhofs. Obwohl die Menschen um ihn herum wie Vieh zusammengepfercht waren, fühlte Kolja sich einsam. Vor denen, die er aus seinem Dorf kannte, versteckte er sich. In seinem erbärmlichen Zustand wollte er nicht gesehen werden. Plötzlich fühlte er, wie ihn etwas am Kopf berührte. Er fuhr hoch. Vor ihm hockte ein großer Mann mit Oberarmen so breit wie der Rücken eines Kalbes. Mit einem Tuch tupfte er Kolja das Blut vom Gesicht. Das war seine erste Begegnung mit Wladyslaw gewesen.

»Danke, ich komm schon klar. Ist nur 'ne Platzwunde.« Er spürte, wie er rot anlief.

»Pass auf, dass da kein Dreck reinkommt. Sonst entzündet sich das.«

»Ach was. Das sieht schlimmer aus, als es ist.«

Kolja wünschte sich, der Mann würde ihn in Ruhe lassen. Dass er sich so kindisch verhielt, war schlimm genug. Er konnte dabei keinen Zuschauer gebrauchen. Der Riese hatte mit den Schultern gezuckt und ihm seine Pranke hingehalten: »Wenn du meinst. Ich bin Wladyslaw.«

Er traute sich nicht, die Hand auszuschlagen.

»Ich bin Kolja.«

Der Riese drückte zu. Er hatte einen dermaßen festen Händedruck, dass Kolja schon fürchtete, seine Finger könnten brechen. Gerade noch rechtzeitig ließ Wladyslaw wieder los.

»Schön, dich kennen zu lernen, Kolja. Auch wenn ich mir 'ne nettere Gelegenheit dafür vorstellen könnte.« Er streckte sich neben ihm aus: »Wie alt bist du eigentlich?«

»Sechzehn. Vor einer Woche war mein Geburtstag.«

»Glückwunsch! Verdammt jung, wenn du mich fragst.«

Wladyslaw holte einen Kanten Brot aus seiner Jackentasche. Kolja merkte, wie sein Magen bei diesem Anblick zu knurren anfing. Er hätte sich am liebsten dafür geohrfeigt. Der Ältere lachte gutmütig, brach eine Hälfte ab und reichte sie ihm. Erst wollte Kolja das Brot nicht nehmen, dann siegte sein Hunger über seinen Stolz. Große Stücke biss er von der dunklen Kruste ab und schlang sie unzerkaut hinunter. Als er sich halbwegs satt fühlte, wagte er einen Seitenblick auf den Riesen. Wladyslaw wirkte selbst im Sitzen stark und unbeugsam. Es tat gut, jemand so Kräftigen in seiner Nähe zu haben.

»Sag mal, hast du mitbekommen, über was wir gerade geredet haben?« Wladyslaw ließ sich neben Kolja auf der schimmeligen Strohmatratze nieder.

»Nein, ich hab nachgedacht ...«

»Ich beneide dich um deine Träume, Kolja, ehrlich. Wenn ich an meine Valeska denke, kann ich mich kaum an ihr Gesicht erinnern. Stattdessen fallen mir die Nazis ein. Und das ist wahrlich kein hübscher Anblick.« Wladyslaw spuckte auf den Boden.

Kolja wusste, dass er die Deutschen von ganzem Herzen hasste. Der Freund fuhr flüsternd fort: »Wir wollen weg. Wenn wir länger hier in Köln bleiben, prügeln uns die Nazis zu Tode. Oder wir sterben vor Hunger und Kälte.«

Tadeusz war bereits gestorben. Vorher waren seine Knie seltsam angeschwollen, und er hatte dicke Beine bekommen, aber nicht vom Fett, sondern vom Hunger. Und nicht nur der Hunger konnte ihnen den Tod bringen. Sie hatten keinerlei Schutz vor den Bomben, die vom Himmel fielen. Wenn die Sirenen heulten, zogen sie sich die Decke über den Kopf und versuchten weiterzuschlafen, um am nächsten Tag nicht vor Erschöpfung zusammenzubrechen.

An dem, was Wladyslaw sagte, war etwas dran. Doch was er ihm jetzt erzählte, das konnte Kolja kaum glauben. In der nächsten Nacht wollten die Männer aus dem Lager fliehen, zurück nach Hause, nach Polen.

*

Marie ging in den Keller, um für die Mutter Kohlen zu holen. Den leeren Eimer hielt sie in der rechten Hand, während sie mit der anderen am Geländer entlangfuhr. Sie grübelte über den merkwürdigen Traum von letzter Nacht nach. In ihm war sie über eine Wiese getanzt, auf der unzählige Blumen wuchsen. So schön sie auch aussahen und so verführerisch sie dufteten, hatten sie dennoch versucht, Marie festzuhalten und zum Stolpern zu bringen. Wie kleine Fangarme streckten sie ihre Blätter nach ihr aus. Sie sprang immer höher, um nicht festgehalten zu werden. Allmählich war ihr der Atem ausgegangen. Als sie schon glaubte, aufgeben zu müssen, hatte sie ein silbern schimmernder Vogel mit seinem Schnabel aufgenommen. Sekunden später schwebte sie hoch oben in der Luft. Die schreckliche Wiese wurde kleiner und kleiner. Die Taube setzte sie am Waldrand ab. Sie wollte sich für ihre Rettung bedanken und blickte in die seltsamen Augen des Vogels. Es waren Menschenaugen. Dann war Marie aufgewacht. Ihr Herz hatte heftig geschlagen.

Um zum Kohlenkeller zu gelangen, durchquerte sie den Luftschutzraum. Dort bemerkte sie Horst Janz, der sich an der Verbindungstür zum Nachbarkeller aufhielt. Sie mochte Janz nicht und vermied es, sich länger als unbedingt nötig mit ihm in einem Raum aufzuhalten. Mit einem beiläufigen »Guten Morgen« grüßte sie ihn.

Janz zuckte zusammen und drehte sich um. Als er sie erkannte, schnauzte er unfreundlich: »Heil Hitler, Fräulein Bimmermann.« Dabei rasselte er mit dem Schlüssel in seiner Hand, als wolle er seine Worte rhythmisch unterstreichen. Sie beeilte sich, ein »Ja, Heil, äh, Hitler!« zu stottern. Mit einem Angehörigen der Gestapo legte man sich besser nicht an, zumal sie wusste, dass sich Janz' Abscheu ihrem Opa gegenüber auf die ganze Familie erstreckte.

»Ich hab eine Jacke, die genäht werden muss. Bring die deiner Mutter.« Sein Befehlston und die Art, wie er den Schlüssel, der an einer silbernen Kette hing, in der Luft herumwirbelte, provozierten Marie beinahe zu einer patzigen Antwort. Gerade noch rechtzeitig schluckte sie sie hinunter. Ein Raubtier reizte man besser nicht. Genau so sah Janz aus mit seinen raspelkurz geschnittenen Haaren. Er hatte rot geäderte Augen, und die Nase war klein und platt.

Widerwillig wartete sie, bis Janz mit ihr hochgegangen war und die Jacke aus seiner Wohnung geholt hatte. Sie vermutete, dass er sich extra viel Zeit dabei ließ. Trotz des schweren Kohleneimers nahm sie zwei Treppenstufen auf einmal in den dritten Stock hinauf. Sie stellte die Kohlen in der Küche ab, verabschiedete sich von Opa und ihrer Mutter, der sie die Jacke in die Hand drückte, und war schon wieder draußen. Auf ihrem Weg nach unten hörte sie eine erregte Stimme durch das Treppenhaus schallen. Im Erdgeschoss stand jemand vor Janz' Wohnungstür.

»Du bist und bleibst ein elender Kretin!« Der Unbekannte hatte eine durchdringende Stimme. Er war von korpulenter Gestalt und schien äußerst gereizt zu sein. Von ihrem Platz aus konnte Marie nur sehen, dass Stoff und Schnitt seines Mantels sehr kostspielig wirkten. Sie beugte sich weit über das Geländer.

»Hau ab! Verschwinde!« Das war Janz.

»Du erträgst meinen Anblick nicht, ja? Weißt du, warum? Weil er dich an ...«

In diesem Moment fiel Marie ein Groschen aus der Tasche. Er traf mit einem lauten Scheppern auf dem Boden im Erdgeschoss auf. Sie duckte sich. Dennoch war sie davon überzeugt, dass die Männer sie bemerkt hatten. Sie verstummten sofort. Kurz darauf knallte jemand die Haustür so zu, dass das Geländer wackelte. Erst als Marie auch Janz' Wohnungstür zuschlagen hörte, wagte sie sich aus ihrem Versteck.

Sie fürchtete, zu spät zur Arbeit zu kommen. Es war wohl das Beste, das Fahrrad zu nehmen. Es war nicht ihr eigenes Rad, aber seit Herr Brand im Krieg war, durfte sie seines in Notfällen benutzen. Das hier war eindeutig ein Notfall, entschied sie. Als sie in den Hinterhof trat, blieb sie wie angewurzelt stehen. Ein Fremdarbeiter erleichterte sich gegen die Wand. Anschließend zog er seine Hose hoch und band sie mit einem Seil anstelle eines Gürtels fest.

Marie wich einen Schritt zurück und überlegte, ob sie um Hilfe rufen sollte. Schließlich kannte sie furchtbare Geschichten über die Gräueltaten, die die Polen an unschuldigen Deutschen verübten. In der Schule hatte der Lehrer der Klasse die Minderwertigkeit der slawischen Rasse erläutert. Dieser Pole war einer der Barbaren, die nicht einmal davor zurückschreckten, Frauen und kleine Kinder zu massakrieren, und sie war ganz allein mit ihm.

Der Mann drehte sich um. Sie öffnete den Mund, doch gerade, als sie Luft zum Schreien holen wollte, hielt sie in der Bewegung inne. Der, der da vor ihr stand, war der junge Pole mit den alten Augen. Es waren die Augen der silbernen Taube aus ihrem Traum. Der Pole sah sie damit unumwunden an.

2

Da war sie. Da war das Mädchen, das die Kinder gestern davon abgehalten hatte, ihn weiterzuquälen. Wie hübsch sie aussah mit ihren goldbraunen Haaren, die sie auf dem Hinterkopf zu einem Knoten zusammengebunden hatte. Er war ihr so nah, dass er das Muttermal auf ihrer linken Wange erkennen konnte, und er bemerkte ihre von der Kälte gerötete Nase, aus der sich ein kleiner Tropfen löste. Mit dem Handrücken wischte sie ihn weg.

Für einen kurzen Augenblick hatte Kolja vergessen, dass sie eine Deutsche war und er ein Pole. Jetzt wurde es ihm wieder bewusst. Obwohl sie hier beieinander standen, kaum einen Meter voneinander entfernt, lagen Welten zwischen ihnen. Sie gehörte zu denen, die ihn nach Köln geschleppt hatten. Es waren ihre Leute, ihre Nachbarn und ihre Familie, die ihn so schlecht behandelten. Unruhig beobachtete er ihre Bewegungen. Sie fasste mit der Hand in ihre Umhängetasche und holte etwas hervor, das in Zeitungspapier eingewickelt war. Als sie es auspackte, erkannte er, dass es ein belegtes Brot war. In Koljas Magen rumorte es. Das Mädchen machte einen Schritt auf ihn zu. Sie zögerte zunächst, dann hielt sie ihm das Brot hin: »Für dich. Du musst doch Hunger haben.«

Kolja verstand »du« und »Hunger«. Diese deutschen Wörter kannte er. Er nickte stumm, wagte aber nicht, sich zu rühren. Wieder bot sie ihm das Brot an. Dabei lächelte sie. Vorsichtig streckte er die Hand aus. Ein Geruch nach Seife stieg ihm in die Nase. Sacht berührten Koljas Fingerspitzen die des Mädchens. In seiner von der Kälte rissigen Hand fühlte er etwas Weiches, etwas Warmes. Zum ersten Mal an diesem Tag war ihm nicht kalt. Es waren nur ihre Finger, die er festhielt, dennoch spürte er die Berührung am ganzen Körper. Einen Moment stand er so da, vielleicht ein paar Sekunden, vielleicht eine halbe Ewigkeit.

Mit der freien Hand zeigte sie sich auf sich: »Marie.«

Ein schöner Name, Marie, wie Maria, die Mutter Gottes. Er erwiderte ihr Lächeln: »Kolja.«

In diesem Augenblick zog sie ihre Hand zurück, drehte sich um und lief durch die offen stehende Haustür davon. Noch immer konnte er die Wärme ihrer Haut fühlen. Jetzt gab es etwas, das er der Mutter erzählen konnte. Er musste den Brief an sie neu schreiben und ihr von Marie berichten.

Die Bewacher pfiffen nach ihm. Er durfte sie nicht länger warten lassen, sonst setzte es wieder Schläge. Hastig stopfte sich Kolja das Brot unters Hemd und ging durch das Tor der angrenzenden Holzhandlung nach vorn auf die Straße. Dort warteten ein Spaten und zentnerweise Schutt auf ihn. Doch heute war es ihm, als schütte er Federn in die Grube.

Als Marie im Hausflur stand, fiel ihr ein, dass sie das Rad vergessen hatte. Sie wollte nicht in den Hof zurückgehen. Sicher würde sie zu spät zur Arbeit kommen. Es wäre nicht das erste Mal. Wenn sie endlich im Kaufhof auf der Hohe Straße, Ecke Gürzenichstraße ankam, stand Wels, ihr Vorgesetzter, bestimmt mit erhobenem Zeigefinger da: »Fräulein Bimmermann, Sie erscheinen schon wieder zu spät zur Arbeit.«

Marie fürchtete, eines Tages wegen ungebührlichen Betragens entlassen zu werden. Beim letzten Mal allerdings hatte sie es ihm gezeigt. Da hatte sich Wels wieder einmal über sie beschwert: »Früher hat sich so was niemand erlaubt. Früher war das anders.«

»Sie wünschen sich doch nicht die alten jüdischen Zeiten zurück, Herr Wels? Wenn das der Führer wüsste.«

Das hatte gesessen. Der Wels würde ihr nicht mehr krumm kommen. Dazu hatte er viel zu viel Angst, dass sie ihn bei der Gestapo anzeigen könnte.

Auf der Straße bemerkte sie ihren offenen Schnürsenkel. Sie hockte sich hin, um eine Schleife zu binden. Als sie sich wieder aufrichtete, sah sie auf der anderen Straßenseite eine Gestalt, die sich in einen Hauseingang drückte. Marie fühlte sich beobachtet. Sie spürte, wie Gänsehaut ihre Arme heraufkroch. Sie wagte es nicht, den mitten auf der Straße arbeitenden Polen einen Blick zuzuwerfen, sondern hastete um die nächste Häuserecke. Erst dann drehte sie sich um. Zum Glück war ihr niemand gefolgt. Sie hätte nicht mit dem Polen reden dürfen. Das war zu gefährlich. Aber er hatte auf sie so hilflos gewirkt. Sie hatte nicht damit gerechnet, dass sich ihre Hände berühren würden. Sie wollte die fremde Hand sofort loslassen. Etwas ließ sie dennoch stillhalten, ein Gefühl seltsamer Vertrautheit. Dann hatte sie sich gefragt, was um alles in der Welt sie da tat. Keiner durfte sie und den Fremdarbeiter zusammen sehen. Sie nahm sich vor, in Zukunft um den Polen und alle anderen Fremdarbeiter einen riesengroßen Bogen zu machen.

Gerade, als Marie diesen Entschluss gefasst hatte, versperrte ihr eine Menschenansammlung den Weg.

»Pfui«, riefen die Leute, und »Welche Schande!«

Sie konnte sich noch so recken und strecken, überall waren Körper und Köpfe. Also setzte sie ihre Ellenbogen ein, um nach vorn zu gelangen. Die Menge hatte einen Halbkreis gebildet. In der Mitte, direkt vor Marie, stand eine Frau mit gesenktem Kopf. Ein Strumpf war runtergerutscht und entblößte ihr nacktes Bein; um den Hals trug sie ein Schild mit der Aufschrift: »Ich bin eine dreckige Sau und lasse mich mit Juden ein.«

Die Haare der Frau waren abrasiert worden. Fassungslos starrte Marie auf die blutige Kopfhaut.

»Du Judenhure, du bist eine Schande für das gesamte deutsche Volk!«, kreischte eine Frau und bespuckte die Kahlgeschorene.

»Du widerliches Schwein.«

Ihre Beine fühlten sich wie Watte an, und sie glaubte, sich übergeben zu müssen. Marie taumelte zurück, schlug um sich. Sie begann zu rennen. Ein paar Straßen weiter lehnte sie sich keuchend an eine Hauswand und versuchte, sich zu beruhigen. Sie wusste, dass es »Rassenschande« war, sich als Arierin mit Juden oder anderen minderwertigen Rassen einzulassen.

»Kann ich dir helfen? Du siehst ja aus, als wäre dir der Teufel persönlich begegnet.« Eine Parfumwolke hüllte sie ein, an der sie die Staven erkannte. Sie hatte Tosca von 4711 etwas zu großzügig verteilt, aber sie brauchte ja auch nicht zu sparen. Die Staven war eine Nachbarin und wohnte im ersten Stock. Während sich Marie zusammen mit ihrem Opa, ihrer Mutter und Heinzi in der dritten Etage ein Zimmer und eine Küche teilte, verfügte die Staven über drei Zimmer ganz für sich allein. Einmal war Marie in ihrem Wohnzimmer gewesen. Die Möbel und die Tapeten waren ebenso elegant wie die ganze Gestalt Sofie Stavens. Jetzt hatte sie allerdings keinen Sinn dafür, die in eleganten Pelz gekleidete Dame zu bewundern. Verwirrt erwiderte sie nur: »Nein, schon gut« und ging davon. Zu ihrem Glück konnte sie sich in die Straßenbahn flüchten, die nicht weit entfernt hielt. Sie wagte es zunächst nicht, aus dem Fenster zu sehen. Erst viel später blickte Marie zur Seite. In der Glasscheibe der Elektrischen sah sie ihr Spiegelbild. Ihr Kopf war kahl geschoren.

*

Diese Nacht sollte sie losgehen, die große Flucht. Kolja wunderte sich, dass die deutschen Vorarbeiter die angestrengte Unruhe nicht bemerkt hatten, die bereits den ganzen Tag unter ihnen herrschte. Endlich waren sie im Lager. Wladyslaw ergriff das Wort. Wegen der Nazis musste er ganz leise reden. Kolja rückte näher an ihn heran, um mitzubekommen, was er sagte. Wladyslaws Worte wirkten eindringlich und flößten ihm Mut ein.

»Ich will euch nichts vormachen. Die Wahrscheinlichkeit, dass wir alle lebend aus Deutschland rauskommen, ist mehr als gering. Manchen von uns werden die Nazis schnappen. Andere werden vor Hunger und Erschöpfung zusammenbrechen. Aber allein die Möglichkeit einer Rettung für ein paar Wenige von uns …«

»Wir haben uns doch schon entschieden. Lass uns nicht mehr drumrum reden. Erklär uns deinen Plan«, meldete sich Jerzy zu Wort.

»Also gut. Hört genau zu …«

Kolja staunte, als er den Plan hörte: Wladyslaw hatte ihre Umgebung und die Gewohnheiten der Bewacher genau studiert. Ihm war es in den letzten Tagen gelungen, ein paar der langen Bretter zu lockern, aus denen die Holzhandlung zusammengezimmert war. Sie würden sich durch den Spalt hindurchzwängen können und dadurch unbemerkt von den Deutschen entkommen. Jeden Abend tranken die Bewacher und spielten Karten. Eine laute, hitzige Angelegenheit, die sie voll und ganz beanspruchte. Ihre Flucht würde also erst spät entdeckt werden. Bis dahin waren sie möglichst weit weg an den Stadtrand Kölns geflohen, um sich dort bis zur nächsten Nacht zu verbergen. Auf den Straßen war nachts kein Lichtschein zu sehen, da die Kölner aus Angst vor Bombenangriffen ihre Fenster verdunkelten. Die Dunkelheit würde ihnen geringfügigen Schutz bieten. Wenn sie das verdächtige »P«, das für Pole stand, von ihrer Kleidung trennten, würde kein Mensch auf die Schnelle erkennen können, dass es sich bei ihnen um Fremdarbeiter handelte. Kolja spürte Vorfreude in sich aufsteigen, obwohl er wusste, dass es kein Spaziergang werden würde.

»Damit eins klar ist: kein Wort polnisch, kapiert? Wenn euch jemand anspricht, dann lacht, als ob ihr betrunken wärt, und ruft ›prost!‹. Das sagen die Deutschen, wenn sie miteinander anstoßen.«

»Prost, prost, prost …«

»Leiser! Sonst hören sie uns noch.«

Aus jedem Mund hörte Kolja ein Wispern. Auch er übte die Aussprache des deutschen Wortes, damit es möglichst echt klang. Unter Umständen würde dieses eine Wort ihnen das Leben retten. Er erfuhr, dass sie nicht gemeinsam fliehen würden, sondern in unauffälligeren Zweiergrüppchen. So wollten sie sich in den besetzten Teil Polens, ins Generalgouvernement, durchschlagen. Er war erleichtert, als Wladyslaw sie einteilte und selbst zusammen mit ihm sein Glück versuchen wollte. Mit Wladyslaw an seiner Seite würde alles gut werden.

Dann hieß es warten. Warten darauf, dass die Bewacher ihre Konzentration auf ihre Abendbeschäftigung richteten, auf Bier und Schnaps, auf das Gerede über Frauen und das Kartenspiel. Das Warten fiel Kolja schwer. Zu packen hatte er nichts. Die paar Sachen, die ihm gehörten, trug er am Leib. In den letzten Tagen hatte er sich etwas vom Brot aufgespart. Ein paar Scheiben davon steckten in seinen Taschen. Er konnte ja nicht wissen, ob er auf der Flucht bald etwas zu essen finden würde. Sie würden sich nur nachts fortbewegen und mussten sich am Tag in leer stehenden Scheunen oder Ruinen verbergen. Vielleicht bot sich auch die Gelegenheit, auf einen Güterzug aufzuspringen. Das wäre der schnellste Weg in die Heimat. Nur raus aus Köln, aus Deutschland, dachte Kolja. Ein Gesicht tauchte vor seinen Augen auf. Das Mädchen. Marie. Er wollte nicht an sie denken. Er hatte sie ganze zwei Mal gesehen; das bedeutete gar nichts. Sie war eine Deutsche. Er war ein Pole. Das allein war ein unüberwindbares Hindernis zwischen ihnen.

*

Marie wachte auf. Deutlich spürte sie ihren Herzschlag. Im ersten Moment glaubte sie, es sei Fliegeralarm gegeben worden, doch draußen war es ruhig. Keine Sirene ertönte. Etwas anderes musste sie geweckt haben. Neben sich hörte sie die gleichmäßigen Atemzüge ihrer Mutter. Seit dem Tod des Vaters schlief Marie mit ihr im Ehebett. Der Vater war Kriegsinvalide gewesen. Im Ersten Weltkrieg hatte man ihm ins Rückenmark geschossen. Dafür bekam er das Frontkämpfer-Ehrenabzeichen verliehen, das ihn allerdings nicht vor den von Jahr zu Jahr immer unerträglicheren Schmerzen bewahrt hatte. Zum Ende hin gaben die Ärzte ihm Morphium, sehr viel Morphium, so viel, dass er irgendwann nicht mehr ohne sein konnte, bis er starb. Nächtelang weinte die Mutter in ihr Kissen. Sie hatte sich schuldig gefühlt, weil sie am Tag vor seinem Tod sagte, sie wäre froh, wenn Gott sie endlich von der Last befreien würde. Diesen Wunsch hatte er ihr erfüllt, dachte Marie.

Im selben Raum, nur durch einen Vorhang abgetrennt, lag Heinzi zusammengerollt in einem viel zu kleinen Bett. Wenn er die Beine ausstrecken wollte, musste er sie durch die Gitterstäbe des Fußendes hindurchstecken. Der Opa schlief in der Küche auf der Bank. Vielleicht hatte er wieder einmal die Decke über den Kopf gezogen und hörte in aller Heimlichkeit feindliche Radiosender. Marie wusste, dass ihr Opa ein »Abhörverbrecher« war. Wenn sie davon geweckt worden war, waren das womöglich auch andere. Besser, sie sah mal nach. Vorsichtig, um ihre Mutter nicht aufzuwecken, setzte Marie sich auf. Die Bettfedern quietschten. Zum Glück rührte sich die Mutter nicht. Vielleicht halfen ihr die Biophat Perlen für besseren Schlaf und die Ohropax-Geräuschschützer.

Als ihre nackten Füße den Boden berührten, erschauderte sie vor Kälte. Sie tastete nach den Pantoffeln. Im Zimmer war es finster. Wenn sie irgendwo gegenstieß, würde ihre Mutter aufschrecken. Glücklicherweise gelang es ihr, ohne ein Geräusch zu verursachen, die Küchentür zu erreichen. Ganz leise drückte sie die Klinke herunter, öffnete die Tür einen Spalt und lauschte. Nichts. Der Opa schlief wohl tief und fest. Sie schloss die Tür und wollte sich schon wieder hinlegen, da entschied sie, einen Blick aus dem Schlafzimmerfenster auf die Straße zu werfen. Sie schob das Verdunklungsrollo hoch, das sie für zwei Mark fünfundsiebzig im Kaufhof gekauft hatte, und bog die Pappe, die seit dem Bombeneinschlag anstelle von Glas im Fensterrahmen steckte, zur Seite. Nachts lag die Stadt im Dunkeln. Erst als der Mond hinter einer Wolke hervorkam, bemerkte Marie die geduckten Gestalten, die hinter dem an ihr Haus grenzenden Holzlager auftauchten und in alle Himmelsrichtungen davonliefen.

Stocksteif stand sie da und wagte nicht, sich zu rühren. Sie dachte daran, Alarm zu schlagen. Nur würde sie ganz schön dumm dastehen, wenn sich nachher alles als ein harmloser Jungenstreich entpuppte. Dann hätte sie die anderen völlig umsonst geweckt, wo sie doch eigentlich die Nacht durchschlafen konnten, ohne dass Sirenengeheul erklang. Sie beschloss, noch einmal in der Küche nach dem Rechten zu sehen. Auf Zehenspitzen, damit ihre Füße auf den Holzdielen keinen Lärm machten, schlich sie zur Tür. Die knarrte ein wenig, als Marie sie abermals öffnete. Sie schalt sich, leiser zu sein, und fuhr im gleichen Moment zusammen. Da war jemand. Schemenhaft erkannte sie eine dunkle Gestalt in einem langen Mantel. Ihr fiel ein, dass rechts von ihr an der Wand der Besen lehnte. Tastend suchten ihre Finger danach. Erleichtert atmete sie auf, als sie den Stiel berührte. Sie hob den Besen hoch, bereit, jederzeit zuzuschlagen. Mit einem Mal ging das Licht an und blendete sie.

»Hast du mich erschreckt.«

Sie nahm die Stimme zwar wahr, konnte sich aber nicht rühren, so war ihr der Schreck in die Glieder gefahren. Das Erste, was sie erkannte, waren die vielen Schaben, die über den Fußboden in ihr schattiges Versteck huschten.

»Mariechen. Ich bin's. Hast gedacht, ich wär ein Einbrecher? Kannst du nicht schlafen?«

Erst als der Opa auf sie zukam, ließ sie den Besen sinken: »Hast du auch was gehört?«

»Pscht, Marie. Geh zurück ins Bett.«

Der Opa strich ihr mit der Hand über die Wange, hauchte ihr einen Gutenachtkuss auf die Stirn und schob sie in Richtung Schlafzimmer. Nachdem Marie wieder unter die Decke geschlüpft war und ihre eiskalten Zehenspitzen mit den Fingern warm knetete, fühlte sie eine matte Müdigkeit in sich aufsteigen. Das Letzte, was ihr in den Sinn kam, war die merkwürdige Tatsache, dass ihr Opa mitten in der Nacht Mantel und Schuhe getragen hatte.

*

Kolja und Wladyslaw waren noch nicht weit gekommen, als jemand schrie: »Stehen bleiben, Polizei!«

»Lauf, was du kannst!«, rief Wladyslaw Kolja zu.

Er rannte los. Ihm kam es so vor, als gäben seine eigenen Füße Alarm: »Haltet ihn! Fangt den Polen!«

Wladyslaw keuchte und hielt sich die Seiten. Besorgt wandte sich Kolja nach ihm um. Die harte Arbeit und das schlechte Essen hatten sie beide geschwächt, aber bei dem großen, starken Wladyslaw schien überhaupt keine Kraft mehr übrig geblieben zu sein. Kolja hätte ihm gerne geholfen, doch er musste zusehen, dass er selbst durchhielt. Die Verfolger ließen sich einfach nicht abwimmeln. Jederzeit konnte ihnen jemand von vorne den Weg abschneiden. Es kam ihm vor wie die Flucht zweier verwundeter Kaninchen vor einem Rudel Wölfe.

Mit einem Mal wurde Wladyslaw langsamer.

»Ich kann nicht mehr«, keuchte er.

»Du darfst nicht aufgeben. Nicht jetzt.« Koljas Stimme flehte.

»Ich lasse mich fangen und lenke sie ab. Lauf weiter und versteck dich. Dann hat wenigstens einer von uns eine Chance.«

»Nein, ich geh nicht ohne dich.« Kolja packte ihn am Arm und zog ihn mit sich. »Bitte! Du musst durchhalten, Wladyslaw, hörst du!«

Benommen stolperte der Freund neben ihm her. Ein Knall ließ sie zusammenfahren. Die Verfolger schossen auf sie. Noch ein Schuss, und Wladyslaw sackte mit einem Röcheln zusammen. Kolja blieb stehen. Er wusste, dass es Wahnsinn war, als eine Kugel an seinem Kopf vorbeiflog. Seine Hände packten Wladyslaw unter den Armen. Er riss an dem Freund, doch er bewegte ihn kaum ein paar Zentimeter. Wladyslaw war zu schwer für ihn. Sein Blick wanderte nach unten. Er stand in einer Blutlache. Die Verfolger hatten aufgeschlossen. Kolja sah ihnen entgegen.

3

»Hilfe, Polizei!«

Ein Schrei gellte durch das Haus. Marie schreckte hoch. Es war früher Morgen. Erneut hörte sie jemanden schreien: »Warum kommt denn niemand?«

Das war die Blockwartin. Nur sie hatte diese durchdringende Stimme. Alles an ihr war laut und schrill und stach einem ins Auge wie ihr riesiger Busen. Die Blockwartin hieß Elfriede Brand. Seit ihr Mann, der Blockwart, als Freiwilliger begeistert in den Krieg gegen die Feinde Deutschlands gezogen war, hatte sie seine Funktion übernommen, und dabei beobachtete und kontrollierte sie weit aufmerksamer, als der Herr Brand es jemals getan hatte. Ihr entging nichts. Marie fürchtete sie wie der Teufel das Weihwasser. Sie hatte auch allen Grund dazu, denn die Blockwartin war scharf wie Hillers Pfefferminz. Bei ihr hing sogar eine deutsche Lampe in Hakenkreuzform für ganze fünfzehn Reichsmark fünfzig über dem Küchentisch; ein Drittel einer Monatsmiete. Und an NSDAP-Feiertagen kontrollierte die Brand in aller Herrgottsfrühe, ob die Nachbarn geflaggt hatten. Zum Glück hatte sie bei den Bimmermanns in dieser Hinsicht nie etwas zu beanstanden. Heinzi hängte die Fahne mit dem Hakenkreuz bereits vorm Zubettgehen auf. Doch damit nicht genug. Jeden zweiten Sonntag im Monat war Eintopfsonntag, und die Blockwartin spazierte mir nichts dir nichts in fremde Küchen hinein und kontrollierte, ob wirklich nur ein Topf auf dem Herd stand. Selbst der Inhalt wurde überprüft. Auch da brauchte Marie nichts zu befürchten. Bei ihnen schwammen selten mehr als Maggiwürfel, Steckrüben, Kartoffeln und Bohnen in der Suppe. Wenn die Brand lange genug herumgeschnüffelt hatte, kassierte sie eine Reichsmark für die Partei. Das war viel Geld für Maries Familie; dafür musste die Mutter drei Stunden lang nähen. Als lausigen Gegenwert erhielten sie eine Plakette, die an die Eingangstür geklebt wurde. Für jeden Anlass gab es eine andere Farbe. Mit der Zeit sah die Wohnungstür aus, als hätte sie jemand mit Konfetti beworfen.

Die Brand war eine hundertprozentige Nazisse, die nur darauf lauerte, dass irgendwer etwas gegen ihren heiß geliebten Führer zu sagen wagte. Den Schmitz aus dem zweiten Stock hatte sie schon ins Gefängnis gebracht. Der war nie wieder zurückgekehrt. Und eine größere Wohnung hatte die Brand auch gleich bekommen, denn die Familie vom Schmitz konnte die Miete nicht mehr bezahlen und zog aus. Seitdem wohnte die Brand allein in drei Zimmern. Vom Schmitz hatte es nur noch geheißen, er sei vom Gefängnis abdirigiert worden, was auch immer das bedeuten sollte. Bei »abdirigieren« musste Marie an ein Orchester denken, dem ein Dirigent Töne entlockte. Sie stellte sich den Schmitz vor, wie er mit einer großen Pauke auf der Bühne saß und trommelte. Aber wahrscheinlich hatte das Schicksal vom Schmitz nicht das Geringste mit Musik zu tun.

Marie schlüpfte in ihren Rock und den Pullover und lief in den Hausflur. Ihre Mutter und ihr Opa folgten ihr. Das Geschrei kam von unten. Im Erdgeschoss stand Heinzi vor Janz' Wohnung. Ihm war seine Erregung deutlich anzumerken, als er sich umdrehte: »Das müsst ihr euch anschaun!«

Marie trat einen Schritt vor. Dann konnte sie sehen, was die Blockwartin zu diesem hysterischen Geschrei gebracht hatte. Ihr stockte der Atem. Sie blickte durch die offene Wohnungstür in den Flur hinein. Überall war Blut. Auf dem Boden lag Horst Janz. Sein Gesicht war ihr zugewandt und hatte den Ausdruck sichtlichen Erstaunens. Janz war tot.

Die Kriminalpolizei drängte die Bewohner des Hauses Thürmchenswall Nummer 11 zurück, die versuchten, einen Blick auf die Leiche zu erhaschen. Der tote Körper von Horst Janz sah seltsam aus. Neben ihm lag eine Weinflasche, und das Blut, das aus einer Wunde am Rücken auf den Fußboden gesickert war, hatte sich mit dem Rotwein zu einer riesigen Lache vermischt. Marie ekelte sich vor diesem Anblick. Sie hatte bislang nur einen Toten gesehen, und über ihren Vater war der Tod wie eine

Erlösung gekommen. Dunkel glaubte sie sich daran zu erinnern, wie er gelächelt hatte.

»Janz hat wohl nicht damit gerechnet, ermordet zu werden«, bemerkte Opa nachdenklich, dabei legte er den Arm um Maries Schulter. Sie kuschelte sich an ihn. Es tat gut, seine Nähe zu spüren. Sie musterte die anderen. Bis auf die Blockwartin, die schluchzte und lautstark den Tod des armen Herrn Janz beklagte, entdeckte sie auf den Gesichtern vor allem Neugier und eine gewisse Enttäuschung, denn die Polizei forderte sie gerade auf, zurückzutreten. Eine Leiche bekam man schließlich nicht jeden Tag geboten.

Im Hausflur tauchte Kriminalhauptkommissar Siegfried Severin auf und erklärte den zuständigen Polizisten, er würde den Fall übernehmen. Marie wusste, dass er ein Kollege des Toten war.

»Berühren Sie also nichts in der Wohnung und den Kellerräumen, bis ich es nicht selbst inspiziert habe. Und Sie«, er wandte sich an die Hausbewohner, »halten sich zur Verfügung. Bleiben Sie zusammen. Ich muss mit Ihnen allen sprechen.«

»Wir können in meine Wohnung gehen.« Die Staven übernahm das Kommando und bedeutete den Nachbarn, ihr zu folgen. Es waren vor allem Frauen, denn die meisten der Männer waren als Soldaten an der Front. Energisch führte Sofie Staven die Bewohner des Mietshauses in den ersten Stock, wo sie residierte. Das heruntergekommene Treppenhaus ließ nicht vermuten, welcher Wohlstand sich hinter der Wohnungstür verbarg. Wie schon beim ersten Mal, als Marie die Wohnung betreten hatte, kam sie auch jetzt aus dem Staunen nicht heraus. Wundervolle Tapeten waren auf die Wände gespannt und gaben dem Salon ein elegantes Aussehen. Anstelle des rußigen Kohleofens, der in Bimmermanns Küche stand und entweder viel zu heiß oder viel zu kalt war, strahlte hier ein Kachelofen heimelige Wärme aus. Auf der Kommode befanden sich zarte Figurinen aus Porzellan. Eine Ballerina drehte in einem Tutu gerade eine Pirouette, während sich ein Liebespaar herzte; ein Schwan streckte seinen langen Hals majestätisch, eine Horde Wildpferde galoppierte, und eine Dame in einem rüschenbesetzten Kleid spazierte mit einem Sonnenschirmchen herum. Wahrscheinlich waren das alles Präsente von Sofie Stavens zahlreichen Verehrern. Es war im Haus ein offenes Geheimnis, dass die Staven regelmäßig von den verschiedensten Männern Besuch erhielt. Niemand hätte es gewagt, sie laut eine Hure zu nennen, nicht einmal die Blockwartin, die sonst kein Blatt vor den Mund nahm. Schließlich, so hieß es, waren Sofies Männer allesamt hohe Parteibonzen, und sie genoss deren Schutz und Geld.

Als Marie den Schwan näher betrachten wollte, eilte die Staven auf sie zu und nahm ihr die Figur aus der Hand.

»Lass mal. Das ist teuer.«

Ganz vorsichtig, als halte sie rohe Eier in der Hand, setzte die Staven den Schwan wieder auf die Kommode und drehte ihn ein paar Zentimeter, bis er die richtige Position eingenommen hatte und der Dame mit dem Schirm gegenüberstand. Da sie nichts berühren durfte, verlegte sich Marie aufs Staunen. Es gab unendlich viel zu sehen. Zahlreiche gerahmte Fotografien standen und hingen im Zimmer herum. Auf allen war die Staven zusammen mit Männern in Uniform oder mit Parteiabzeichen abgebildet. Marie wunderte sich jedoch, dass nirgendwo ein Führerbild hing. Sie hatten das eine in der Küche, das der Opa mit einem Handtuch verhängte, sobald Heinzi zur Schule ging. Bei der Brand hing in jedem Zimmer eins, sogar über dem Ehebett, das hatte sie mal gesehen. Hier prangte über dem Sofa ein gemaltes Porträt. Es zeigte Sofie Staven, nur dass die gemalte Staven noch viel schöner war als die echte, die nun ganz die Herrin des Hauses spielte und die Blockwartin zum Kaffeekochen in die Küche schickte.

Die Mutter, der scheue Werner aus dem zweiten Stock, die Esser aus dem dritten, Luise und ihr Bruder Ernst verteilten sich auf das Sofa und die Sessel. Auch die hochschwangere Kempinski ließ sich in die weichen Polster plumpsen. Die Töchter der Esser und der Opa standen im Raum herum und wirkten ebenso beeindruckt wie Marie. Als ihr Blick auf ihre Mutter fiel, wurde sie traurig. Die saß auf dem Sofa und strich mit der Hand andächtig über den samtigen Stoff, als ob sie ein kleines Kätzchen streichelte. So etwas Schönes würde sie nie besitzen.

Kurz darauf kam die Blockwartin mit dem Kaffee zurück. Alle atmeten genüsslich den würzigen Duft ein. Auf den Gesichtern war die Vorfreude zu sehen, echten Bohnenkaffee zu trinken, ein Luxus, den sich kaum einer der Anwesenden leisten konnte. Sie mussten sich alltäglich mit einem Getreideersatz begnügen. Jeder im Raum wollte etwas von der dunklen Köstlichkeit abbekommen, die die Staven in feinstes Porzellan mit goldenem Rand eingoss. Vorsichtig lugte Marie auf den Boden ihrer Tasse und konnte erkennen, dass sie von Hutschenreuther stammte. Auch Heinzi ergatterte einen Kaffee. Obwohl er ihm offensichtlich nicht schmeckte, trank er seine Tasse bis zum letzten Tropfen aus. Die nächsten Minuten war nur andächtiges Schlürfen zu vernehmen. Marie überließ die Hälfte ihres Kaffees ihrer Mutter. Sie sah sich um und beobachtete, wie Schluck für Schluck ausgekostet wurde. Fast konnte man den Eindruck gewinnen, in Sofies Salon würde ein gemütliches Familientreffen abgehalten. Der Mord schien vergessen.

Anschließend schwieg man sich an. Unruhig sah Marie auf die Uhr. Sie würde schon wieder zu spät kommen, wenn sich nicht bald etwas tat. Luise, die sich im Dachgeschoss eine Kammer mit ihrem Bruder teilte, der Flaksoldat war, durchbrach als Erste die Stille: »Die arme Frau Janz. Und die armen Kinder.«

An die hatte Marie gar nicht gedacht. Die Inge Janz lebte seit der Trennung von ihrem Mann mit den fünf Kindern ein paar Straßen weiter in einer eigenen Wohnung. Noch wussten sie wahrscheinlich nicht, was dem Familienvater Schreckliches zugestoßen war.

»Was ist denn bloß passiert?«, fragte die Mutter.

»Vielleicht hat ihn jemand erschossen.« Die schwangere Kempinski, die neben der Staven in der ersten Etage wohnte, hielt sich den Bauch, als sie das sagte.

Die Staven schüttelte den Kopf: »Dann hätten wir doch einen Knall hören müssen.«

»Ich glaube, er ist erstochen worden«, verkündete Frau Esser. Ihre drei Töchter schrien auf und klammerten sich aneinander. Ernst, von dem Marie angesichts seiner Uniform vermutete, dass er in der Nacht Dienst gehabt hatte, wunderte sich: »Wer kann das nur gewesen sein?«

»Irgendwer Fremdes. Jemand von uns wohl kaum.« Die Antwort der Blockwartin klang entschieden.

»Wieso nicht?«

Auf Opas Frage reagierten die Anwesenden mit Unbehagen. Sie wollten sich wohl nicht vorstellen, dass einer aus ihrer Mitte ein Mörder sein konnte. Marie fand die Frage berechtigt. Was, wenn genau in diesem Moment derjenige unter ihnen war, der Janz getötet hatte? Sie fröstelte.

»Da stecken doch sicher die Zigeuner oder der Jud hinter. Die stehlen uns anständigen Deutschen noch die Haare vom Kopf. Wenn wir denen nicht klar machen, wer der Herr im Haus ist, können wir unseres Lebens nicht mehr sicher sein«, ereiferte sich die Blockwartin und forderte damit Maries Opa heraus.

»Was gab's beim Janz denn schon zu stehlen? Für Hakenkreuzfähnchen und Hitlerbilder interessiert sich bestimmt kein Jude.«

Heinzi zuckte zusammen, als ob ihm jemand eine Ohrfeige verpasst hätte. Die Mutter flüsterte mahnend Opas Namen, während der Rest der Anwesenden zur Seite blickte und tat, als ob nichts sei. Marie fühlte sich hilflos angesichts des Hasses, der in den Augen der Brand stand.

»Karl Bimmermann, Sie sind ein Querulant, der versucht, die Volksgenossen durch seine lästerlichen Reden aufzuhetzen. Seien Sie gewarnt. Das kann unangenehme Folgen für Sie haben!«

Es wäre nicht das erste Mal, dass die Blockwartin jemanden denunzierte. Sie weiter zu reizen, war äußerst gefährlich. Doch der Opa konnte es nicht lassen.

»Petze ist ja auch Ihr zweiter Vorname. Brauchen Sie mal wieder 'ne neue Wohnung?«

Eisige Stille herrschte im Raum. Der scheue Werner hatte den Kopf zwischen die Schultern gezogen und blickte unruhig von einem zum anderen. Aus seinem Gesicht war jede Farbe gewichen. Eine Anzeige wegen aufrührerischer Reden hätte katastrophale Folgen für den Opa. Die Gestapo würde bestimmt nicht zimperlich mit ihm umgehen. Bevor die Situation eskalieren konnte, fragte die Staven in den Raum hinein: »Will jemand einen Schnaps? Auf den Schreck hin kann ich einen gebrauchen.«

Die anderen nutzten die Gelegenheit, von dem Streit abzulenken. Es wurde darüber diskutiert, ob man in diesem Falle schon am Morgen Alkohol trinken dürfe oder nicht. Natürlich waren sich alle schnell einig, dass es Ausnahmen wie diese gebe, die einen kleinen Schluck zur Beruhigung erlaubten.

Das Erscheinen Kriminalkommissar Severins versetzte sie in Unruhe. Marie rieb nervös ihre Fingerspitzen aneinander.

»Also, ich werde Sie jetzt einzeln befragen.«

Die Blockwartin stand schon auf, aber Severin ignorierte sie: »Als Erste bitte Frau Staven.«

Mit einem gelassenen Lächeln erhob sich die Staven und folgte dem Kommissar. Bevor die beiden jedoch in den angrenzenden Raum gingen, fragte die Brand: »Können Sie uns nicht sagen, was geschehen ist, Herr Kommissar?«

»Ihr Nachbar Horst Janz ist allem Anschein nach erstochen worden. Wir haben noch keinen Hinweis auf den Mörder. Mehr Informationen kann ich Ihnen zurzeit nicht geben.« Daraufhin ließ der Kommissar die Blockwartin einfach stehen.

Nach ungefähr zehn Minuten kam Sofie Staven zurück und beruhigte die Anwesenden, dass alles halb so schlimm sei. Sie setzte sich neben Marie auf einen herbeigeholten Küchenstuhl, der nicht so recht zur teuren Eleganz des Raumes passen wollte. Während sie sich Fusseln vom Kleid klaubte, raunte sie Marie zu: »Wenn der den Fall aufklärt, bin ich die Ehefrau von unserem Führer.«

»Na und? Was wollte er wissen?«

»Ob ich letzte Nacht irgendetwas Verdächtiges bemerkt hätte.« Die Staven lachte hell auf. »Ich hab ihm gesagt, ich sei mit einem guten Freund viel zu beschäftigt gewesen.«

Verwundert über die Vertraulichkeiten von Sofie Staven musterte Marie sie von der Seite. Mit ihren schlanken Beinen und dem üppigen Busen sah sie sehr anziehend aus. Alles war perfekt an ihr, das langschädelige Profil, die hohe Nasenwurzel, das weich fallende weizenblonde Haar und die klaren blauen Augen. Ein Musterbeispiel arischen Aussehens. In der Schule hatten sie gelernt, dass man an diesen Merkmalen den Arier erkennt.

Der kleine Pitter hatte es gewagt, anzumerken, dass Hitler aber dunkelhaarig sei. Im Grunde sprach er nur das laut aus, was sie alle schon einmal gedacht hatten, doch über ihm braute sich ein Donnerwetter zusammen. Der Lehrer Glaser wurde tiefrot, schrie den armen Jungen an und schlug ihm fest ins Gesicht. Nachdem Glaser sich halbwegs beruhigt hatte, kündigte er an, er werde dafür sorgen, dass Pitter von der Schule fliege. Mit diesen Worten hatte er ihn nach Hause geschickt. Anschließend war Totenstille in der Klasse gewesen. Der Lehrer hatte einen Text vorgelesen, in dem Hitlers Aussehen geschildert wurde:

»Oberhaupt gut gewölbt, nach allen Seiten in harmonischer Wölbung verlaufend mit guter Spannung; Alliebe, hohe Religion, Schönheit und Wesensadel. Den Gedanken, dass Hitler ein Ausländer ist und von der gegnerischen Presse jahrelang als Ausländer beschrieben und in gemeinst verfälschten Bildern gezeigt wurde, möchte ich somit restlos beseitigt haben. Hitler ist blond, hat rosige Haut und blaue Augen, ist also rein arisch-germanischer Natur, und alle anderen Verbreitungen über sein Aussehen und seine Persönlichkeit hat die schwarze und rote Presse gesät, was ich hiermit richtiggestellt haben möchte.«

Marie fand zwar immer noch, dass die Haare vom Führer auf den Fotos dunkel waren, auch im Westdeutschen Beobachter, aber sie wagte nicht, etwas Derartiges nur anzudeuten. Wenn der Lehrer sagte, der Führer sei blond, dann war er es halt.

Der Kommissar trat ein, um die nächste Person zu holen. Eilig stand sie auf: »Entschuldigung, ich muss dringend zur Arbeit. Könnte ich jetzt drankommen?«

Zum Glück stimmte Severin zu. Zackigen Schritts ging er voran. Marie folgte ihm in den Raum, der sich als Schlafzimmer entpuppte. Das ganze Zimmer war in Rottönen gehalten und wirkte gemütlich. Erstaunt fragte sie sich, wieso die Staven die Polizei ausgerechnet hier hereingelassen hatte. Immerhin bestand diese Wohnung aus drei Zimmern, und alle wurden allein von der Staven bewohnt. Da war es doch zu vermuten, dass der dritte Raum ein Arbeitszimmer oder Ähnliches wäre. Neugierig sah sie zu der Tür, die in eben dieses Zimmer führen musste.

Kommissar Severin forderte sie auf, Platz zu nehmen. Aus Mangel an einem Stuhl setzte sie sich auf das große Bett und sank ein, so weich war die Matratze. Bilder von der Staven kamen ihr in den Kopf, wie sie sich hier vor ihren Besuchern entkleidete und sich genau da, wo Marie saß, mit ihnen vergnügte. Sie zwang sich, sich auf den Kommissar zu konzentrieren, der vor ihr stehen blieb. Er hatte den Kopf in ihre Richtung geneigt, aber sein Blick war unruhig und huschte von einer Ecke des Zimmers zur anderen. Verlegen strich sie über ihren Rock. Sie hatte Angst, etwas Falsches zu sagen, dabei konnte sie wirklich nichts über Janz' Tod berichten.

»Name?«

»Marie.«

Severin wollte sich auf einem Block Notizen machen. Der Stift fiel ihm aus der Hand. Er bückte sich und nahm den Stift wieder auf, um dann seine Frage zu wiederholen: »Also noch einmal. Vorname und Nachname?«

»Marie Bimmermann. Ich wohne mit meiner Familie im dritten Stock.«

»Alter?«

»Sechzehn.«

»Beruf und Familienstand?«

»Ich mache eine Lehre als Verkäuferin im Kaufhof. Unverheiratet.«

Bevor sie ihn warnen konnte, hatte Severin einen Schritt zurück gemacht und war an die Kommode gestoßen. Er schien erleichtert, als er merkte, dass er nichts beschädigt hatte. Marie wunderte sich über seine Unbeholfenheit. Er war beileibe nicht groß gewachsen, sondern eher von kleiner Gestalt und zierlich. Überhaupt wirkte er nicht sonderlich furchteinflößend, wie er sich immer wieder mit den Fingern durch die braunen Haare mit den grauen Strähnen fuhr.

»Hast du letzte Nacht etwas Verdächtiges bemerkt? Eine Person oder ein Geräusch vielleicht?«

Sie erinnerte sich, dass sie in der Nacht aufgewacht war und Schatten auf der Straße gesehen hatte.

»Nein, ich habe fest geschlafen.«

Es war besser, sich nicht in Dinge einzumischen, die einen nichts angingen. Sie konnte sowieso nichts mehr an Janz' Tod ändern.

In diesem Moment steckte die Brand den Kopf durch die Tür. Ihre Augen waren angeschwollen: »Wissen Sie denn wirklich noch gar nichts, Herr Kommissar?«

Sie machte Anstalten, den Raum zu betreten, doch Severin versperrte ihr den Weg. Der Anblick, wie sich der schmale Polizist der großbusigen Blockwartin entgegenstellte, amüsierte Marie.

»Was haben Sie hier zu suchen? Hab ich Sie gerufen? Warten Sie gefälligst, bis Sie an der Reihe sind!«

Das war keine Bitte, das war ein Befehl. Mit einem Mal wirkte der Kommissar gar nicht mehr so klein. Es kam ihr vor, als pumpte der Ton seiner Worte ihn auf wie einen Gummireifen. Seltsamerweise reagierte die Brand sofort. Ihr Kopf verschwand hinter der Tür, die Severin mit Schwung ins Schloss fallen ließ. Endlich war da jemand, der der Blockwartin Paroli bot. Der Kommissar wurde Marie allmählich sympathisch. Vielleicht gehörte seine Hektik einfach zu seinem Beruf. Was wusste die Staven schon davon.

»Also fahren wir fort. Kannst du dir vorstellen, wer einen Grund gehabt haben könnte, den Horst Janz umzubringen?«

Marie fiel ein Einziger ein, der Janz von ganzem Herzen hasste. Sie hatte Angst, den Namen auch nur zu denken. Es war ihr Opa.

Es klopfte an der Tür, und ein bulliger Polizist trat ein. Er schien keinen Hals zu haben, wurde dafür jedoch von einer schlimmen Hautblüte im Gesicht geplagt. Er streckte den rechten Arm weit nach vorne zum deutschen Gruß, als wolle er so von seinen Eiterbeulen ablenken: »Heil Hitler!«

»Was ist denn?«

»Dringende Angelegenheit, Herr Kommissar. Duldet keinen Aufschub.«

Der Polizist ging zu Severin und flüsterte ihm etwas zu. Marie spitzte die Ohren, vermochte aber nicht zu verstehen, was gesprochen wurde. Das Gesicht des Kommissars hellte sich jetzt merklich auf.

»Du kannst gehen«, beschied er.

Erleichtert verließ sie die Wohnung der Staven. Im Erdgeschoss drückte sie sich an den Polizisten vorbei, die den Tatort sicherten. Sie war versucht, noch einen Blick auf die Leiche zu werfen. Ein besonders dicker Uniformierter verstellte ihr die Sicht. Plötzlich erinnerte sich Marie an den Unbekannten, der mit Janz gestritten hatte. War er der Mörder? Angst kroch in ihr hoch.

*

Irgendwann musste er eingeschlafen sein. Als Kolja erwachte, hatte er jedes Zeitgefühl verloren. Vorsichtig erfühlte er mit den Fingerspitzen, wie groß der Raum war, in dem er steckte. Er näherte sich der Kohlenklappe, die er in der Nacht glücklicherweise aufgestemmt bekommen hatte. Durch die Ritzen konnte er schwach das Tageslicht schimmern sehen. Jetzt durfte er sich nicht nach draußen wagen. Ihm blieb nichts anderes übrig, als zu warten, bis es wieder dunkel wurde. Während er auf den Lärm horchte, der von der Straße zu ihm drang, bemühte er sich, nicht an Wladyslaw zu denken. Er wollte an etwas denken, was ihm Hoffnung gab. Ihm fiel das Mädchen ein, das ihm etwas zu essen gegeben hatte. Sie hatte einen Namen, Marie, und sie kannte seinen.

Den ganzen Tag über kauerte Kolja in einer unbequemen Haltung in dem Kohlenkeller. Die Knie hatte er angewinkelt und die Arme um den Oberkörper geschlungen. Ein paarmal war jemand gekommen, um Kohlen zu holen, und Kolja hatte sich tief in den Schatten geduckt und nicht zu atmen gewagt. Er betete darum, dass sein knurrender Magen ihn nicht verriet. Ab und an spürte er etwas an seinen Füßen entlanghuschen. Zuerst war er furchtbar erschrocken. Mit der Zeit bewegte er nur kurz das Bein, um die Maus zu verscheuchen. Zumindest hoffte er, dass es eine Maus war und keine Ratte.

Seine Gedanken wanderten wieder zurück. Er erinnerte sich an die lange Zugfahrt, als er und die anderen Männer und Frauen in Güterwaggons wie Vieh zusammengepfercht worden waren. Sie hatten nicht rausgedurft, nicht einmal, um die Notdurft zu verrichten. Manch einer konnte nicht länger an sich halten. So brauchte sich Kolja nicht mehr als Einziger dafür zu schämen, in die Hose gemacht zu haben. Trotzdem hatte er sich noch nie zuvor so elend gefühlt. Er war erleichtert über die Dunkelheit im Waggon gewesen, die dafür sorgte, dass niemand sein Gesicht sehen konnte und er niemandem in die Augen blicken musste. Gleichzeitig beunruhigten ihn das Dunkel und das Ungewisse, in das sie fuhren. Man würde sie nach Deutschland bringen, hieß es. Er kannte zwei Burschen aus seinem Dorf, die vor einigen Jahren als Landarbeiter angeheuert hatten, um deutschen Bauern bei der Ernte zu helfen. Aber die hatten sich freiwillig gemeldet. Ihn hingegen hatte keiner gefragt, ob er in einem fremden Land arbeiten wollte. Durst und Hunger plagten ihn, und er war froh, Wladyslaw an seiner Seite zu haben. Während er hin und her geschaukelt wurde, summte Kolja eine Melodie, um sich Mut einzuflößen. Neben ihm setzte eine tiefe Stimme ein. Erst ganz leise, schließlich lauter, das Rattern des Zuges auf den Schienen übertönend, sang Wladyslaw die polnische Hymne: »Unser Polen nie verloren.«

Nach und nach stimmten andere mit ein. Der Gesang wärmte Kolja von innen. Alle im Zug fuhren einem ungewissen Schicksal entgegen, doch in diesem Moment hatten sie sich gegenseitig versprochen, den Kopf erhoben zu tragen. Während er dem Gesang lauschte, wünschte er sich inständig, dass Polen nicht für immer von den Deutschen besetzt sein würde.

Dann waren sie endlich an ihrem Ziel angekommen. Was für eine Erleichterung erfasste ihn, als die schwere Holztür des Waggons aufgeschoben wurde. Das Erste, was er von Deutschland gesehen hatte, waren zwei spitz aufragende Türme einer riesigen Kathedrale vor einem wolkenverhangenen Himmel. Nieselregen setzte ein.

»Wir sind in Köln«, sagte Wladyslaw.

Kolja fasste Vertrauen zu der Stadt, in der die Menschen Gott ein dermaßen prächtiges Haus gebaut hatten. Der Freund lachte heiser: »Was denkst du, wie viele Menschen für diese Kirche ihr Blut vergossen und gehungert haben?«

Auf den zweiten Blick hatte er die Kathedrale nicht mehr so schön gefunden.

Als es draußen dunkel wurde, öffnete Kolja vorsichtig die rostige Klappe des Kohlenkellers, die in den Bürgersteig eingelassen war, und spähte auf die Straße. Bis auf eine humpelnde Frau war niemand zu sehen. Die Frau eilte sicher ins Warme zu ihrer Familie. Er hätte sonst was dafür gegeben, an ihrer Stelle zu sein. Stattdessen war er hier, in einer der unzähligen Straßen in einer fremden Stadt. Mit letzter Kraft kletterte er auf den Gehsteig. Ein Geräusch ließ ihn herumfahren. In einiger Entfernung näherten sich von links drei Gestalten. Kolja machte sich davon. Dabei war er bemüht, im Schatten zu bleiben, damit niemand mehr als seine Umrisse erkennen konnte. Die Straßennamen kannte er nicht. So viele Möglichkeiten, und keine erschien ihm richtig. Er entschied sich für die dunkelste Gasse. Die drei Gestalten folgten ihm. Trotz der Kälte spürte er, wie ihm Schweißperlen auf die Stirn traten. Er presste sich in einen Hauseingang. Sein Atem ging stoßweise. Ihm kam es so vor, als hallte sein angstvolles Keuchen in der ganzen Straße wider. Die Gestalten kamen näher.

»Habt ihr das vom Meyer gehört? Seine Frau hat ihn bei der Gestapo angezeigt.«

»Was hat er denn getan?«

»Er hat sie mit 'ner Geschlechtskrankheit angesteckt.«

»Und was hat die Geheime Staatspolizei damit zu tun?«

»Damit nichts. Die Ehefrau hat der Gestapo aber gesagt, dass er Hitler als Pimock beschimpft hat.«

»Hat er?«

»Woher soll ich das wissen?«

Kolja hörte ihnen an, dass sie getrunken hatten. Das war gut für ihn und gleichzeitig gefährlich. Betrunkene waren unaufmerksam, wenn auch leicht reizbar. Plötzlich baute sich einer direkt vor ihm auf. Der Mann fummelte an seinem Hosenstall herum. Ein Plätschern folgte. Erleichtert atmete Kolja aus. In diesem Augenblick wurde er entdeckt.

»Was machst du denn hier?«

Sein Gehirn weigerte sich zu arbeiten. Ihm fiel einfach nichts ein, bis sich irgendwo in den Tiefen seines Gedächtnisses ein kleines Wort den Weg nach oben bahnte: »Prost!«

»Hast wohl gesoffen wie wir, Freundchen. Dann lass es dir mal schmecken. Prost und gute Nacht!«

Der andere torkelte zurück zu seinen Kumpanen. Kolja lehnte sich gegen die Häuserwand. Wladyslaw fiel ihm ein, der gesagt hatte, dass das Wichtigste für einen Menschen die Freiheit sei. Doch er fühlte sich so frei wie ein gehetztes Reh. Jederzeit konnten die Jäger aus dem Dickicht auftauchen und ihn erschießen, so wie sie es mit seinem Freund getan hatten. Es machte keinen Sinn, mutterseelenallein durch Köln zu laufen. Vielleicht sollte er sich bei der nächsten Polizeiwache melden und hoffen, dass man ihn bald wieder nach Polen ließ. Ewig konnte man ihn schließlich nicht hier behalten. Er war jung und zäh. Zwei, drei Jahre der harten Arbeit würde er irgendwie überstehen.

4

Marie fluchte, weil Wels sie mal wieder länger dabehalten hatte.

»Die Verkaufsräume müssen gewischt werden, Fräulein Bimmermann«, war sein fadenscheiniger Grund gewesen. Es hatte ihm bestimmt ein inniges Vergnügen bereitet, die Wut in ihren Augen zu sehen. Jetzt war sie spät dran und spürte die Säfte in ihrem Magen Alarm schlagen. Sie klappte den Kragen ihres Mantels hoch, um sich gegen den eisigen Wind zu schützen. Bei diesem Wetter sollte nicht einmal ein streunender Hund draußen auf der Straße sein, dachte Marie. Die Straßenbahn war ihr zu ihrem Pech vor der Nase weggefahren, so blieb ihr nichts anderes übrig, als zu laufen. Als sie an den Ruinen der Häuser in der Nähe des Schlageterplatzes vorbeikam, erschauderte sie. Wie Klauen ragten sie aus dem Boden. Man konnte meinen, die Bomben der Engländer hätten Köln ernsthafte Schäden zugefügt. Sie wusste aber, dass die Häuser abgerissen worden waren, um Platz für den imposanten Straßenzug zu machen, der von hier bis zum Heumarkt reichen sollte. Die Ost-West-Achse wurde er genannt. Erst vor kurzem waren die Abrissarbeiten eingestellt worden. Wegen der Kälte, nicht wegen der Luftangriffe.

Ihre Absätze klapperten laut auf dem Pflaster. Zu laut in dieser Dunkelheit, wie sie fand. Seit Beginn des Krieges hatte die Reklame in Schaufenstern, Kinos und Theatern auf Dunkelblaulicht gewechselt, und durch Wohnungsfenster durfte kein Licht dringen, daher lag ihr Weg zu weiten Teilen im Dunkeln. Hin und wieder fuhr ein Auto mit abgeblendeten Scheinwerfern an ihr vorbei. Es war gruselig so allein. Hoffentlich hatte die Polizei den Mörder mittlerweile gefangen.

Als Marie im schwachen Schein des Mondes drei Gestalten bemerkte, die ihr entgegenkamen, wechselte sie vorsorglich die Straßenseite. Die Männer ließen es dabei bewenden, ihr anzügliche Sachen nachzurufen. Sie freute sich auf die geheizte Küche und etwas zu essen. Anschließend würde sie sich mit der Mutter und dem Opa unterhalten, ein Radioprogramm hören und früh schlafen gehen. Andere Ablenkungen von der Arbeit gab es montags bis samstags nicht, nur am Sonntag gönnte sie sich ein wenig Zerstreuung. Im Sommer fuhr sie dann in den Rheinpark nach Deutz, ging in der Badeanstalt an der Bastei schwimmen oder flanierte mit Kolleginnen durch die Hohe Straße und Schildergasse. Wenn ein Mann sie ansprach, kicherten sie und stellten sich vor, wie ihr zukünftiger Ehemann wohl aussehen würde. In letzter Zeit waren die Männer in Köln jedoch deutlich weniger geworden. Viele hatten sich freiwillig an die Front gemeldet, auch Günther. Als Marie sein Name einfiel, merkte sie, wie lange sie schon nicht mehr an ihn gedacht hatte. Er war so etwas wie ein Verehrer. Vor dem Krieg zumindest. Über ein Jahr war er bereits als Soldat an der Front. Aus Polen hatte er ihr ein Foto geschickt, auf dem er hoch zu Ross posierte. Das Bild war zu verschwommen gewesen, um sein Gesicht zu erkennen. Die erste Zeit hatte sie ihn sehr vermisst. Ihr fehlten die Nachmittage, an denen er mit ihr herumspaziert war oder sie ins Kino ausgeführt hatte. Besonders gern war sie mit ihm in den Kristallpalast am Waidmarkt gegangen, wo es, während die Filmrollen gewechselt wurden, eine Varieté-Nummer gab, die oft spannender als der ganze Rest war. Einmal trat ein Schwertschlucker auf. Angesichts der scharfen Klingen zerquetschte sie beinahe Günthers Hand, so viel Angst hatte sie davor, die Messer könnten dem Mann die Kehle aufschlitzen. Da fand sie den Gummimenschen lustiger, der sich verrenken konnte, als ob er anstelle von Knochen Gummibänder im Leibe hätte.

Ihre Schritte wurden schneller. Gleich war sie zu Hause. Sie bog von der Domstraße in den Thürmchenswall ein. Ein Schatten stellte sich ihr in den Weg. Marie wollte schreien. Vor lauter Angst kam kein Ton über ihre Lippen. Das musste der Unbekannte sein, den sie mit Janz streiten gehört hatte. Der Mörder war jetzt gekommen, um die Zeugin zu beseitigen. Sekunden der Angst verstrichen. Ihr Gegenüber rührte sich nicht. Nach und nach wurde ihr klar, dass der Mann vor ihr nicht der Unbekannte von gestern sein konnte. Er war viel zu schmächtig dafür. Erleichterung erfasste sie. Womöglich war er nur ein Dieb.

»Wollen Sie Geld? Ich kann Ihnen nicht viel geben. Hab ja selber nichts.« Sie kramte in ihren Taschen. Irgendwo musste sie doch noch einen Groschen haben.

»Marie!«

Er kannte ihren Namen.

»Wer sind Sie?« Sie kniff die Augen zusammen. Etwas an ihm kam ihr bekannt vor.

»Ich. Kolja.«

Es war der Pole, dem sie das Brot gegeben hatte. Der Junge wischte sich mit dem Ärmel über das vom Kohlenstaub geschwärzte Gesicht. Ob er davongelaufen war? Marie wusste nicht, was sie tun sollte. Er sah eigentlich nicht bedrohlich aus. Aber so einfach mit ihm auf der Straße stehen bleiben, das ging auf gar keinen Fall. Sie könnten von den umliegenden Häusern aus gesehen werden. Kurz entschlossen machte sie dem Polen ein Zeichen, ihr zu folgen.

Sie drückte die Haustür auf. Die Luft schien rein. Marie winkte Kolja zu sich. In diesem Augenblick schepperte es laut. Sie fuhr erschrocken zusammen. Im ersten Moment hatte sie an eine Bombe gedacht, doch im nächsten fiel ihr auf, dass dafür der Lärm viel zu gedämpft gewesen war. Vermutlich war der Pole gegen einen leeren Eimer gestoßen, der zusammen mit Sandsäcken im Flur stand, um bei einem Brandbombenangriff mit Wasser gefüllt zur Feuerbekämpfung eingesetzt zu werden. Sie tastete im Dunkeln nach dem Eimer und stellte ihn wieder auf. Der Krach hatte keine weiteren Folgen. Seit Beginn der Luftangriffe auf Köln reagierten die Leute nur noch auf lautes Sirenengeheul.

Maries Plan war es, Kolja im Keller zu verstecken. Als sie von dort schwere Schritte die Treppe hochkommen hörte, zog sie ihn mit sich. Überrascht bemerkte sie die angelehnte Tür zu Janz' Wohnung und das gebrochene Siegel.

»Warte hier. Sei ganz still.« Sie schob Kolja hinein.

Dann schloss sie die Tür, hockte sich davor und tat so, als

binde sie sich die Schnürsenkel. Kurz darauf kam die Blockwartin mit einem Korb voller Brennholz vorbei.

»Heil Hitler, Frau Brand.«

»Heil Hitler, Marie.«

Die Blockwartin schien zufrieden. Normalerweise grüßte Marie sie mit einem »Guten Morgen« oder »Schönen Abend«, denn die Brand ärgerte sich jedes Mal darüber, wenn jemand nicht den deutschen Gruß verwendete. Aber heute konnte Marie keinen Ärger gebrauchen.

Leider stellte die Blockwartin nun den Holzkorb ab, stemmte die Hände in die Hüften und fing eine Unterhaltung an: »Was macht die Arbeit? Bist du schön fleißig?«

Sie nickte. Der Petze würde sie garantiert nichts von ihrem Ärger mit Wels erzählen.

»Habt ihr im Kaufhof zurzeit Kleider von ADEFA?«

ADEFA war ein Gütesiegel, das Ware aus arischer Hand garantierte. Die Brand wollte nichts tragen, was von Juden hergestellt worden war.

»Ja, aber die sind sehr teuer.«

»Wenn Deutschland erst einmal judenfrei ist, kann sich jede anständige deutsche Frau solche Qualitätsware leisten.«

Marie pflichtete ihr bei, um die Blockwartin so schnell wie möglich loszuwerden. Tatsächlich war sie nicht überzeugt davon. Seit sie sich erinnern konnte, hatte ihre Familie immer nur alte Kleider von anderen Leuten getragen. Neue Sachen gab es in einer Arbeiterfamilie nicht, daran hatte sich auch unter Hitler nichts geändert. Die Juden, die sie kannte, konnten sich ebenfalls nur getragene Kleidungsstücke leisten. Weil sie seit Januar keine Reichskleiderkarte mehr erhielten, kamen die wohlhabenderen Juden nicht mehr als Kunden in den Kaufhof. An denen lag es also bestimmt nicht, dass sie gebrauchte Sachen trug.

Marie trat von einem Fuß auf den anderen. Wenn die Blockwartin nur endlich weitergehen würde. Hoffentlich war der Pole schlau genug, keinen Mucks von sich zu geben.

»Was ist los, Mädchen, frierst du?«

Wieder nickte sie.

»Willst du im Flur etwa Wurzeln schlagen? Ab mit dir nach Hause in die warme Stube.«

Marie wollte auf gar keinen Fall das Misstrauen der Brand erregen, daher blieb ihr nichts anderes übrig, als vor der Blockwartin die Treppe hinaufzusteigen. Um sicher zu gehen, dass diese auch mitkam, bot sie ihr großzügig an, den Holzkorb zu tragen.

»Das würdest du tun? Das ist mir aber mal ein anständiges deutsches Mädel. Ich habe neulich noch zu der Frau Esser gesagt, welch Glück es ist, dass aus dir und deinem Bruder noch was geworden ist. Bei dem Großvater.«

Am liebsten hätte Marie der Brand den schweren Korb auf die Füße geknallt. Stattdessen schleppte sie ihn hoch und geriet dabei ordentlich ins Schwitzen. Solange ihnen der Opa nicht über den Weg lief, war alles gut. Er hätte sicher kein Verständnis dafür, dass sie der alten Hexe half. Die jammerte vor sich hin: »Ich fühle mich im eigenen Haus nicht mehr sicher seit der Sache mit Horst Janz. Jeder kann sich hier einfach reinschleichen. Schrecklich, schrecklich. Der arme Mann. Einfach ausgeraubt und ermordet.«

»Wieso ausgeraubt? Davon hat die Polizei gar nichts gesagt.«

»Das habe ich mir so gedacht. Warum hätten die Polen ihn sonst umbringen sollen?«

»Die Polen?« Marie wurde stocksteif.

»Die sind doch letzte Nacht hier aus dem Lager geflohen, weißt du das nicht? Das ist kein Zufall, dass die in derselben Nacht abgehauen sind, in der der arme Horst Janz, Gott sei ihm gnädig, ermordet wurde.«

Marie sah Koljas Augen vor sich. Konnten das die Augen eines Mörders sein? Mit seinem jungenhaften Gesicht kam ihr der Pole nicht gerade wie ein eiskalter Schurke vor. Und wie hilflos hatte seine Stimme geklungen, als er ihren Namen nannte. Sie konnte nicht glauben, dass er Janz hinterrücks erstochen hatte. Es musste jemand anders gewesen sein. Womöglich der Unbekannte.

Endlich waren sie im zweiten Stock vor der Haustür der Brand angelangt. Marie verabschiedete sich und lief zur Tarnung eine Treppe höher. Dort wartete sie, bis die Blockwartin ihre Wohnung betreten hatte. Leise schlich sie wieder hinunter ins Erdgeschoss. Nur zögernd betrat sie die Wohnung. Sie konnte sich noch gut an den blutigen Fleck erinnern, den Janz' Leiche hinterlassen hatte. Jemand hatte zwar das Schlimmste beseitigt, doch das Blut war tief in den Holzboden eingezogen. Hier half nur ein frischer Anstrich. Die Beleuchtung des Hausflurs warf ihren Lichtschein auf den Fleck. Das ließ ihn feucht wirken. Marie unterdrückte einen Würgereiz. Ihr Blick fiel auf Kolja, der an der Wand lehnte. Als sie hereinkam, war er ganz angespannt gewesen. Jetzt schien er erleichtert, fast unbefangen zu sein, als wisse er nicht, was an dieser Stelle erst vor kurzem Furchtbares passiert war.

Skeptisch beäugte sie ihn. Die Brand hatte von einem Raub erzählt. Damit konnte der Pole nichts zu tun haben. Er hatte nichts als seine Kleidung am Leib. Mit seinen Augen, den Augen aus ihrem Traum, sah er sie vertrauensvoll an. Nicht die geringste Spur von Heimtücke oder Gewalttätigkeit war darin zu erkennen. Zaghaft lächelte er. Marie schloss die Wohnungstür hinter sich. Dunkelheit umgab sie. Sie hörte Koljas Atem ganz nah an ihrem Ohr. Zu ihrer eigenen Verwunderung jagte er ihr keine Angst ein.

Über die Stelle, an der der blutige Fleck war, machte sie einen großen Schritt. Sie ging durch die Küche und das Schlafzimmer. Bevor sie es wagen konnte, Licht zu machen, musste sie alles verdunkeln. Anschließend zündete sie eine Kerze an, die auf dem Küchentisch gelegen hatte, mit der sie Kolja anleuchtete. Seine Kleider und Schuhe waren in einem erbärmlichen Zustand.

»Du brauchst was Sauberes. So erkennt ja jeder gleich, dass du ein Fremdarbeiter bist.«

Es war wohl nichts Schlimmes dabei, dem Polen etwas von Janz zum Anziehen zu geben. Der konnte damit ohnehin nichts mehr anfangen. Sie schüttelte den Gedanken an Diebstahl ab.

Marie öffnete den Kleiderschrank im Schlafzimmer. Zwei Uniformen hingen darin, eine davon nahm sie heraus und hielt sie Kolja hin.

»Nein!«

Sie verstand nicht, warum er sich weigerte. Alles war besser als die vor Dreck starrenden Fetzen, die er am Leib trug.

»Nein! Nazi.«

Wahrscheinlich machte ihm die Uniform Angst. Mit einem Lächeln, das ihn beruhigen sollte, kramte sie im Schrank herum und fand ein Unterhemd und einen Wollpullover. Die Sachen drückte sie ihm in die Hand. Dann hängte sie die Uniformjacke wieder weg und legte nur die Hose auf den Stapel Kleider in Koljas Händen. Mit einem fragenden Blick vergewisserte sie sich, dass er dagegen nichts einzuwenden hatte. Sie fand sogar noch gut erhaltene Herrenhalbschuhe aus braunem Leder, die dem Polen nur ein bisschen zu groß waren. Mit zwei Paar dicken Socken musste das gehen.

Sie durfte kein Feuer im Herd machen, aber zur Not tat es auch kaltes Wasser, damit der Pole sich waschen konnte. Sie nahm ihn mit in die Küche: »Ich lass dich jetzt besser allein. Für eine Nacht kannst du hier bleiben. Auf keinen Fall länger. Ich komme später noch mal wieder. Wenn du Hunger hast, such dir was zu essen.«

Er nickte, als ob er verstanden hätte, und begann, sein Hemd auszuziehen. Verstohlen sah sie ihm zu. Ihre Augen wanderten über seinen Körper. Deutlich konnte sie blonde Härchen auf seinen Armen erkennen. Marie bemerkte eine vernarbte Stelle auf seinem Rücken. Sie war ganz rosig. Sie stellte sich vor, wie sie mit den Fingern über die wulstige Haut strich.

Plötzlich erschrak sie über sich selbst. Sie schämte sich für das, was ihr soeben durch den Kopf gegangen war, denn sie hatte das Merkblatt über den gesellschaftlichen Verkehr mit Fremdarbeitern, kurz GV-Erlasse, gelesen, die die blonde Hella aus der Süßwarenabteilung spöttisch »Geschlechtsverkehr-Erlasse« nannte:

»Haltet das deutsche Blut rein! Das gilt für Männer wie für

Frauen! So wie es als größte Schande gilt, sich mit einem Juden einzulassen, so versündigt sich jeder Deutsche, der mit einem Polen oder einer Polin intime Beziehungen unterhält. Verachtet die tierische Triebhaftigkeit dieser Rasse! Seid rassebewusst und schützt eure Kinder. Ihr verliert sonst euer höchstes Gut: eure Ehre.«

Der Pole könnte über sie herfallen und ihr Gewalt antun. Ihr fiel die Frau ein, die Rassenschande begangen hatte. Das blühte einem, wenn man sich mit einem Fremdarbeiter einließ. Wenn das aufflog, kam sie ins Konzentrationslager. Ohne ein weiteres Wort ging Marie aus der Wohnung.

*

So zufrieden, wie es in seiner Situation nur ging, lag Kolja auf dem Bett. Es tat gut, die Beine von sich zu strecken. Die Matratze war bequem. Wenn er sich bewegte, schaukelte sie leicht, allerdings quietschte sie auch etwas. Daher zog er es vor, sich ganz still zu verhalten. Marie würde sicher bald wiederkommen. Er begutachtete seine Kleidung. Die Hose war ihm etwas zu lang und zu weit, deshalb hatte er sie an den Hosenbeinen umgeschlagen und ein zusätzliches Loch in den Gürtel gebohrt. Dass sie zu einer deutschen Uniform gehörte, daran wollte er nicht denken. Nichts in der Welt hätte ihn dazu gebracht, die dazugehörige Jacke anzuziehen. Der Pullover war besser. Er roch an einem Ärmel und atmete den Geruch von Mottenpulver ein. Wenigstens trug er nicht mehr die abgerissenen Lumpen. Zu allem Überfluss spürte er zum ersten Mal seit langer Zeit nicht den geringsten Hunger. Er hatte ungeheuer viel gegessen; Brot und Schinkenspeck, Kompott und Wein füllten seinen Magen. So stellte er sich ein Hotel vor. Auch wenn die Räume in der Wohnung nicht geheizt waren, empfand Kolja es im Gegensatz zu der zugigen Bretterbude und dem feuchten Keller, in dem er sich zuletzt aufgehalten hatte, als warm. Fast konnte er vergessen, dass er auf der Flucht war. Er war noch nie verreist, und es gefiel ihm, seine jetzige Lage als Ferien zu betrachten. Morgen würde er eine Postkarte an die Familie daheim schreiben: »Liebe Mutter, liebe Schwestern. Mir geht es gut. Ich bringe euch allen was Schönes mit. Grüßt mir Jan. In Liebe, Kolja«.

Er schreckte hoch. Irgendetwas hatte ihn geweckt. Er vernahm ein leises Geräusch wie das Schließen einer Tür. Bestimmt war es Marie, die zurückkam, um nach ihm zu sehen. Und wenn es nicht Marie war? Ob sie ihn verraten hatte? Panik erfasste Kolja. Draußen vor der Tür hörte er Schritte. Es klapperte. Dinge fielen zu Boden. Er entschied sich dafür, unter das Bett zu kriechen. Staub wirbelte auf.

Die Kerze! Er hatte vergessen, sie auszublasen. Sie gab nur ein flackerndes Licht ab; zu wenig, um von draußen bemerkt zu werden. Wenn die Person jedoch hereinkäme, würde sie wissen, dass jemand im Zimmer war. Eilig krabbelte er aus seinem Versteck hervor und löschte die Flamme, um sich sofort wieder unter das Bett zu rollen. Es war keine Sekunde zu früh. In diesem Augenblick ging die Tür zum Schlafzimmer auf. Aus seinem Versteck heraus sah Kolja zunächst zwei Beine. Sie gehörten zu einer Frau, aber es konnte nicht Marie sein, die viel dünnere Waden hatte. Sein Blick wanderte weiter nach oben. Er beobachtete, wie die Unbekannte schnupperte. Sie musste riechen, dass die Kerze gebrannt hatte. Mit Schrecken kam er auf den Gedanken, dass sie unter der Matratze nachsehen und ihn durch den Lattenrost erspähen könnte. Genau in diesem Moment trat die Frau an das Bett heran.

*

Während Heinzi erzählte, wie er und seine Schar am Nachmittag auf dem Aufmarschfeld neben dem Aachener Weiher exerziert hatten, und von der Tribüne aus Bruchstein und dem Adler mit dem Hakenkreuz schwärmte, konnte sich Marie einfach nicht konzentrieren. Den Teebeutel von Teekanne, den sie mit heißem Wasser aufgegossen hatte, warf sie in den Mülleimer, anstelle ihn zum Trocknen aufzuhängen. Als sie es bemerkte, war es zu spät. Der Tee hatte sich bereits mit dem Kaffeeersatz vermischt. Immer wieder musste sie an den Polen denken, den sie bei Janz versteckt hielt. Ihr war deutlich bewusst, in welche Gefahr sie nicht nur sich selbst, sondern sie alle gebracht hatte. Wenn sie die Uhr nur einfach zurückdrehen könnte. Sie wünschte sich, Wels hätte sie an diesem Abend früher nach Hause gehen lassen. Dann wäre sie Kolja nicht begegnet.

Marschmusik, die aus dem Volksempfänger dudelte, lenkte sie ab. Marie merkte, wie ihr Fuß im Rhythmus wippte. Seit sie das Radio besaßen, waren die Abende ausgesprochen unterhaltsam. Vorher hatten sie ja nur einander gehabt, jetzt kam die Ablenkung aus dem braunen Kasten. Mit einem Mal brach die Musik ab. Eine scharfe Stimme ertönte und lieferte die neusten Berichte von der Front. Die deutsche Armee war wieder einmal siegreich gewesen. Es erschien ihr wie ein Wunder, dass der Krieg überhaupt noch andauerte, so viele Siege, wie die Wehrmacht davontrug. Tagtäglich wurde davon berichtet, dass die Deutschen London oder Southampton verwüstet hatten.

»Mach das aus«, forderte Opa Heinzi auf. Der schüttelte störrisch den Kopf.

»Hörst du nicht?«

Die Mutter sah von den Unterhosen auf, die sie stopfte, und mischte sich ein: »Lass ihn doch, Vater.«

Triumphierend grinste Heinzi Marie an. Sie lächelte nicht zurück. Ihr tat es Leid, dass der Opa verärgert worden war und nun schweigend seine Suppe in sich hineinlöffelte.

*

Nur mühsam gelang es Kolja, seine Zähne davon abzuhalten, lautstark aufeinander zu schlagen. Die Frau durchwühlte das Bettzeug. Wenn sie nun die Wärme erfühlte, die sein Körper auf der Decke hinterlassen hatte? Er überlegte, an der Person vorbei aus dem Zimmer zu laufen. Draußen auf dem Flur knarrte es plötzlich. Die Frau erstarrte. Dann entfernten sich ihre Schritte. Regungslos blieb er liegen. Sein Herz raste.

5

Marie fragte sich, woran sie einen Mörder erkennen konnte. Im Westdeutschen Beobachter waren Mörder schwarzhaarige Gesellen mit dunklen, stechenden Augen. Der Pole hingegen hatte braune Haare und goldbraune Augen. Und er sah auch nicht aus wie der Pole auf den Anschauungstafeln im Biologie-Unterricht. Auf denen war als Beispiel für den Arier ein junger, gut aussehender Mann abgebildet, während die anderen Rassen, wie die Zigeuner, Polen und Juden, fast ausnahmslos alte Männer waren.

»Schmeckt es dir nicht, mein Kind?«

»Doch, ist lecker.«

Die Mutter wirkte besorgt, weil Marie lustlos in ihrer Suppe gestochert hatte, dabei gab es Eintopf mit dicken Fleischstücken. Mutter war heute nach Ehrenfeld zum Städtischen Schlacht- und Viehhof in der Liebigstraße rausgelaufen. Überglücklich war sie über das Stück Speck, das sie ergattern konnte. Früher hatten wenigstens alle zwei Wochen Würstchen oder Braten auf ihrem ansonsten recht kargen Speiseplan gestanden, denn da war der Jupp, ein alter Freund des Vaters, noch Metzger im Schlachthof gewesen. Marie mochte ihn, weil er mit seinem mächtigen Leib und den kleinen Händen selber ein bisschen wie die Würstchen aussah, die er herstellte. Seit über zwei Jahren durfte er seinen Beruf jedoch nicht mehr ausüben, aus dem einfachen Grund, dass er ein Jude war. Für die Familie Bimmermann war das ein schwerer Verlust gewesen. Fleisch gab es nun fast überhaupt nicht mehr. Außer der Brotmarkenwurst, in der nicht das geringste bisschen Fleisch steckte und die Marie überhaupt nicht schmeckte. Normalerweise hätte sie sich genauso gierig über die Schwarte hergemacht wie ihr Bruder und ihr Opa, doch gerade jetzt ging ihr viel zu viel im Kopf herum, um Appetit zu haben.

Nachdem sie, um ihre Mutter zu beruhigen, ein paar Löffel

von der Suppe gegessen hatte, rieb sich Marie die Arme: »Ist das kalt heute. Ich geh in den Keller Kohlen holen.«

»Wirst du krank, Liebelein? Lass das mal den Heinzi machen.«

»Nein, es ist halb so schlimm. Wenn ich die Treppen hoch- und runterlaufe, wird mir bestimmt ganz schnell wieder warm.«

»Deine Beine hätte ich alter Mann gern.«

»Du bist nicht alt, Opa.«

Liebevoll strich sie ihm über den abgemagerten Arm. Was sie sagte, stimmte nicht. Die letzten sieben Jahre waren mit ihrem Opa nicht gut umgesprungen. Sein Gesicht wies tiefe Furchen auf. Die Wangen waren eingefallen und die einst lustigen Augen trübe geworden. Es tat Marie weh, ihn so zu sehen. Sie erinnerte sich an den lebhaften Mann, der für das kleine Mädchen, das sie damals war, Spiele und Geschichten erfunden hatte. Manchmal fuhr sie mit ihm sonntags nach Klein-Moskau hinter Nippes, wo er seine Genossen traf und stundenlang mit ihnen stritt und lachte. Ein Feuer hatte in ihm gebrannt. Jetzt saß er zusammengekauert da, mit einem verlorenen Ausdruck in den Augen. Sie bedauerte es, gehen zu müssen. Als sie aufstand, fiel ihr Blick auf Janz' Jacke. Die Mutter war noch nicht dazu gekommen, den Riss zu nähen. Kurz entschlossen nahm Marie die Jacke mit.

»Kolja?«

Sie hatte nach dem Polen gesucht, konnte ihn aber nirgends finden. Schon hoffte sie, dass er abgehauen sei, da kroch jemand unter dem Bett im Schlafzimmer hervor. Es war der Pole.

»Du hast dich vor mir versteckt?«

Kolja schüttelte heftig den Kopf und stammelte ein paar Worte.

»Langsam. Was ist los?«

»Ist Mensch.« Mit dem Finger deutete er auf den Boden.

»Hier ist jemand?« Panisch sah sich Marie im Zimmer um.

»Nein. Nein.«

»War jemand in der Wohnung, als ich weg war?«

»Ja.«

»Polizei?«

Der Junge verneinte. Er nahm seine Hände zur Hilfe. Sie sah, wie er leicht errötete, weil er eine kurvige Bewegung in die Luft zeichnete. Das fand sie niedlich.

»Eine Frau war hier?«

Diesmal nickte er. Er durchwühlte das Bett, wie es wohl die Person gemacht haben musste. Marie war verwirrt. Es wurde Zeit, dass Kolja hier verschwand. Sie würde den Polen zu den Bahngleisen am Gladbacher Wall bringen, wo er auf einen Güterzug warten konnte, der ihn aus Köln raus und nach Hause bringen würde. Sie reichte ihm Janz' Jacke.

Als sie auf die Straße traten, fröstelte sie, denn sie hatte keinen Mantel angezogen. Die Luft knisterte vor Kälte. Es musste nach zehn Uhr sein, so finster war es. Marie zwang sich zur Ruhe und richtete ihren Blick auf den leuchtenden Anstrich der Bordsteine. Im Dunkeln brauchte jeder Schritt höchste Konzentration. An der Straßenecke sah sie sich vorsichtig um. Geduckt lief sie über den Adolf-Hitler-Platz, der Pole hinter ihr her. Am Tabakwarengeschäft Uehlein bog sie mit Kolja in die Sudermannstraße ein. Bisher ging alles gut. Auf der Aquinostraße bemerkte sie den gefilterten Lichtschein einer Taschenlampe. Zwei Personen kamen ihnen entgegen. Es waren Polizisten. In dieser Situation umzukehren, wäre zu auffällig gewesen. Marie fasste Kolja am Arm und drehte ihn zu sich um. Sie nahm seine Hände und legte sie um ihre Hüfte, dann steckte sie ihre Hände in seine Jackentaschen. Sie fühlte einen abgerissenen Knopf und ein zusammengeknülltes Papier; ihre Finger schlossen sich darum.

Sie war so dicht an Kolja gepresst, dass sie seinen Herzschlag spürte. Seine Bartstoppeln kratzten über ihre Haut. Die Nähe zu ihm verwirrte Marie. Sie atmete seinen Geruch nach Seife, Mottenpulver und Schweiß ein. Durch den Stoff seiner Jacke hindurch merkte sie, wie sich Koljas Rückenmuskeln anspannten. Sein Kinn zuckte. Als sie den Kopf hob und in seine Augen blickte, sah sie die Verzweiflung darin.

»Sieh mal, Jean, die haben wohl kein Zuhause.« Die Polizisten unterhielten sich.

»Ich fänd's auch nicht schlecht, wenn mich in dieser Schweinekälte ein Weib wärmen tät.« Der andere lachte.

»Eins? Gegen diese Eistemperaturen helfen nur drei.«

Obwohl Marie klar war, in welcher Gefahr sie schwebte, spürte sie vor allem Koljas Wärme. Keine zwei Zentimeter waren ihre Lippen von den seinen entfernt. Die Luft, die er ausatmete, atmete sie ein. Sie vermochte nicht mehr zu unterscheiden, ob es ihr Herzschlag war, der ihr in den Ohren dröhnte, oder seiner. Ihr war komisch im Magen. Sie hoffte, es hatte damit zu tun, dass sie den ganzen Tag nicht viel gegessen hatte.

Die Polizisten waren vorbeigegangen. Erst als einige Minuten vergangen waren, wagte sie es, sich aus der Umarmung zu lösen. Es tat ihr beinahe Leid, Kolja loszulassen, so als fehle ein Teil von ihr, von dem sie bislang keine Ahnung gehabt hatte und der ihr nun lebenswichtig erschien. Rasch trat sie ein paar Schritte zurück. Die Kälte war ernüchternd. Sie zeigte Kolja, wo er von der Krefelder Straße in den Gladbacher Wall abbiegen musste, um zu den Bahngleisen zu gelangen: »Komm gut heim, hörst du. Ich wünsche dir viel Glück.«

Während sie dies sagte, beugte er sich zu ihr und küsste sie auf die Wange. Es war nur ein flüchtiger Kuss, aber Marie kam es vor, als kribbele es in ihrem ganzen Körper von der Kopfhaut hinab bis in die Zehenspitzen hinein. Sie starrte auf Koljas Lippen. Was würde sie tun, wenn er sie noch einmal küssen würde?

»Los, beeil dich. Worauf wartest du? Du hast keine Zeit mehr zu verlieren«, drängte sie ihn. Sie sah ihm noch nach, als er längst ihrem Blickfeld entschwunden war. Der Pole hatte tief in ihr etwas berührt, was sie verwirrte. Es war nicht nur der Kuss. Das mit Kolja, das war etwas anderes. Sie hätte ihn jederzeit bei der Polizei anzeigen können, und das wusste er. Er hatte ihr sein Leben anvertraut, sich ihr ganz ausgeliefert. Das hatte noch nie jemand getan. Es war etwas Besonderes. Wie Schicksal.

Erst jetzt bemerkte sie, dass sie den Knopf und das Papier immer noch in der Hand hielt. Geistesabwesend steckte sie die

Sachen in ihre Rocktasche. Auf einmal spürte sie, wie sehr sie fror. Sie hatte sich bestimmt eine Erkältung eingefangen.

Es kam ihr wie eine halbe Ewigkeit vor, bis sie das Schloss der Tür endlich aufbekam. Im Haus fühlte sie sich sicher. Es war überstanden. Aber als sie an Janz' Wohnungstür vorbeiging, erinnerte sie sich an das polizeiliche Siegel, das gebrochen war. Es war schon beschädigt gewesen, bevor sie Kolja in der Wohnung versteckt hatte. Schließlich war die Tür nur angelehnt gewesen. Das hieß, dass sich vor ihr und Kolja und der unbekannten Frau noch jemand in die Wohnung geschlichen hatte. Oder dass die Fremde zurückgekehrt war, weil sie beim ersten Mal nicht fand, was sie suchte. Marie überlegte, ob sie das gebrochene Siegel bei der Polizei melden sollte.

*

Während Kolja zu den Gleisen lief, versuchte er das Bild festzuhalten, wie sich eine Strähne aus Maries zurückgebundenen Haaren gelöst hatte und ihr über die riesengroßen Augen gefallen war. Sie war so hübsch mit dem kleinen Grübchen am Kinn. Und wie sie die Nase kraus zog. Ein richtiges Engelsgesicht hatte sie. Das war sie ja auch, sein Schutzengel. Sie hatte ihn versteckt, hatte ihm Essen und warme Kleider gegeben. Mehr noch; als er sie im Arm hielt, war ihr Körper ganz eng an den seinen gepresst gewesen. Er hatte ihre Brust fühlen können. Am liebsten hätte er die Zeit angehalten und wäre für immer so stehen geblieben. Er würde Marie nie vergessen. Wenn sie sich zu einer anderen Zeit an einem anderen Ort begegnet wären, hätten sie wirklich gute Freunde werden können, dachte er. Oder mehr.

6

Die Angst wuchs in ihm wie eine Schlingpflanze empor. Kolja verstand die Welt nicht mehr. Die Polizisten behandelten ihn wie einen Schwerverbrecher. Brutal verdrehten sie seine Arme auf den Rücken. Vor Schmerz schrie er auf. Mit Stricken fesselten sie seine Hände und Füße, so dass er nur noch ganz kleine Schritte machen konnte. Die Fesseln schnitten tief ins Fleisch. Derart zusammengeschnürt brachten sie ihn zu diesem Haus. Von außen sah es harmlos aus wie eine Verwaltung. Innen wartete eine stählerne Tür darauf, dass man sie mit einem großen Schlüssel öffnete. Kolja wurde hineingestoßen. Hinter ihm fiel die Tür mit einem Krachen ins Schloss, das ihn zusammenzucken ließ. Das hier musste ein Gefängnis sein. Vor ihm lag ein beleuchteter Gang. Viele Türen gingen von ihm ab. Zellentüren. Eine wurde für ihn geöffnet.

Er war allein. Allein in einer nur etwa ein mal vier Meter großen Zelle. Darin war es bis auf den Lichtschein, der durch die Schlitze der eisernen Fensterläden drang, dunkel und stickig. Ein scharfer Gestank nach Urin stach in seine Nase. Kolja roch die Angst, die in dem Gemäuer gefangen war. Es war ihm, als wäre er unter einem riesigen Stein begraben, der ihm auf die Brust drückte und ihn langsam erstickte. Erst allmählich gewöhnten sich seine Augen an die Dunkelheit. Nach und nach erkannte er eine Holzpritsche und einen übel riechenden Eimer. Sonst nichts. Dumpf hallte in der Ferne ein Schrei an sein Ohr. Anschließend war es still. Unerträglich still. Er hatte nichts von dem verstanden, was die Männer brüllten, nachdem sie ihn an den Bahngleisen verhaftet hatten. In seinem Kopf drehte sich alles nur um die Frage, was sie mit ihm vorhatten.

*

»Fräulein, ich spreche mit Ihnen.«

Marie wurde aus ihren Gedanken gerissen. Eine Kundin stand verärgert vor ihr und beschwerte sich, dass sie nicht bedient wurde. Sie hatte eine Reichskleiderkarte und wollte damit einen Mantel kaufen. Sofort nahm Marie sich ihrer an und entwertete die Punkte der Karte mit einem Stempel, doch Wels hatte schon mitbekommen, dass etwas nicht stimmte. Augenblicklich kam er herbeigeeilt, um nach dem Rechten zu sehen: »Ich muss Sie vielmals um Verzeihung bitten, gnädige Frau.«

Nachdem die Kundin gegangen war, hatte Wels seinen großen Auftritt. Er nutzte die Gelegenheit, um mal wieder seine Macht zu beweisen. Gift und Galle spuckend fuhr er sie an: »Noch einmal, Fräulein Bimmermann, und Sie sind draußen. Ist das klar? Ich habe Ihre Eskapaden allmählich satt. Nicht nur, dass Sie ständig zu spät kommen und aufmüpfig sind. Jetzt vernachlässigen Sie auch noch Ihre Arbeit. Das werde ich nicht länger dulden. Haben wir uns verstanden?«

Das war ernst. Ihre Arbeitsstelle durfte sie nicht verlieren. Mutter nähte in Heimarbeit graue Uniformen und flickte Kleidungsstücke für Nachbarn, aber da kam nicht viel zusammen. Es reichte auch mit Opas karger Rente kaum aus, um die Familie zu versorgen. Außerdem konnte Marie froh sein, solch eine Lehrstelle gefunden zu haben, denn der Kaufhof war eine renommierte Adresse mit lauter Kundschaft aus Marienburg. Das Geschäft hieß früher Kaufhaus Tietz und gehörte einer jüdischen Familie. Obwohl sie erst neun gewesen war, konnte sie sich noch gut daran erinnern, wie die SS damals auf die Scheiben schrieb: »Deutsche, kauft nicht bei Juden.«

Das war 1933 gewesen. Ein paar Monate später hieß das Kaufhaus Tietz dann Kaufhof, und man durfte wieder kaufen, was man wollte, schließlich war das Geschäft jetzt arisiert.

Die Arbeit dauerte heute fünfmal so lang wie sonst. Marie sah ständig auf die Uhr, nur um festzustellen, dass seit dem letzten Mal höchstens eine halbe Minute vergangen war. Ihre Hände bekam sie gar nicht mehr richtig unter Kontrolle. Sie zitterten und ließen alles fallen, und das ausgerechnet, wo Wels hinter ihr lauerte in der Hoffnung, sie würde einen weiteren Fehler machen. So sehr sie auch versuchte, sich zusammenzureißen, andauernd fielen ihr Koljas Berührung und sein Kuss ein.

Mit hängenden Schultern, den Kopf aufs Pflaster gerichtet, lief Marie über die Straße. Es machte nichts, dass sie kaum auf den Verkehr achtete, denn es fuhren nur noch wenige Autos, und die auf Treibgas umgestellten Omnibusse konnte sie schon aus der Ferne hören. Ihre Augen suchten die Zeiger der großen Uhr, die an einem Geschäft hing. Es war siebzehn Uhr dreiundzwanzig. Gleich musste verdunkelt werden. Plötzlich durchzuckte sie ein Schmerz. Mit der Schulter war sie an die Informationstafel des Stürmers gestoßen. Sie rieb sich die Stelle. Dabei fiel ihr Blick auf eine angeschlagene Notiz. Die Frau Kraus aus der Greesbergstraße 5 hatte mit einem Juden geredet. Marie schwindelte. Vor ihr erschien eine neue Nachricht auf der Tafel: »Marie Bimmermann, wohnhaft im Thürmchenswall 11, half Polen bei der Flucht.«

Sie sah sich mit einem Schild um den Hals, auf dem nur ein Wort in roter Schrift geschrieben stand: »Polenliebchen«. Sie beschleunigte ihren Schritt und drehte sich immer wieder um, ob ihr auch niemand folgte.

Als sie die Haustür aufdrückte, stand ein Mann vor ihr. Es war Kommissar Severin. Entsetzt überlegte sie wegzulaufen, stattdessen grüßte sie ihn höflich. Die Polizei konnte von ihrer Fluchthilfe für Kolja nichts wissen. Wahrscheinlich war der Kommissar hier, weil die Blockwartin ihn wegen des gebrochenen Siegels gerufen hatte. Marie selbst hatte der Brand Bescheid gesagt. Es wunderte sie, dass diese sich nicht blicken ließ.

Kommissar Severin verhielt sich ihr gegenüber ausgesprochen höflich und nahm sogar den Hut ab. Seine abstehenden Haare glättete er mit der Hand. Sein Blick wanderte dabei hin und her. Ein echter Polizistenblick, dachte Marie.

Er fragte: »Also du bist dir ganz sicher, dass du nicht weißt, wer sich in der Wohnung des Ermordeten umgetan haben könnte?«

Sie konnte seine Anspannung deutlich sehen. Sie zögerte, ob sie ihm von der Frau erzählen sollte, die Kolja in der Wohnung überrascht hatte. Aber sie hatte ja nicht einmal eine Ahnung davon, wie groß oder klein und dick oder dünn diese gewesen war.

»Absolut. Ich kann Ihnen da leider nicht weiterhelfen.«

»Schade. Nun, wir werden die Fingerabdrücke nehmen. Darüber kriegen wir heraus, wer sich in die Wohnung geschlichen hat.«

Marie geriet in Bedrängnis. Ihre Fingerabdrücke mussten überall in der Wohnung verteilt sein. Wenn ihr nicht schnell etwas einfiel …

»Ich habe extra in der Wohnung nach einem Eindringling gesucht. Auch im Schlafzimmer und in der Küche.« Ihre Stimme überschlug sich. »Vielleicht hat jemand der Nachbarn noch mal den Ort des Verbrechens sehen wollen. So was sieht man ja nicht alle Tage.«

»Ja, das wäre denkbar. Also ich danke dir für deine Hilfe. Du kannst jetzt gehen.«

»Haben Sie den Mörder von Janz schon gefunden?«

»Ja.«

Erleichterung überkam Marie. Der Unbekannte war nun keine Gefahr mehr für sie.

»Den Beweis für seine hinterhältige Tat hat der Mörder gleich mitgeliefert«, fuhr der Kommissar fort. »Er trug Kleidungsstücke des Opfers.«

Marie schwindelte. Nur mühsam hielt sie sich auf den Beinen. Ein schrecklicher Verdacht keimte in ihr auf: »Wer?«

»Es ist einer der entflohenen Fremdarbeiter. Ein junger Pole.«

Das durfte nicht wahr sein. Die Polizei hatte Kolja geschnappt und hielt ihn für den Mörder, weil sie ihn in Janz' Wohnung versteckt und ihm Janz' Kleider gegeben hatte. Und sie hatte alles nur noch schlimmer für Kolja gemacht, indem sie das gebrochene Siegel meldete. Als die Polizei gestern Fingerabdrücke vom Tatort genommen hatte, konnten sie Koljas Abdrücke noch nicht gefunden haben. Wenn Severin erneut Abdrücke nehmen ließ, würde hingegen alles voll von seinen Spuren sein.

»Aber der Pole ist nicht der Mörder.«

Misstrauisch sah der Kommissar sie an: »So? Und warum nicht?«

»Weil ich vorgestern einen Streit zwischen Janz und einem Mann mitbekommen habe.«

»Weißt du, wer der Mann war?«

»Nein, ich habe ihn nur von hinten gesehen. Er sah sehr dick und kräftig aus. Ermitteln Sie jetzt gegen ihn?«

»Gegen einen Unbekannten? Nein. Also das kann sonst wer gewesen sein. Vielleicht der Zeitungsjunge, dem Janz das Geld nicht gegeben hat. Wir haben den Täter und genügend Beweise für seine Schuld. Es interessiert uns nicht, wer mit Horst gestritten hat.«

Kommissar Severin verabschiedete sich: »Das deutsche Volk braucht aufmerksame Bürger wie dich. Heil Hitler!«

Marie wusste nicht, was sie sagen sollte. Sie wusste nur, dass Kolja ungerechterweise des Mordes bezichtigt wurde, während der wahre Mörder unbehelligt herumlief.

7

Auf dem gemeinschaftlichen Klo im Treppenhaus lagen mehrere Ausgaben des Stürmers aus. Die Blockwartin hatte sie verteilt, damit die Leute sich auch auf dem Lokus im Sinne des Führers weiterbilden konnten. Allerdings hatten einige in Ermangelung des nötigen Papiers etliche Seiten herausgerissen, wie Marie jedes Mal mit klammheimlicher Freude feststellte. Gelangweilt blätterte sie in dem Stapel der zerfledderten Zeitungen herum. Ein Titelbild des Stürmers vom November des letzten Jahres stach ihr ins Auge. Ein Jude, erkennbar an der Hakennase, den spitzen Ohren, an den schlechten Zähnen im gierigen Mund, der hohen Stirn, den dunklen Haaren und an der Nickelbrille, wurde von einer starken Hand, deren Ärmelknopf ein Hakenkreuz zierte, fest im Nacken gepackt. Darunter stand in dicken Lettern: »Die Juden sind unser Unglück.«

Die Juden, die Marie kannte, sahen alle kein bisschen so aus wie dieser untersetzte Mann mit den wulstigen Lippen. Im Gegenteil. Hannahs Vater hatte feine Gesichtszüge, strohblonde Haare und ganz blaue Augen. Hannah selbst und ihre Mutter waren zwar dunkler, hatten beide aber wunderschöne weiße Zähne, die wie kleine Perlen aneinander gereiht waren. Das war womöglich auch der Grund, warum sie gar nicht gewusst hatte, dass es Juden waren, dachte Marie. Neben einer Karikatur, die einen fetten Juden in einer Eiterbeule nistend zeigte, fand sie einen Artikel, den sie überflog:

»Juden und Wanzen scheuen das Licht sehr und arbeiten immer im Finstern. Wo sie gehaust haben, da hinterlassen sie nur Schmutz und Kot. Wenn sie keine Menschen zum Aussaugen haben, dann müssen sie sich selbst auffressen. Denn sie gehören zu den Schmarotzern …«

Sie verzog angewidert das Gesicht und schlug die Zeitung zu. Die Goldfischs, die früher im Nachbarhaus gewohnt hatten, waren ganz bestimmt keine Parasiten. Hannah war ihre beste

Freundin gewesen. Kurz entschlossen faltete Marie die Reste des Stürmers zusammen, riss sie in kleine Fetzen und warf sie ins Klo. Sie wollte nicht, dass Heinzi diese Sachen las. Der redete von den Juden ohnehin nur als Volksschädlinge. Obwohl er als ganz kleines Kind immer seine rosigen Ärmchen ausgestreckt hatte, wenn Hannah zu Besuch kam, weil er von ihr herumgetragen werden wollte. Als Marie ihm neulich davon erzählte, da stritt Heinzi alles ab: »Ich bin nie in meinem Leben von einer Judensau rumgetragen worden.«

Vor Wut hatte sie ihn geschlagen.

Sie fragte sich, was ihre Freundin machte. Eines Tages, als sie von der Arbeit kam, war Hannah ihr weinend entgegengelaufen. Ihr Vater war am Tag nach der Kristallnacht festgenommen worden. Man brachte ihn ins Gefängnis Klingelpütz am Gereonswall und wenige Tage später nach Dachau ins Konzentrationslager. Bald darauf war Frau Goldfisch mit Hannah und ihren Brüdern zu Verwandten in die Gegend von Koblenz gezogen. Marie und Hannah hatten sich geschworen, einander zu schreiben, doch es war nie ein Brief von der Freundin angekommen, und sie kannte keine Adresse, an die sie Post schicken konnte.

Sie hätte Hannah gerne von ihren Beobachtungen erzählt und sie um Rat gefragt. So viele Dinge verwirrten sie: der tote Janz, der Unbekannte, die Frau in Janz' Wohnung, Kolja, seine Berührung. Immer wieder fühlte sie den Blick aus seinen goldbraunen Augen. Das war natürlich unmöglich, pure Einbildung. Wahrscheinlich lag es daran, dass sie sich ihm gegenüber schuldig fühlte. Er würde aufgrund falscher Beweise, die sie ihm angehängt hatte, wegen Mordes verurteilt werden. Es sei denn ... Marie wagte es kaum, den Gedanken zu Ende zu bringen. Es sei denn, es würde ihr gelingen, ihm zu helfen. Sie musste den wahren Mörder finden.

Es wunderte sie sehr, dass Janz mitten in der Nacht im Schlafanzug einem Fremden die Tür aufgemacht haben sollte. Dass es der Abschaum der Menschheit, wie er die Männer aus dem Osten genannt hatte, gewesen sein sollte, daran glaubte sie nicht. Sie konnte sich deutlich an die umgekippte Weinflasche auf dem Boden erinnern. Mit Untermenschen hätte Janz wohl kaum ein Gläschen getrunken. Er musste Besuch gehabt und diesen gekannt haben. Vielleicht war der Unbekannte nach dem Streit zurückgekommen oder die fremde Frau, die seine Wohnung durchsucht hatte.

»Brauchst du noch lange?« Die Blockwartin stand vor dem Gemeinschaftsklo. Marie zog sich den Rock glatt, öffnete den Riegel und blickte ihr ins Gesicht.

»Na endlich.« Mit diesen Worten ging die Brand an ihr vorbei und schloss sich in der Toilette ein.

»Was hat der Herr Kommissar denn gesagt?« Durch die Tür hindurch verlangte sie, ihre Neugier zu stillen.

»Nichts Besonderes.«

»Hat die Polizei den Mörder etwa immer noch nicht gefangen? Mein lieber Mann kämpft an vorderster Front; mitten in Köln läuft ein Mörder herum, und ich bin hier ganz allein und schutzlos. Wenn das der Führer wüsste.«

Na und, was dann? Hitler hatte doch wohl Besseres zu tun, als nach Köln zu kommen, um die Brand zu beschützen.

»Der Horst war der einzige richtige Mann hier im Haus. Wird Zeit, dass mit diesem ganzen lichtscheuen Gesindel endlich mal aufgeräumt wird.«

Die Brand und der Janz hatten sich geduzt, stellte Marie erstaunt fest. Vielleicht war die Blockwartin der nächtliche Besuch gewesen. Es fiel ihr schwer, sich Janz und die Brand gemeinsam bei einem Gläschen Wein vorzustellen. Mit dem riesigen Quadratschädel und den mit verknoteten Adern durchzogenen Beinen kam ihr die Brand nicht sehr attraktiv vor. Und ob sie tatsächlich ein Geheimnis mit sich herumtrug, vermochte Marie nicht zu sagen. Eigentlich sah die Blockwartin immer verschlagen aus.

*

Tagsüber herrschte in der Zelle Dämmerlicht. Mittlerweile aber war es so dunkel geworden, dass Kolja die Hand nicht mehr vor

Augen sehen konnte. Dennoch wagte er nicht zu schlafen. Er befürchtete, von schrecklichen Alpträumen gequält zu werden. Laut nannte er seinen Namen, um sich zu vergewissern, dass er existierte: »Kolja!«

Das verstärkte nur sein Gefühl von Einsamkeit. Leise summte er vor sich hin und stellte sich dabei Marie vor, doch ihr Gesicht war in seiner Erinnerung verschwommen.

Stattdessen erinnerte er sich daran, wie er und die anderen Polen vor acht Monaten in Köln angekommen waren. Direkt nach seiner Ankunft musste er einen Arbeitskontrakt unterzeichnen. Es kam ihm komisch vor, seinen Namen wie bei einem Arbeitsverhältnis unter einen Vertrag zu setzen, wo er wie ein Gefangener behandelt wurde. Sogar die Fingerabdrücke nahm man ihm ab. Dann erhielt er eine Arbeitskarte für polnische Arbeitskräfte mit seinem Foto und eine lange Nummer und stellte sich zu seiner Gruppe. An den Mienen der anderen konnte Kolja ablesen, dass sie ebenso ratlos waren wie er. Endlich passierte etwas. Ein Mann trat auf sie zu und rückte seine Brille auf der Nase zurecht. Kolja musste an seinen Lehrer denken. Selbst die Stimmen glichen sich. Der Mann redete in einem schnarrenden Ton, der keinen Widerspruch duldete, auf Polnisch zu ihnen: »Hört mir gut zu! Ich werde es nur einmal sagen. Ich lese euch jetzt vor, wie ihr euch in Deutschland zu verhalten habt.«

Die Namen, die ihre Mütter und Väter für sie ausgesucht hatten, galten hier nicht. Sie waren eine Nummer und mussten sich melden, wenn diese ausgerufen wurde. Die Verbote, die folgten, waren so zahlreich, dass Kolja fürchtete, sie nicht alle behalten zu können. Ihnen war untersagt, Gasthäuser zu betreten und mit öffentlichen Verkehrsmitteln zu fahren. Geschlechtsverkehr eines Polen mit einer deutschen Frau wurde mit dem Tod des Polen bestraft. Für jede Verfehlung, sei es zu lässiges Arbeiten, Arbeitsniederlegung, eigenmächtiges Verlassen der Arbeitsstelle oder Sabotagehandlungen, drohte ihnen das Konzentrationslager und der Tod. Wladyslaw hatte Kolja während der Aufzählung die Hand auf die Schulter gelegt. Das beruhigte ihn. Alles war nicht ganz so schlimm, solange man einen Freund hatte, der es mit einem gemeinsam durchstand. Jetzt war der Freund tot und er selbst im Gefängnis.

Die Tür wurde aufgeschlossen. Eine herrische Stimme schrie ihn auf Deutsch an: »Raustreten!«

Die Flurbeleuchtung schien ihm grell ins Gesicht. Kolja musste blinzeln. Er spürte, wie sehr er das Licht vermisst hatte. Er dachte sogar sehnsüchtig an die schwere Arbeit zurück, die er zuvor verflucht hatte. Wenigstens hatte er dabei den Himmel sehen können und auch Marie.

»Du, hier lang.«

Es ging die Treppe hoch. Er wurde durch unzählige Gänge, die für ihn alle gleich erschienen, in ein Büro gebracht. Dort befahl man ihm, sich an die Wand zu stellen. Er blickte zu dem ausladenden Schreibtisch, hinter dem ein Beamter saß. Der Mann hatte ein gleichgültiges Gesicht, das starr wie eine Maske wirkte. Er beachtete Kolja nicht. Das gab ihm Zeit, sich umzusehen. Außer dem Schreibtisch war nicht viel in dem Raum, der in tristen Grau-, Weiß- und Brauntönen gehalten war. Auf der Tischplatte standen eine Schreibmaschine, ein schwarzes Telefon und eine Lampe. Der einzige Schmuck waren ein Wandkalender, der den 13. Dezember 1940 anzeigte, und ein Bild dieses Adolf Hitlers, der der Präsident der Deutschen war. Dessen Augen brannten auf ihn hinab. Kolja merkte, wie ihm Schweiß über die Stirn lief.

Zwei Männer betraten den Raum. Der eine davon trug einen langen Staubmantel und einen Schlapphut, der andere war in einen normalen Straßenanzug gekleidet.

»Heil Hitler!«, grüßten sie den Beamten hinter dem Schreibtisch, der nun aufstand und einen Rollladen vor das Fenster zog. Verwirrt fragte sich Kolja, was das sollte. Er war froh darüber gewesen, ein Stück des Himmels sehen zu können. Der Beamte knipste die Lampe an und drehte den Lichtkegel so zu ihm, dass er geblendet wurde. Zu seiner Überraschung sprach ihn der Mann im Anzug auf Polnisch an: »Setz dich da hin.«

Der Anzugmann wies auf einen Stuhl. Kolja fand es unangenehm zu sitzen und dabei zu den anderen aufzuschauen, aber er wagte keinen Widerspruch. Der Mann mit dem Hut redete leise mit den beiden anderen. Trotzdem wirkte seine Stimme wichtig und durchdringend. Er schien das Befehlen gewohnt zu sein. Der polnisch sprechende Deutsche übersetzte, was ihm der Hutmann diktierte: »Du bist also Kolja Beza?«

Er nickte. Der Beamte hinter dem Schreibtisch begann, auf die Tasten der Schreibmaschine einzuhämmern.

»Du warst in einem Lager mit Dobosz, Jan; Jaruga, Jerzy; Lepkowski, Wladyslaw ...«

Der Übersetzer leierte die Namen der weiteren Polen herunter, die mit ihm zusammen geschuftet hatten. Bei jedem Namen bestätigte Kolja.

»Also, ich will gar keinen Ärger machen, ja. Ich arbeite sofort wieder, wenn die mich hier herauslassen. Sagen Sie ihnen das, bitte«, erklärte er, als der Dolmetscher endlich am Ende der Liste angelangt war. Dieser übersetzte den anderen Männern. Während der hinter der Schreibmaschine nicht einmal mit den Mundwinkeln zuckte, verdunkelte sich das Gesicht des anderen wie der Himmel vor einem Gewitter. Kolja fügte rasch hinzu: »Ich habe gar nichts getan. Wirklich nicht. Ich ...«

Eine Faust landete in seinem Gesicht. Im gleichen Moment setzte das Klappern der Schreibmaschine aus.

»Du warst an dem Mord an Horst Janz beteiligt. Nenn uns die Namen der anderen. Wer ist der Anführer? Wer kam auf die Idee, zu fliehen und Horst Janz umzubringen? Los, nenn den Namen.«

»Ganz bestimmt habe ich niemanden getötet. Ich bin kein Mörder. Und auch keiner der anderen Männer, die ich kenne. Wir sind unschuldig.«

»Leugnen ist zwecklos. Du hattest die Sachen des Ermordeten an, als man dich schnappte.«

Entsetzt starrte Kolja den Übersetzer an. Ihm fiel die Wohnung ein, in der er gewesen war. Er hatte sich schon gewundert, warum der Bewohner damit einverstanden war, dass er sich dort versteckte. Welcher Mann konnte es sich leisten, einfach seine Kleidung zu verschenken? Es kam ihm komisch vor, Dinge getragen zu haben, die einem Toten gehörten. So als sei etwas von dem Tod an ihm hängen geblieben.

»Ich hab niemanden umgebracht«, flüsterte er.

»Wie kommst du dann an die Sachen des Ermordeten? Man hat deine Fingerabdrücke in der Wohnung gefunden. Die Beweise gegen dich sind erdrückend, also rede!«

Das Hämmern der Tasten fing wieder an. Kolja überlegte. Ob sie ihn laufen lassen würden, wenn er die Wahrheit sagte und ihnen erzählte, wie Marie ihm geholfen und ihm die Kleider des Toten gegeben hatte?

*

Das Rattern der Singer-Nähmaschine, die die Mutter mit einem Fußpedal betrieb, um Fersen aus Stoff an die durchgescheuerten Socken zu nähen, untermalte Maries Gedanken, während sie die Kartoffeln für das Abendessen schälte.

»Was träumst du vor dich hin? Du wirst doch nicht etwa an einen jungen Mann denken, oder?«, neckte ihre Mutter sie.

»Nein, ich denke an den toten Janz. Es kommt mir so merkwürdig vor, dass die Polen ihn umgebracht haben sollen.«

»Bist du des Wahnsinns, Mädchen. Die Polizei hat Beweise. Wag es bloß nicht, irgendwem davon zu erzählen. Denk nicht einmal mehr daran.«

Die Mutter wirkte ernsthaft besorgt, wie immer, wenn sie mitbekam, dass jemand von Dingen redete, die ihrer Meinung nach besser ungesagt blieben. Doch Marie konnte einfach nicht vergessen. Nicht solange Kolja im Gefängnis saß und der Mörder von Janz ungestraft herumlief.

»Hör auf mich und lass die Grübeleien sein! Vertrau auf Gott, Mariechen. Der wird's schon richten.«

Die Mutter war zu ihr getreten und legte ihr den Arm um die Schulter. Gerade schleppte ihr Opa einen Eimer Kohlen herein: »Die Pfaffen haben den Menschen die Köpfe vernebelt, dass sie jetzt Hitler als neuen Heiland feiern. Vertrau lieber auf dich selbst.«

»Wenn du so weitermachst, Karl Bimmermann, landest du mit Sicherheit wieder im Kittchen.« Wütend schnaufte die Mutter durch die Nase und fing an, die geschälten Kartoffeln in die Brühe zu schnippeln.

Der Opa setzte sich auf die Küchenbank, hielt dabei eine Hand auf den Rücken gepresst und lächelte Marie zu: »Was wollen die Nazis mit so einem Greis?«

Er schlug ein Buch auf. Seitdem die Nationalsozialisten nach ihrem Wahlsieg die Rheinische Zeitung verboten hatten, las Opa keine Zeitung mehr, nur noch Bücher. Mit dem braunen Gewäsch des Westdeutschen Beobachters wollte er nichts zu tun haben. Einmal hatte Opa eins seiner Bücher auf der Küchenbank liegen gelassen. Weil ihr langweilig war, nahm Marie es zur Hand, obwohl es den fürchterlich öden Titel »50 Eintopfgerichte« trug. Sie wunderte sich, was der Opa mit einem Kochbuch wollte. Nach wenigen Worten war ihr jedoch klar, dass der harmlose Titel reine Tarnung war. In dem Buch fanden sich aufrührerische Reden von Kommunisten. Erschrocken wollte sie es im Ofen verbrennen. Niemand durfte sehen, was ihr Opa las. Dann hatte sie das Buch wieder so hingelegt, wie sie es vorgefunden hatte. Kein Wort verlor sie darüber. Zu niemandem. Sie hatte nie zuvor geahnt, welche Bedrohung von Wörtern ausgehen konnte. Manche Wörter waren tödlich. Wer sie aussprach, konnte sterben. Marie betrachtete die Kartoffeln mit den faulen Stellen und dachte über die Macht der Wörter nach. Seit dem Krieg hieß jedes Gemüse außer Kohl nur noch Feingemüse, auch diese mickrigen Kartoffeln. Mit dem harmlosen Wörtchen »fein« wurden Waren von schlechter Qualität vom Namen her verbessert. Feinwaschmittel und Feinseife waren in Wirklichkeit minderwertig. Worte konnten also die Wahrheit verschleiern. Vielleicht hatte Opa Recht, wenn er nicht an das Wort Gottes glaubte. Sein Satz hatte sich in ihr Gedächtnis gebrannt: »Vertrau auf dich selbst.« Das wollte sie jetzt tun. Dazu musste sie noch einmal in Janz' Wohnung. Sie wollte herausbekommen, was die Frau dort gesucht hatte. Womöglich hatte sie es nicht gefunden. Oder Marie würde einen Hinweis darauf entdecken, wer die Unbekannte gewesen sein konnte. Es kamen dafür außer der Brand auch fast alle anderen Frauen aus dem Haus in Frage. Sich selbst und ihre Mutter schloss Marie natürlich aus. Die schwangere Kempinski ebenfalls. Übrig blieben die Brand, die Staven, die mit einigen Männern verkehrte, die Luise, die Frau Esser und deren Töchter Grete, Susi und Hilde. Das waren ziemlich viele auf einmal.

Das Siegel an der Tür war nicht wieder erneuert worden. Marie vergewisserte sich, dass sie allein war, und drückte die Klinke herunter. Es war abgeschlossen. Zum Glück wusste sie, wo Janz den Ersatzschlüssel aufbewahrte, seit sie ihn heimlich dabei beobachtet hatte, wie er ihn versteckte. Mit der linken Hand lockerte sie ein Stück der Fußbodenleiste, während sie mit der anderen dahinter griff und den Schlüssel hervorzog. Dieses Mal fand sie es schon nicht mehr ganz so unheimlich, die Wohnung des Toten zu betreten. Dennoch machte sie einen großen Schritt über den Blutfleck hinweg.

Ratlos stand Marie in der Küche. Es war nicht so einfach, nach einem Gegenstand zu suchen, von dem sie nicht einmal wusste, welche Gestalt er hatte und ob er überhaupt noch da war. Wenn Janz etwas verbergen wollte, hatte er dafür sicherlich ein ebenso gutes Versteck wie für den Schlüssel gewählt. Sie begann, die Fußleisten nach Hohlräumen abzuklopfen. Als Nächstes suchte sie auf den Regalen und Schränken und zog Schubladen heraus, um zu erfühlen, ob etwas dahinter klebte. Dabei wurden ihre Fingerspitzen grau vor Staub, sonst tat sich nichts. Enttäuscht setzte sie sich im Schlafzimmer auf das Bett. Die Federn quietschten leicht. Sie dachte an Kolja. Rumsitzen würde sie auch nicht weiterbringen. Sie stand wieder auf. Kurz entschlossen rückte sie die Kommode von der Wand ab. Dahinter war unheimlich viel Staub. Marie nieste. Sie wollte die Kommode schon wieder zurückschieben, da bemerkte sie etwas Rosafarbenes. Ein Fetzen Stoff. Sie hob ihn hoch. Es war ein Büstenhalter.

*

Die Schläge prasselten auf Koljas zerschundenen Körper ein. Er war vor Schmerz auf den Boden gefallen und hatte sich dort zusammengekrümmt. Den Hutmann hielt dies nicht davon ab, gezielt auf den Körper zu treten.

»Rede, du Sau! Los, rede«, brüllte er dabei und trat erneut zu. Wie aus weiter Ferne drang das fordernde Klingeln des Telefons an Koljas Ohr. Jemand hob ab und sagte ein paar unverständliche Worte. Derweil ließ der Übersetzer nicht locker: »Was weißt du über den Fluchtplan? Wo sind die anderen Polen hin? Wer hat Horst Janz erstochen? Warst du es? Ein anderer?«

Er musste irgendetwas antworten, sonst würden die Schläge und Tritte nie aufhören.

»Ja, es stimmt, ich war in der Wohnung«, gab er schließlich zu.

»Na, also.« Der Hutmann ließ von ihm ab.

»Aber ich habe mich dort nur versteckt. Ich habe nichts getan.«

»Und wieso hast du dich ausgerechnet in der Wohnung des Mordopfers versteckt?«

Er könnte ihnen von Marie erzählen, dachte er. Schließlich hatte sie ihn in diese Lage gebracht. Hätte sie ihm nicht die Kleider des Toten gegeben, würde man ihn jetzt nicht als Mörder beschuldigen. Er fühlte Wut in sich aufsteigen. Wut auf Marie. Im nächsten Moment traf ihn ein Fausthieb in den Magen. Seine Eingeweide zuckten. Er keuchte, krümmte sich und übergab sich. Ein beißender Gestank erfüllte den Raum. In diesem Moment wusste er, dass er ihnen Maries Namen niemals verraten würde. Sie hatte ihm zwei Mal geholfen. Egal, wie es ausgegangen war, es war der Wille, der zählte, und um nichts in der Welt würde er sie dieser Tortur aussetzen.

»Zufall«, stöhnte er.

Der Hutmann reichte dem Übersetzer einen Brief. Kolja erkannte, dass es der Brief an seine Mutter war.

»Wer ist das Mädchen?«, wurde er gefragt.

Zu seiner großen Erleichterung fiel ihm ein, dass er es nicht mehr geschafft hatte, den Brief an seine Mutter neu zu schreiben und Maries Namen zu erwähnen.

»Es gibt kein Mädchen.«

Der Polizist schien ihm nicht zu glauben.

»Wieso sagt ihr nie direkt die Wahrheit? Glaubt ihr etwa, wir machen das gern hier? In dem Brief steht schwarz auf weiß, dass du ein Mädchen kennen gelernt hast.«

»Das ist ein Brief an meine Mutter. Ich will nicht, dass sie weiß, wie schlecht es mir geht. Deshalb erfinde ich Sachen. Das Mädchen gibt es nicht.«

Kolja sah deutlich den Zweifel auf dem Gesicht des Hutmannes. Zu seiner großen Erleichterung fiel ihm etwas ein, etwas Gutes: »Kein deutsches Mädchen würde sich mit einem Polen einlassen. Das ist alles Phantasie.«

Als der Polizist dies übersetzt bekam, fühlte Kolja seinen Blick prüfend auf sich ruhen. Dann endlich zeigte er sich gewillt, ihm zu glauben.

*

In den frühen Morgenstunden wurde Marie von Sirenengeheul geweckt. Ihr erster Griff ging zu ihrer Volksgasmaske, die sie zum Preis von fünf Reichsmark erworben hatte. Mit der Gasmaske sah sie wie ein Ungeheuer mit zwei großen Augen und einem merkwürdigen Rüssel aus. Als Nächstes schlüpfte sie in einen dicken Pullover, ihre Strümpfe und in den Rock. Auch Heinzi, die Mutter und der Opa zogen sich in Windeseile an. Obwohl sie noch im Halbschlaf war, ging jede von Maries Bewegungen wie automatisch vonstatten.

Beim letzten Fliegerangriff Anfang Dezember hatten alle Bewohner im Keller gekauert und waren von der Erschütterung des Bombeneinschlags heftig hin und her gerüttelt worden. Putz löste sich von der Decke und fiel ihnen auf die Köpfe. Heinzi hatte wie ein kleines Kind zu plärren angefangen. Zum großen Glück waren jedoch nur die Fahrbahn beschädigt worden und Fensterscheiben zerborsten. Inständig hoffte Marie, dies sei das Schlimmste gewesen, was der Krieg mit sich brachte. Aber es gab Momente, in denen sie nicht mehr überzeugt davon war. Sie konnte den Krieg am eigenen Leib spüren, wenn sie mal wieder in der Nacht in den Keller geflüchtet war und müde und ausgelaugt zur Arbeit erschien. Sie merkte es auch an der Angst, die sie ergriff, wenn sie Fliegeralarm zu hören glaubte, obwohl es nur das Aufheulen eines Autos oder Motorrads war. Sie schalt sich dann als kindisch und dumm, doch die Geschichten, die sich die Kolleginnen in den Pausen erzählten, über die verbrannten Leichen aus Wuppertal, taten ihr Übriges, um Marie in Furcht leben zu lassen.

Sie hastete mit ihrer Familie in den Keller. Auf der Treppe begegnete sie dem scheuen Werner, der ganz außer sich war: »Gönnt man uns denn gar keine Ruhe mehr? Zweimal Bombenalarm und ein Mord in den paar Tagen, und das alles so kurz vor Weihnachten. Womit haben wir das nur verdient?«

Niemand antwortete ihm. Im Keller suchte sich Marie ein halbwegs bequemes Plätzchen und streckte die Beine aus. Dabei landete ihr Fuß inmitten einer Schüssel voll Wasser. Sie hätte dran denken müssen, dass einige aus dem Haus kein Geld für eine Gasmaske hatten und stattdessen eine Schüssel mit Natronwasser und Tücher bereitstellten. Sie zog den Socken von ihrem Fuß und wrang ihn aus. Draußen kündigten die Sirenen unaufhörlich den Schrecken an, der bald folgen konnte. Vor ihm bot der Keller nur notdürftigen Schutz. Er war zwar mit Balken zusätzlich abgestützt worden, und zum Nachbarkeller gab es für alle Fälle einen Durchbruch, vor dem eine grob zusammengezimmerte Holztür angebracht war, dennoch hatte Marie kein Vertrauen in ihn. Ihr Blick streifte die Kerze, die zur Warnung vor Oxidgas aufgestellt wurde. An der Blaufärbung der Flamme konnte man das einströmende Gas erkennen. Zu Anfang hatte sie noch auf die Kerze gestarrt wie das Kaninchen auf die Schlange. Mittlerweile sah sie kaum mehr auf, wenn die Flamme flackerte. Das Einzige, was sich in den Stunden im Keller tat, war das Tropfen des Wachses, das am Boden eine kleine Lache bildete.

Marie verlagerte ihr Gewicht auf der Bank, auf der sie saß. Sie musste pinkeln und ärgerte sich, dass sie nicht noch kurz zum Klo gegangen war. Für die absoluten Notfälle war in der entferntesten Ecke ein Eimer platziert, aber sie wollte ihn nicht vor all den Leuten benutzen. Es war ihr unangenehm zu wissen, dass jeder sie hören konnte. Um sich abzulenken, beobachtete sie die Nachbarinnen. Jede von ihnen konnte bei Janz in der Wohnung gewesen sein. Nur warum? Ob die Frau den Büstenhalter gesucht hatte, den Marie jetzt unter ihrer Matratze versteckt hielt? In dem Fall schieden die drei Töchter der Frau Esser aus. An den hochaufgeschossenen Körpern der Mädchen war kaum der Ansatz eines Busens zu sehen. Sie waren körperlich noch nicht so weit entwickelt, dass sie einen Büstenhalter brauchten. Blieben also noch die Brand, die Staven, die Luise und Frau Esser übrig. Allerdings war es nicht gesagt, dass die geheimnisvolle Frau überhaupt etwas mit dem Mord zu tun hatte. Da ihr Büstenhalter in Janz' Schlafzimmer lag, hatten die beiden ein Verhältnis miteinander gehabt. Dann wiederum gehörte schon einiges an Kaltblütigkeit dazu, den Liebhaber hinterrücks zu ermorden.

Marie zwang sich dazu, die Augen zu schließen, damit sie am Morgen ausgeruht zur Arbeit kommen würde. Neben ihr wimmerte Heinzi leise vor sich hin. Sie legte ihm den Arm um die Schulter und streichelte ihn: »Still, Heinzi, es wird alles wieder gut.«

Sie musste daran denken, dass er als Führer seiner Jungenschaft die Zehn- und Elfjährigen herumkommandierte. Mehrere Male hatte sie ihn dabei beobachtet, wie er sie über Äcker jagte und ihnen befahl, sich in den Dreck zu werfen. Wenn sie ihn jetzt so betrachtete, wie er sich ängstlich an sie presste, wäre sie nie auf die Idee gekommen, dass er sich vom Schuster Eisenplättchen unter die Sohlen seiner Schuhe nageln lassen hatte, damit seine Schritte besonders militärisch aufs Pflaster knallten und er die alten Leute fast zu Tode erschrecken konnte.

»Es wird alles gut«, wiederholte sie und wusste nicht, ob sie es wirklich nur zu Heinzis Beruhigung sagte.

»Versprichst du mir das, Marie?«

Sie brachte es nicht über sich. Hilflos blickte sie sich um. Ihre Augen begegneten denen ihres Opas. Trost lag darin und der schwache Anflug eines Lächelns. Er hockte sich ihnen gegenüber, beugte sich zu Heinzi und streichelte ihm über den Kopf: »Versprochen. Bald ist der Krieg vorbei. Wenn du deinen Enkelkindern von den Nächten im Keller erzählst, halten sie das für Schauermärchen.«

Dankbar sah Marie ihren Opa an. Egal, wie lange der Krieg noch dauern würde, egal, ob drei Monate, ein halbes oder gar ein unvorstellbar langes, ganzes Jahr, solange sie Opa hatte, würde sie den Krieg ertragen können. Hauptsache sie war nicht allein.

*

Draußen heulten die Sirenen. Kolja lag auf dem kalten Boden seiner Zelle. Sein ganzer Körper fühlte sich taub und geschwollen an. Er fragte sich, wie viele Schläge und Tritte er noch aushalten würde. Die Wörter in seinem Kopf fingen an zu tanzen, wirr im Kreis herum. Düstere Gedanken beschlichen ihn. Sie waren dunkel und wogen tausend Tonnen; unter ihrem Gewicht glaubte er, erdrückt zu werden. Er war allein, ganz allein. Dann fiel ihm ein Name ein. Es war ein Wort, ein Erinnerungsfetzen, weiter nichts, und doch klammerte er sich daran: Marie.

8

Als nach knapp einer Stunde Entwarnung gegeben wurde, erhoben sie sich mit bleichen Gesichtern von den Bänken. Marie konnte sehen, wie Angst und Sorge an ihnen allen genagt und sie mürbe gemacht hatten. So mürbe, dass die Brand nicht einmal zu einer Antwort ansetzte, als der Opa fluchte: »Wir danken unserem Führer!«

Die Staven hatte es wieder besonders eilig, in ihre Wohnung zu kommen. Sie drängte sich an Marie vorbei, die dem verschlafenen Heinzi den Arm um die Schulter legte. Es tat gut, jemanden zu haben, um den sie sich kümmern konnte. So spürte sie die eigene Angst nicht mehr so stark. Der scheue Werner ging hinter ihr und murmelte vor sich hin: »Was macht das alles noch für einen Sinn?«

Erschrocken drehte sie sich um. Das hatte so hoffnungslos geklungen. Sie überlegte, ob es möglich war, dass Werner sich etwas antun würde. Er war so merkwürdig. Ständig verhielt er sich, als sei er auf der Flucht vor irgendwem oder irgendwas. Als einziger Mann in der Nachbarschaft trug er teure Kleider. Überhaupt legte er sehr viel Wert auf sein Äußeres. Nie sah man ihn mit ungekämmten Haaren oder einem schwarzen Rand unter den Fingernägeln, obwohl er im Rheinauhafen arbeitete. Sie erinnerte sich daran, dass der Unbekannte, der mit Janz gestritten hatte, einen Mantel aus edlem Stoff getragen hatte. War es denkbar, dass Werner dieser Mann war?

Fliegeralarm hin oder her, Marie musste zur Arbeit. Es blieb ihr gerade noch die Zeit, Wasser auf dem Ofen zu erhitzen, in eine Schüssel umzufüllen und sich mit einem Lappen zu waschen. Gewöhnlich musste die Katzenwäsche ausreichen. Gebadet wurde nacheinander einmal in der Woche in einer großen Zinkwanne. Weil die Küche keine Intimsphäre bot, hatte die Mutter einen Holzrahmen mit Stoff bezogen. Der diente nun als Paravent. Als Marie sich kämmen wollte, versperrte Heinzi die Sicht auf den einzigen Spiegel. Mit dem Kamm zog er sich einen Scheitel, der so scharf war wie ein Rasiermesser.

»Mach mal Platz!«

»Ich war zuerst da.«

»Na und? Ich hab's eilig!« Sie schob ihn zur Seite und achtete nicht auf seinen Protest.

Draußen auf der Straße schlug ihr klirrende Kälte entgegen; bald würde es schneien. Sie wickelte sich ihren Schal um die Ohren, so dass er ihre Nase verdeckte. In letzter Sekunde konnte sie dem Pferdefuhrwerk eines Briketthändlers, des Klütteboors, ausweichen und trat dabei in einen dampfenden Haufen, den einer der Gäule auf dem Pflaster hinterlassen hatte. Sie fluchte. So konnte sie unmöglich auf der Arbeit erscheinen. Mit dem Gestank nach Mist würde sie die Kunden vergraulen. Angeekelt streifte Marie ihren Absatz an einem Schuhkratzer vor dem Geschäft von Blumen-Rosen auf dem Eigelstein ab. Endlich war das Schlimmste beseitigt. Der Rest würde sich auf dem Weg zur Arbeit abtreten. Als sie sich umwandte, sah sie, dass neben ihr der scheue Werner über die Straße lief. Es war nicht die Richtung seiner Arbeitsstelle. Er schien sie, vermummt wie sie war, nicht zu erkennen. Seine Bewegungen waren fahrig, und er sah sich immer wieder um, als erwarte er, verfolgt zu werden. Marie überlegte kurz. Sie ging ihm bis zum Gereonsdriesch nach. Besonders unauffällig gab sie sich nicht dabei, schließlich konnte sie jederzeit glaubhaft behaupten, zur Sparkassenfiliale im Eckhaus zu wollen.

Mit einem Mal stutzte sie, denn Werner verschwand in einem öffentlichen Pissoir. Die Notdurft war es also, die ihn zur Eile trieb. Verärgert stieß sie mit dem Fuß an einen kleinen Stein, der unter ein parkendes Auto kullerte. Den restlichen Weg zur Arbeit legte sie rennend zurück. Trotz der Kälte kam sie völlig verschwitzt im Kaufhof an und fing sich mal wieder einen Rüffel von Wels ein, der die dunklen Ringe unter ihren Achseln missbilligend betrachtete: »Ein wenig mehr der körperlichen Hygiene könnte Ihnen nicht schaden.«

»Gewiss, Herr Wels, ich bitte um Verzeihung.«

Mit Maries entschuldigender Antwort hatte ihr Vorgesetzter wohl nicht gerechnet. Sie konnte ihm seine Verwunderung ansehen, als er sich am Hinterkopf kratzte und sie stumm beobachtete, wie sie sich den Verkaufskittel überzog. Sollte er sich doch den Kopf darüber zerbrechen, was in sie gefahren sein mochte. Sie war viel zu beschäftigt, um sich mit ihm anzulegen.

In ihrer Mittagspause stieg Marie die Treppen zur Miederwarenabteilung hoch. Hinter dem Tresen lehnte die schöne Gisela. Sie sah aus wie die lebendige Vorlage für eine Skulptur, so hoch gewachsen und schlank, wie sie war. Ihr Busen war groß, ohne zu groß zu sein. Um ihre langen Beine würde sie sogar Marika Rökk beneiden. Und ihr Haar fiel wie Seide über ihre schmalen Schultern. Marie hätte einiges darum gegeben, nur ansatzweise so auszusehen wie Gisela. Schon ein Teil von ihr, die Beine, die Taille oder der grazile Hals, hätte ihr genügt. Wenn Gisela sich die einzelnen Wäschestücke anhielt, wirkte selbst ein fünf Meter breiter Liebestöter wie einem Film für Erwachsene entsprungen. Dementsprechend war sie eine der besten Verkäuferinnen des Kaufhofs. Wen sie nicht zum Kauf überreden konnte, der war ein hoffnungsloser Fall. Etliche Strumpfgürtel, Büstenhalter, Mieder und Unterhosen aller Größen und Formen waren durch ihre manikürten Hände gegangen. Aus diesem Grund wollte Marie ihr den Büstenhalter aus der Wohnung vom Janz vorlegen. Sie wartete, bis Gisela eine Kundin zu Ende bedient hatte.

»Was kann ich für dich tun, Marie? Wir haben sehr schöne Höschen reinbekommen. Ein Glücksfall. Wenn du möchtest, leg ich dir welche zurück. Du kannst sie auch ohne Kleiderkarte haben.«

»Das ist nett, aber ich brauch keine. Ich wollte was von dir wissen.«

Marie wusste nicht, wie sie erklären sollte, warum der Büstenhalter in ihre Hand gekommen war. Sie zog ihn hervor und hoffte, Gisela würde nicht fragen.

»Kannst du mir was hier drüber sagen?«

Gisela nahm das Stück und kniff eines ihrer tellergroßen vergissmeinnichtblauen Augen zusammen. Fachmännisch beäugte sie den Büstenhalter von allen Seiten und pfiff durch die Zähne.

»Nicht schlecht. Gute Qualität.«

»Teuer?«

»Kannst du wohl sagen. Die Spitzenbesätze sind erste Sahne. Nur ein bisschen zu groß für dich, findest du nicht?«

Sie hielt den Büstenhalter vor Maries Brust, so dass er mehr wie ein Zelt als ein Bekleidungsstück wirkte.

»Ich hab ihn geschenkt bekommen.« In ihrer Verlegenheit fiel ihr nichts anderes ein.

»Hoffentlich nicht von deinem Verehrer? Er ist doch nicht etwa blind, oder? Wenn er dich so schlecht einschätzen kann, solltest du dich schleunigst nach einem Aufmerksameren umschaun.« Gisela kicherte.

»Nein. Ich hab ihn von einer Nachbarin, die braucht ihn nicht mehr.«

»Ist Ihr Mann gefallen? Auf jeden Fall hat sie dir ein ganz schön teures Stück überlassen. Eins der gehobenen Preisklasse. Wenn du willst, frage ich 'ne Kundin mit der passenden Oberweite, ob sie ihn kaufen will, dann verdienste was dran.«

»Nein, danke. Ich kenn da schon eine, die ist interessiert.«

Tatsächlich kannte sie nur eine, der sie solch teure Unterwäsche zutraute. Der Büstenhalter musste der Staven gehören.

Vom Bürgersteig aus konnte Marie sehen, dass jemand in der Wohnung der Staven Glas in die zerstörten Fenster einsetzte. Die Bombe, die für den Krater in der Straße verantwortlich gewesen war, hatte auch ihre Fensterscheiben zerspringen lassen. Seitdem steckte bei ihnen Pappe in den Rahmen. Marie wurde neidisch, weil sie sich neue Glasscheiben nicht leisten konnten. Sie ging auf die Haustür zu. Als sie auf eine Scherbe trat, die noch von dem Angriff stammen musste, knirschte es laut. Das Geräusch erinnerte sie an den Tag nach der Kristallnacht, den 10. November vor zwei Jahren.

Auf dem Weg zum Kaufhof war sie damals auf der Schildergasse durch ein Trümmerfeld gelaufen. Das Glas- und Kristallgeschäft Marcan hatte ein Bild der Zerstörung geboten; die Schaufensterscheiben des Schuhhauses Speyer waren zerborsten, und zwischen den Scherben lagen Schuhe und Stiefel auf dem Pflaster herum. Frauen mit großen Einkaufstaschen hatten die jüdischen Läden geplündert, deren Hauswände mit Parolen beschmiert waren. Vor Marie war eine Horde SA-Männer und Hitlerjungen marschiert, in den Händen dicke Knüppel und Stangen. Mit wutverzerrten Gesichtern riefen sie: »Juda verrecke!«

Ihr Hass hatte Marie Angst gemacht. Hilfesuchend hatte sie sich umgesehen, doch weit und breit war keine Polizei zu sehen gewesen, und die Passanten blickten weg. Maries Schritte waren schneller geworden. An den Läden, die nicht zerstört waren, prangten Schilder: »Deutsches Geschäft. Eintritt für jeden Juden verboten.«

Als sie den Kaufhof erreicht hatte, stand die Lotte da, die Hände in die Seiten gestemmt, und stellte zufrieden fest: »Die räume bei de Jüdde op.«

Das Aufräumen, wie sie es nannte, hatte in den frühen Morgenstunden begonnen. Erst waren die Synagogen dran gewesen. Die Mutter berichtete am Abend davon, dass auch die Synagoge in der Roonstraße geplündert und niedergebrannt worden war. Mit den Synagogen und Geschäften fing es an, mit den Wohnhäusern ging es weiter. Die Mozartstraße und das sie umgebende Viertel, in dem viele Juden wohnten, hatten einem Schlachtfeld geglichen. Männer waren in die Wohnungen eingedrungen und hatten die Möbel kurz und klein gehauen. Die Überreste kippten sie einfach auf die Straße. Erst gegen Mittag kehrte langsam wieder Ruhe ein. Marie hatte von Kunden davon erzählt bekommen und war getrieben von Neugier und Furcht nach der Arbeit selbst dort vorbeigegangen. Es hatte schlimm ausgesehen. Sie wunderte sich, warum die Ereignisse später Kristallnacht genannt wurden. Wahrscheinlich wegen des vielen zerschlagenen Glases.

»Ich hab meine Brosche verloren, als wir hier auf die Polizei gewartet haben. Ich weiß ganz genau, dass ich sie noch hatte, als ich in Ihre Wohnung gekommen bin.«

Eine andere Ausrede war Marie nicht eingefallen. Irgendeinen Grund musste sie schließlich anbringen, um in die Wohnung der Staven zu gelangen, die sie nur widerwillig ins Wohnzimmer ließ.

»Wie sah die Brosche denn aus?«

»So rund mit Mustern.«

Sie tat, als denke sie darüber nach, wo sie gesessen hatte, nachdem die Hausbewohner in der Wohnung zusammengekommen waren. Halbherzig ging sie zum Sofa und schüttelte eines der Kissen, dabei linste sie nach allen Seiten in der Hoffnung, etwas Verdächtiges zu bemerken.

»Bestimmt habe ich die Brosche beim Verhör mit dem Kriminalkommissar im Schlafzimmer verloren«, behauptete Marie dreist.

»Bist du dir sicher?«

»Ganz sicher.«

Zögernd ging Sofie Staven mit ihr in das Nachbarzimmer. Auch hier wirkte alles normal. Der Form halber sah Marie unter dem Bett nach, auf dem sie gesessen hatte. Ihr Blick war aber auf die Tür zu dem angrenzenden Raum gerichtet, dessen Funktion sie nicht kannte. Wenn die Staven etwas zu verbergen hatte, befand es sich garantiert da drin.

Es klingelte. Die Staven ließ sie für einen Moment allein. Hastig drückte sie die Türklinke zu dem geheimnisvollen Zimmer herunter, doch die Tür war abgeschlossen, und es steckte kein Schlüssel im Schloss. Da hörte sie, wie die Staven zurückkam. Sie hatte einen in elegantes Tuch gekleideten Herrn im Schlepptau.

»Du musst ein anderes Mal wiederkommen, um nach deiner Brosche zu suchen. Ich habe zu tun.«

Im Treppenhaus bemerkte Marie die Blockwartin, die auffällig lange Treppenstufe für Treppenstufe abfegte. Normalerweise machte sie, sobald sie die Brand sah, einen großen Bogen um sie. Diesmal beschloss sie, so viele Informationen wie möglich aus ihr herauszulocken: »Heil Hitler, Frau Brand. Wie geht es Ihnen?«

Die Blockwartin ließ sich nicht lange bitten: »Ach, Marie, Heil Hitler. Es ist so fürchterlich. Ich kann keine Nacht mehr richtig schlafen vor lauter Angst. Ich schiebe sogar meine Kommode vor die Wohnungstür, damit keiner hereinkann. Man weiß ja nie, ob sich die Polacken nicht noch hier draußen herumtreiben.«

Theatralisch fasste sich die Brand an den Kopf. Marie ärgerte sich über sie und ihr überkandideltes Verhalten, ließ es sich jedoch nicht anmerken.

»Das ist wirklich schrecklich. Die arme Frau Staven ist auch völlig mitgenommen. Wo sie sich so gut mit dem Herrn Janz verstanden hat.«

Das war eine glatte Lüge, mit der sie die Blockwartin aus der Reserve locken wollte.

»Was? Die und mitgenommen? Ja, da soll mich der Kuckuck holen. Der arme Horst hätte die niemals angerührt!«

»Tatsächlich? Ich dachte, die Staven und der Janz hätten regelmäßig Kontakt zueinander gehabt. Sie wirkten immer so vertraut miteinander.«

»Die Staven hat zu vielen Männern Kontakt, aber nicht zum Horst.«

Die Heftigkeit der Antwort erschien Marie seltsam. Die Brand und der Janz mussten eindeutig mehr miteinander zu tun gehabt haben. Seitdem sich der Mann der Brand als Soldat im Krieg befand, war sie abends sicher viel allein. Und der Janz hatte sich vor über einem halben Jahr von seiner Frau getrennt. Hatten sich der Gestapo-Mann und die Blockwartin zusammengetan? Wie kamen dann die Staven und ihr Büstenhalter ins Spiel? Die Fragen türmten sich in Maries Kopf und richteten ein ziemliches Durcheinander an.

9

Marie trug eine schwarze Bluse für die Beerdigung von Horst Janz, als sie den Müll in den Innenhof brachte. Dort sah sie, wie der Kommissar mit Frau Esser sprach, die mit einem Klopfer feste ihren Teppich bearbeitete. Sie ließ sich dabei selbst von Severin nicht stören, sondern klopfte, so dass Staub aufwirbelte und der Kommissar einen Schritt zurücktreten musste; sie redete kurz mit ihm und klopfte weiter. Es verwunderte Marie, dass Severin sogar an einem Sonntag und am Tag der Beerdigung seines Kollegen seine Nachforschungen vorantrieb. Er musste ein sehr gewissenhafter Polizist sein. Neugierig näherte sie sich dem Kommissar und Frau Esser. Der Müll in ihrer Hand war Vorwand genug.

»... nicht gesehen.«

»Wirklich nicht? Sehen Sie ganz genau hin. Vielleicht erkennen Sie sie dann.«

Severin hielt der Esser ein Stück Papier vor die Nase. Die ließ ihren Teppichklopfer sinken und starrte konzentriert darauf. Marie bemerkte, dass sich auf ihrer Bluse am Rücken ein kreisrunder nasser Fleck abzeichnete.

»Nee, ich weiß nicht. Die sehen doch alle gleich aus.«

»Nicht, wenn Sie genauer hingucken. Also kommt Ihnen der Junge hier bekannt vor?«

Ein zweites Papier wurde der Frau Esser entgegengehalten.

»Kann schon sein, dass ich den mal gesehen habe.«

»Hier im Haus etwa?«

»War der hier?«

»Wir gehen davon aus, aber das wollte ich eigentlich von Ihnen wissen.«

»Möglich ist das.«

»Also ja.«

»Ja ... ich glaub schon.«

Marie war nun zu ihnen getreten.

»Heil Hitler!«

»Heil Hitler, Marie. Der Kommissar zeigt mir gerade Bilder von den Mördern vom Janz.«

»Oder von dem Mörder. Wie viele dran beteiligt waren, wissen wir noch nicht.«

»Darf ich auch mal schauen?«

Severin hielt ihr die Fotografien hin. Sie nahm sie und blätterte sie durch. Auf den ersten waren ein paar Fremdarbeiter, wie sie an dem »P« auf den Jacken erkennen konnte. Es war wahrscheinlich, dass sie zu der Gruppe gehörten, die in der Holzhandlung gearbeitet hatten und getürmt waren, trotzdem konnte sich Marie nicht an sie erinnern. Dann stieß sie auf ein Foto von Kolja. Mit seinen traurigen Augen sah er geradewegs in die Kamera. Sie spürte ein Stechen in der Magengegend.

»Erkennst du den? War der hier im Haus?«

Aufgeregt sprach der Kommissar Marie an. Sie wusste, dass sie einen Fehler gemacht hatte, indem sie Koljas Bild zu lange ansah. Schnell steckte sie es hinter die anderen.

»Nein. Nie gesehen.«

Sie gab Severin die Fotografien zurück, stellte den Müll in eine Ecke und verschwand schleunigst wieder im Haus. Ihr war ein furchtbarer Gedanke gekommen. Was, wenn nicht sie ihn, sondern Kolja sie verraten würde? Um den Mordverdacht loszuwerden, könnte er die Wahrheit erzählen; dass nämlich sie ihn in die Wohnung von Janz gebracht und ihm die Kleider gegeben hatte.

*

Kolja lag zusammengekauert am Boden. Alles tat ihm weh. Die Schmerzen ließen ihn spüren, dass er einen Körper hatte, einen sehr verwundbaren Körper. Seit er im Frühjahr nach Deutschland gebracht worden war, versuchte er, seinen Körper und dessen Bedürfnisse so weit wie möglich zu verleugnen. Er bemühte sich, den Hunger nicht zu stark wahrzunehmen und mit nur wenigen Stunden Schlaf auszukommen. Jede Verletzung holte ihn wieder in seinen Körper zurück. Im schwachen Lichtschein betrachtete er die Flecken an seinen Armen und Beinen, die sich gelb und lila verfärbten. Das erinnerte ihn an den Tag, an dem er in Köln angekommen war.

Sie hatten einen großen Ballen bunten Stoff hereingetragen. Das Muster, lila Raute mit dem gelben Buchstaben »P«, gefiel Kolja. Er hatte sich gefragt, ob er ein oder zwei Meter davon bekommen könnte, um sie seiner Mutter nach Hause zu schicken. Ein Uniformierter nahm eine Schere und fing an, den schönen Stoff zu zerschneiden. Einzeln wurden die Rauten ausgeschnitten. Er verstand den Zweck nicht, bis ihm gesagt wurde, dass es Abzeichen wären: »P« für Pole. Er hatte sie zu kaufen und auf die Kleidung zu nähen, damit jeder Deutsche ihn als das erkennen konnte, was er sei, ein Untermensch.

Seitdem waren acht lange Monate vergangen. Trostsuchend fuhr Kolja im Dunkeln mit den Fingern über die raue, kalte Wand. Er fühlte, dass jemand, der vor ihm in dieser kleinen Zelle gesessen haben musste, etwas in die Mauer gekratzt hatte, und versuchte, die Inschrift zu entziffern. Die Worte schienen auf Deutsch sein, unverständlich für ihn. Er tastete sich vor in der Hoffnung, weiter oben oder weiter links etwas mit Hilfe der Fingerspitzen lesen zu können. Tatsächlich; die ganze Wand war mit Nachrichten von Gefangenen bedeckt, auf Deutsch, polnisch und einer Sprache, die er nicht kannte. Seine Fingerkuppen erfühlten die Hoffnung und das Leid anderer Menschen.

*

Janz sollte auf dem Melatenfriedhof beigesetzt werden. Der kleinere Friedhof an der Geldernstraße wäre näher gewesen, aber die Gestapo wollte ein ehrenvolles Begräbnis für ihren Märtyrer, der von den Untermenschen brutal überfallen worden war. Marie fragte sich, was passieren würde, wenn sich herausstellen sollte, dass Janz von jemand ganz anderem, womöglich einem Deutschen und einem Nachbarn, umgebracht worden war?

Das ganze Haus ging auf die Beerdigung von Horst Janz. Nur der Opa war zu Hause geblieben. Marie kam gerne mit, denn so kurz vor Weihnachten hätte sie eigentlich an diesem Sonntag von eins bis fünf im Kaufhof arbeiten müssen. Sie gingen alle zu Fuß, um das Geld für die Straßenbahn zu sparen. Die Mutter, die schwangere Kempinski, die ordentlich schnaufte unter dem Gewicht, das sie zu tragen hatte, die Brand, die Frau Esser mit ihren drei in den Uniformen des Bundes Deutscher Mädel gekleideten Töchtern, die Luise, ihr Bruder Ernst und Werner. Sogar Sofie Staven, die sich die Fahrt mit der Elektrischen locker hätte leisten können, schloss sich ihnen an. Wann immer sich die Möglichkeit bot, lief Marie in ihrer Nähe. Die Staven trug einen Strauß Blumen und war von Kopf bis Fuß in Schwarz gekleidet. Die Trauerkleider hatte sie bei Carl Peters gekauft, wie sie Maries Mutter verriet. Das Geschäft inserierte im Westdeutschen Beobachter direkt neben den Todesanzeigen. Zwar bekam man die Kleider eigentlich nur gegen Abgabe einer amtlichen Urkunde, doch Sofie Staven war es durch ihre Kontakte gelungen, dennoch an eine schwarze Garderobe zu kommen. Es war deutlich zu sehen, wie sie der Weg in den neuen, hochhackigen Schuhen schmerzte.

Maries Blick wanderte über den Rest der Trauergemeinschaft, der das Bild eines zusammengewürfelten Haufens bot. Einzig der scheue Werner glänzte in einem nagelneuen, auf Taille geschnittenen Anzug. Doch seine geduckte Haltung und seine Augen, die keinen Halt fanden, passten nicht recht zu der Eleganz seiner Kleidung. Marie selbst hatte von der Mutter die schwarze Bluse geliehen bekommen, darüber trug sie ihren roten Wintermantel. Der Mantel war ihr von der Staven überlassen worden. Eigentlich gefiel ihr seine leuchtende Farbe, die sich vom winterlichen Grau der Straßen abhob und ein wenig Frühling hineinbrachte. Für diesen Anlass war er allerdings denkbar unpassend. Dennoch wollte sie nicht ohne ihn gehen und frieren.

Ihr Weg führte am Klingelpütz vorbei. Sie wandte die Augen von dem unheimlichen Gebäude ab. Ihr gruselte in dieser Straße. Hier war der Opa 1933 nach seiner Verhaftung als Schutzhäftling hingekommen. Sie hatte sich damals gefragt, ob dies bedeutete, dass er vor den Nazis geschützt würde. Mittlerweile wusste sie, dass dem nicht so war, denn Opa hatte dort viele Schläge bekommen, und da konnte er noch von Glück reden. Wenigstens hatte er nicht sein Leben verloren.

*

Das Schlimmste war die Einsamkeit in seiner Zelle. Nur manchmal wurde sie von dem Lärm des Radios unterbrochen, das der Wärter auf dem Flur dudeln ließ. Die Reden verstand Kolja nicht, hingegen drang die Musik an sein Ohr. Das waren die besseren Momente. In den schlechteren hörte er Schreie und jede Menge Schläge. Ansonsten herrschte Stille, und er war allein. Den einzigen Kontakt zu einem Menschen hatte er, wenn der Wärter mit dem Befehl »Aufnehmen!« das Essen brachte oder ihm zubrüllte, den Kübel mit seiner Notdurft nach draußen zu reichen. Den ganzen Tag und die gesamte Nacht allein mit sich selbst zu sein, und das wieder und wieder und wieder, war eine Qual für ihn. Was hätte er für eine freundliche Stimme in diesem Dunkel gegeben, die ihm Mut zusprach und sein Elend mit ihm teilte. Wladyslaw hätte das getan. Kolja spürte, wie seine Augen brannten, doch es kamen keine Tränen.

Er vernahm Stimmen auf dem Flur und wurde ganz aufgeregt. Sie kamen nicht von den Wärtern, die brüllten und kommandierten, aber niemals wisperten und beruhigten. Mühsam richtete er sich auf und humpelte zur Zellentür. Er legte sein Ohr an das kalte Metall. Wenn eine der Stimmen nun zu einem Polen gehörte? Zu einem der Männer, mit denen er geflohen war? Auch wenn er ihnen wünschte, sie würden den Weg zurück nach Polen schaffen, so wusste er, dass sein Herz vor Freude einen Sprung machen würde. Kolja schlug mit der Faust gegen die Zellentür und rief die Namen: »Fryderyk, Karol, Jerzy, Janek …«

Keine Reaktion. Erneut nannte er einen Namen nach dem anderen. Schließlich hörte er, dass jemand auf Deutsch antwortete: »Wer bist du? Ich versteh dich nicht.«

Enttäuschung machte sich in ihm breit. Im selben Moment fühlte er sich schuldig. Wie konnte er nur hoffen, dass sie hier waren? Er kniete nieder und betete dafür, dass jeden der Genannten ein besseres Schicksal als ihn ereilen würde. Aber sein Gebet war nicht aufrichtig, das wusste er. Tief in seinem Inneren nagte es an ihm. Er fragte sich, warum es ihn und Wladyslaw erwischt hatte und nicht zwei andere.

*

Auf dem Melatenfriedhof drängelte sich die Trauergemeinde, um Janz die letzte Ehre zu erweisen. Marie drückte sich zusammen mit ihrer Mutter zwischen ein paar Männern und dem Grabmal von Spangenberg und Winterberg hindurch. Dabei warf sie einen flüchtigen Blick auf das Denkmal, das zwei Männer in Uniform zeigte. Der Linke trug einen Mast mit der Hakenkreuzfahne, die über den Köpfen wehte. Der Rechte grüßte mit dem deutschen Gruß. Heinzi, der mit seinem Jungvolk da war, wirkte wie dessen lebendige Ausgabe. Wenn eine Parteigröße auftauchte, reckten die Jungs ihren rechten Arm nach vorn. Als Marie ihm zuwinkte, blickte er starr geradeaus, obwohl er sie gesehen haben musste. In Uniform gekleidet stand er in strammer Haltung da, die linke Hand fest an den Oberschenkel gepresst, ganz das Musterbeispiel eines Hitlerjungen. Sie grinste, bis ihr einfiel, wo sie war.

Kommissar Severin betrat den Friedhof. Entschlossen ging er auf Janz' Witwe zu. Sie stand mit ihren fünf Kindern in der ersten Reihe. Er reichte Inge Janz die Hand und sprach ihr sein Beileid aus, dann reihte er sich bei den Parteigrößen ein. Auch die Mutter ging auf die Witwe zu. Sie hielt Marie an der Hand, deshalb blieb ihr nichts anderes übrig, als ebenfalls ihr Bedauern über Janz' Tod auszudrücken. Das Ganze schien Inge Janz jedoch gar nicht zu erreichen. Mit hasserfülltem Blick starrte sie auf den Sarg ihres verstorbenen Mannes: »Ich brauch kein Beileid. Ich brauch Geld, um meinen Kindern und mir was zu essen zu kaufen. Von Worten füllt sich der Magen nich. Was soll ich um Horst trauern tun, wenn ich und die Pänz ihm so lieb warn wie ein dahergelaufener Straßenköter?«

Marie sah erschrocken drein. Die umstehenden Trauergäste, die Inges Wutausbruch mitbekommen hatten, reagierten ebenfalls betreten. Peinlich berührt versuchte die Mutter, die Witwe zu beruhigen: »Der gewaltsame Tod Ihres Mannes hat Sie sicher sehr mitgenommen.«

»Mitgenommen?« Inges Stimme wurde lauter. Jetzt bekamen auch die anderen Anwesenden mit, dass hier etwas Ungehöriges vor sich ging. Sie reckten die Hälse. Die Brand war purpurrot angelaufen. Ein seltenes Mal in ihrem Leben schien es ihr die Sprache verschlagen zu haben. Der scheue Werner duckte sich hinter ein paar uniformierte SS-Männer. Marie kam es so vor, als wäre sein Oberkörper noch gebeugter als ohnehin schon. Mit einem vernichtenden Blick zur Staven fuhr die Witwe fort: »Ich werd Ihnen sagen, was mich mitnimmt. Dass mein Mann jedem Rock hinterhersteigen tat. Dass es ihn nich die Bohne kümmerte, wenn wir Hunger hatten, weil das Geld alle war. Eine Säuferin hat er mich genannt. Ich würd das Geld verjubeln, hat er gesagt. Aber wie soll ich von den paar Groschen eine Familie durchfüttern, kann mir das mal einer sagen?«

Kommissar Severin legte den Arm um die Schultern der Witwe: »Meine liebe Inge, wir werden die ganze Angelegenheit in Ruhe klären.«

Ohne sich um ihren Protest zu kümmern, zog er sie vom Grab weg. Marie registrierte, dass der Kommissar freundschaftlich mit Inge Janz umging. Als die beiden an ihr vorbeikamen, konnte sie deren alkoholgeschwängerten Atem riechen. Die Kinder des Toten blieben verwirrt zurück. Sie taten Marie furchtbar Leid, so verlassen wirkten sie.

*

Um die endlos lange Zeit zu vertreiben, fing Kolja an, sich alle Lieder, die er kannte, vorzusingen. Schlager, Volkslieder, Kinderlieder. Als er sie durchhatte, schien ihm kaum eine Minute vergangen zu sein. Dann dachte er an die Geschichten, die ihm sein Vater früher erzählt hatte, von Zwergen, die gegen Riesen kämpften, von einäugigen Ungeheuern in tiefen Höhlen, wahren Helden und schönen Prinzessinnen. Als kleines Kind war Kolja abends auf die Knie seines müden Vaters geklettert, und egal, wie erschöpft dieser auch war, hatte er sich doch jedes Mal erweichen lassen und ein Märchen erzählt. Eines Tages wurde der Vater mitten auf dem Feld, das er bestellte, von einem Gewitter überrascht. Noch bevor er in Deckung gehen konnte, schlug ein Blitz geradewegs in seinen Kopf ein.

Kolja schreckte aus seinen Gedanken auf. Es tat ihm nicht gut, sich mit bösen Erinnerungen zu quälen. Lieber wollte er an etwas Schönes denken. An die blühenden Apfelbäume, an das alberne Kichern der Mädchen aus dem Nachbardorf, wenn sie ihn mit entblößtem Oberkörper auf dem Feld arbeiten sahen, an die Abkühlung im nahe gelegenen See an schwülen Sommertagen, an den Wind, der ihm durch das Haar strich, an Jan, seinen Hund, der ihm auf Schritt und Tritt folgte, an Wladyslaw, den besten Freund, den er jemals hatte, und an Marie. Damit endeten seine guten Erinnerungen. Stattdessen horchte er auf die Geräusche, die von außen kamen. Ausnahmsweise waren keine Schreie zu vernehmen. Im Flur war es ganz ruhig. Nur hin und wieder hörte Kolja jemanden auf der Straße entlanggehen. Durch die schmalen Schlitze, die die Eisenläden vor dem vergitterten Fenster freiließen, drangen die Schritte der Passanten schwach an sein Ohr. Er malte sich aus, wie diese Menschen wohl aussehen mochten. Bei schweren Schritten dachte er an die Polizisten mit ihren glänzenden Lederstiefeln. Als er das leichtere Klackern von Absätzen vernahm, dazu ein Quietschen, stellte er sich eine junge Mutter vor, die einen Kinderwagen schob. Er sah ihr rundes Gesicht mit den geröteten Wangen vor sich; ihr Lächeln, wenn sie ihren Säugling anblickte, der fröhlich vor sich hingluckste. Er fragte sich, ob die Frau zu Hause auf ihren Mann traf, oder ob er als Soldat im Krieg war. Und das Kind? Würde es später der Hitlerjugend beitreten und Fremdarbeiter mit Steinen beschmeißen? In Koljas Phantasie nicht.

*

Das Gurren der Tauben hörte Marie schon, bevor sie die Tür zum Dachboden öffnete. Kälte schlug ihr entgegen. Sie wickelte ihre wollene Strickjacke enger um sich. Sie wusste, dass sie ihren Opa oben bei seinen Vögeln finden würde. Um zu ihm in den Verschlag aus Holz am Ende des Bodens zu gelangen, hatte sie sich vor dem Krieg immer an etlichem alten Plunder, wie ausrangierte Möbel, Kisten und Koffer, vorbeidrücken müssen. Jetzt war der gesamte Dachboden aus Angst vor Feuergefahr restlos leer geräumt, und die Balken waren mit Löschkalk gestrichen. Sie selbst hatte der Brand dabei geholfen, weil sie beim Bund Deutscher Mädel gelernt hatte, dass der dicht zusammenstehende Krempel bei einer Bombardierung rasch Feuer fing, das sich zunächst auf den Dachstuhl ausbreiten und anschließend auf das gesamte Haus übertragen konnte. Was hatte sie geschwitzt, als sie die vielen Sachen in den Keller schleppte. Vor allem die Staven besaß etliche Kartons voller Kleider, Schuhe und Perücken. Bei dieser Gelegenheit hatte sie auch den roten Mantel vermacht bekommen.

Opa war dabei, die Nistkästen im Taubenschlag zu säubern. Als sie die Tür vorsichtig hinter sich schloss, damit die Vögel nicht hinauskonnten, sah er auf: »Ach, du bist es.«

»Kann ich dir helfen?«

Sie wartete seine Antwort erst gar nicht ab, sondern nahm das mit Stroh vermischte Sägemehl aus dem Eimer und streute es auf den Boden. Dabei beobachtete sie ihren Opa, der eine seiner Tauben in die Hand genommen hatte und sanft über ihr Gefieder strich. Manchmal tauschte er eine Taube gegen Brot beim Bäcker. Sie ahnte, dass es ihm jedes Mal das Herz zerriss. Er tat es nur, damit sie und Heinzi genug zu essen hatten.

»Weißt du, Tauben sind die treusten Freunde. Egal, wie oft ich sie in die Welt hinausschicke, sie kommen immer wieder zu mir zurück. Die enttäuschen mich nie.«

Abwesend nickte sie. Sie hatte kaum mitbekommen, was der Opa erzählte.

»Darf ich dich mal was fragen?«

»Sicher, Marie. Ich bin froh, wenn ich dir helfen kann.«

Opa sah von den Holzkästen, aus denen er den Kot entfernte, auf und lächelte. Ihr fiel es schwer, einen Anfang zu finden. Nicht ein Mal hatte sie mit ihm über seine Zeit im Gefängnis gesprochen. Sie hatte nichts von den Schlägen hören wollen, nichts von den Schikanen und der Brutalität der Wächter, mit der er behandelt worden war. Doch jetzt musste sie die Wahrheit wissen.

»Erzähl mir vom Klingelpütz.«

Der Opa schwieg zunächst, dann begann er stockend: »Ein Gefängnis ist ein schrecklicher Ort. Niemand will dorthin, und niemand erinnert sich gerne daran, dass er dort gewesen ist.«

Marie ließ nicht locker: »Wird man dort oft geschlagen?«

»Es gibt solche und solche Wärter. Es gibt die, denen es Freude bereitet, einen zu quälen, und die, die ihren Beruf machen, damit ihre Kinder was zu essen haben. Die lassen dich in Ruhe. Am schlimmsten sind die gewesen, die in der Partei waren. Heute werden das wohl alle sein. Früher waren auch noch halbwegs anständige Kerle dabei. Nur die Nazis waren grausam. Denen hat es gefallen, einen Kommunisten in ihren Händen zu haben.«

Opa hatte die Augen geschlossen, während er erzählte. Seine Gesichtszüge waren angespannt. Sie dachte, dass es falsch gewesen war, ihm diese Erinnerungen abzuverlangen.

»Ich hatte Glück im Unglück. Sie konnten mir nicht viel nachweisen. Aber ich musste zusehen, wie sie Genossen hingerichtet haben. Es war ein eiskalter Tag im November. Am frühen Morgen mussten wir antreten. Dann haben sie Heinrich, Bernhard, Otto, Hermann, Josef und den Matthias rausgeführt. Ich kannte sie vom Ohm Paul her, wo wir zusammen getrunken und geredet haben. Die waren im Rotfrontkämpferbund. Sie waren wegen Mordes an den Nazis Spangenberg und Winterberg verurteilt. Willst du noch mehr hören?«

Marie nickte, obwohl es ihr wehtat, mit welchem Schmerz der Opa sich zurückerinnerte.

»›Guckt euch an, was wir mit euch machen, ihr dreckigen Roten!‹, haben die Nazis gelacht. Ich wollte nicht hinsehen, aber ich musste. Ich hab die Angst gesehen in den Augen meiner Genossen. Ich hab mich geschämt, weil ich nicht helfen konnte. Die Nazis hatten ihren Spaß.«

Der Opa ballte die Hände so fest zu Fäusten, dass seine Fingerknöchel weiß hervortraten.

»Der Janz war einer von ihnen.«

»Unser Janz?«

»Und auch dieser Kommissar.«

»Severin?«

»Ja. Aber die gingen noch. Die waren nur halb so schlimm wie der Burscher. Otto Burscher. Der war ein ganz besonders Brutaler. Dem hat's Freude gemacht, uns zu schlagen. Dabei hat er gelächelt. Bei den anderen war das Routine, ohne Gefühl. Bei Burscher war's Spaß. Der ideale Nazi. Das war ja von oben erwünscht, dass die mit uns keine Gnade kannten. Göring persönlich hat befohlen, dass die Genossen mit dem Handbeil geköpft werden sollten. Das ist keine schnelle Sache wie das Fallbeil, ratsch, und weg bist du. Nein! Der Henker war neu im Geschäft. Der hat lange gebraucht, bis er die Köpfe von den Hälsen abgetrennt hatte. Was müssen die gelitten haben. Und überall war Blut. So viel Blut.«

Ihm standen Tränen in den Augen. Tröstend streichelte sie ihn.

»Das Schlimmste war diese verdammte Hilflosigkeit. Die Nazis haben ein Schlachtfest veranstaltet, und wir konnten uns nicht dagegen wehren.«

Seine steifen Finger drückten ihre Hand. Die dunklen Flecken auf seinem Handrücken und die hervortretenden blauen Adern machten Marie klar, wie alt er war. Sie wollte aufhören, aber eine Frage lag ihr noch auf der Zunge: »Machen sie das mit jedem Mörder? Das Köpfen meine ich.«

»Warum? Fragst du wegen Janz?«

»Ja. Sie haben einen jungen Polen gefangen genommen.«

»Der wird zum Tode verurteilt und mit dem Fallbeil geköpft werden.«

»Und wenn er es gar nicht war?«

»Wird es nie jemand erfahren. Wer kümmert sich schon um einen Fremdarbeiter?«

Eine Taube landete im Schlag und scharwenzelte gurrend um Opas Füße herum. Er nahm sie auf und streichelte sie. Marie sah, wie er dem Vogel etwas abnahm, und wusste, dass es eine Nachricht war. Die Tauben waren vom Opa zu Brieftauben ausgebildet worden. Hin und wieder flatterte in dem Schlag auch eine fremde Taube herum, mit der Opa anderen Nachrichten senden konnte. Sie fragte sich, mit wem er Botschaften austauschte. Seit der Zeit im Gefängnis hatte sich Opa von allen früheren Freunden und Genossen zurückgezogen.

An dem modernen Gebäude hingen Hakenkreuzfahnen, links und rechts jeweils eine. Alles war gleichmäßig proportioniert und strahlte eine strenge Ordnung aus. Eigentlich wirkte es gar nicht wie ein Gefängnis, so viele große Fenster hatte das Haus. Marie rätselte, hinter welchem Kolja sitzen mochte. Der Pole war in die Elisenstraße gebracht worden. Das hatte die Mutter ihr erzählt. Die hatte es von der Bäckerin und die wiederum von einem Nachbarn, der einen kannte, der dies von der Polizei erfahren hatte. In der Elisenstraße war die Zentrale der Gestapo. Dort hatte auch Severin sein Büro. Niemand wusste genau, was dort vor sich ging, aber aus den Kellerluken, so hieß es hinter vorgehaltener Hand, seien des Öfteren Schreie von Gefangenen zu vernehmen. Und man sagte, dass mehr Menschen hereingeführt wurden, als wieder herauskamen. Marie hatte Angst um Kolja. Sie hatte auch Angst um sich selbst. Sie hoffte, nicht als Polenliebchen beschuldigt zu werden, wenn sie Severin erklären würde, dass sie Kolja die Kleider von Janz gegeben hatte. Hoffentlich würde der Kommissar begreifen, dass er den Falschen gefangen hielt, und sich auf die Suche nach dem richtigen Täter machen.

Als sie an der Eingangstür stand, verließ sie der Mut. Vielleicht war Severin noch gar nicht wieder von der Beerdigung zurück. Marie drehte sich um und ging. Nach ein paar Schritten blieb sie stehen. Sie musste hineingehen und mit Severin reden. Das war Koljas einzige Chance. Widerstrebend ging sie die kleine Treppe zur Pförtnerloge hoch. Dabei zwang sie sich, die Füße zu heben und eine Stufe nach der anderen zu besteigen. Mit einem Lächeln, von dem sie hoffte, dass es nicht zu verunglückt aussah, begrüßte sie den Pförtner: »Heil Hitler!«

»Heil Hitler«, grummelte er.

»Ich möchte bitte zum Herrn Kriminalkommissar Siegfried Severin.«

»Haben Sie eine Vorladung, Fräulein?«

»Nein. Aber ich muss ihn dringend sprechen.«

»Das geht nicht ohne Termin.«

»Könnte ich dann etwas über den polnischen Fremdarbeiter erfahren, den Kommissar Severin festgenommen hat? Ich kenne nur seinen Vornamen, Kolja, er war in der Holzhandlung Schaller im Thürmchenswall untergebracht. Das müsste doch rauszukriegen sein, ob er hier ist.«

Der Pförtner griff zum Telefon und schilderte seinem Gesprächspartner kurz, was Marie wollte. Dabei sah er sie durchdringend an, so als wolle er auf den Grund ihrer Seele blicken. Sie fühlte sich nackt. Ihr fiel ein, wie sie mit der ganzen Familie sonntags nach Nippes zur Simon-Meister-Straße spaziert war, um die französischen Kriegsgefangenen zu sehen, die alle schwarz wie Kohle waren. Mit offenem Mund hatten sie und Heinzi die dunklen Männer bestaunt.

Panik überkam sie. Sie glaubte, die Gefahr riechen zu können, die von dem Haus ausging. Gerade, als zwei Gestapomänner die Treppe herunterkamen, drehte sich Marie auf dem Absatz um und lief davon. Aus den Augenwinkeln nahm sie die Polizisten wahr, die ihr folgten, nachdem der Pförtner wild gestikulierend auf sie gezeigt hatte. Ihr wurde schlagartig klar, dass sie so schnell laufen musste wie noch niemals zuvor.

10

Sie hatte einen riesigen Fehler begangen. Zum Glück kannte der Pförtner ihren Namen nicht. So schlau war sie wenigstens gewesen. Jetzt bot nur die Flucht einen Ausweg. Aber es war undenkbar, dass sie dieses Tempo lange durchhielt. Marie keuchte. Sie konnte nicht mehr. Noch einen Schritt, und ihre Lungen würden platzen.

*

Diese Schritte waren schnell. Dem Klang der Absätze nach nahm Kolja an, dass es eine Frau war. Er stellte sich vor, wie sie zu einem Treffen mit ihrem Liebsten eilte, wie ihre Augen vor Aufregung glänzten und sich ihr Haar aus der aufgesteckten Frisur löste. Dann hörte er Geräusche von schweren Stiefeln, die der Frau folgten. Sie rannte vor ihnen davon. Obwohl er sie nicht kannte, hoffte er von ganzem Herzen, sie würde den Verfolgern entkommen.

*

Mit geschlossenen Augen wartete Marie auf die Hand, die sich auf ihre Schulter legen würde, um sie abzuführen. Erst allmählich begriff sie, dass sie ihre Verfolger abgehängt hatte. Noch einmal würde sie es nicht wagen, nach Severin zu fragen, um ihm von Koljas Unschuld zu erzählen. Wahrscheinlich würde er ihr sowieso nicht glauben. Ihr blieb also nichts anderes übrig, als auf eigene Faust nach dem Mörder zu suchen. Das war allerdings nicht nur gefährlich. Das war auch enorm schwierig. Sie hatte keinen blassen Schimmer, wie sie einen Mörder fangen sollte. Zwar hatte sie viele Kriminalromane aus der Leihbibliothek gelesen. Besonders die Bücher von C.V. Rock mit so spannenden Titeln wie »Spuk ums Kupferhaus«, »Aufruhr im Zuchthaus« und »Das Todeshoroskop« hatten es ihr angetan. Doch das waren Bücher.

Ein Mann kam ihr entgegen. An seinen hektischen Bewegungen erkannte Marie ihn. Da brachten ihm auch der Hut, den er wie eine Maske tief ins Gesicht gezogen hatte, und der hochgeschlagene Mantelkragen nichts. Es war der scheue Werner. Er lief genau in die entgegengesetzte Richtung. Sie zögerte, dann kehrte sie um und folgte Werner bis zur nächsten Straßenecke. Ein einziges Mal noch wollte sie es probieren. Vorsichtig lugte sie von der Marzellenstraße in die Bahnhofstraße. Werner bewegte sich in Richtung Komödienstraße. Marie zog den roten Mantel aus, damit die schreiende Farbe sie nicht verriet. Mit den Händen rieb sie kräftig über ihre Arme. Trotzdem fror sie so sehr, dass ihre Zähne aufeinander schlugen. Je weiter sie ging, desto stärker wurde ihre Übelkeit. An der Langgasse blieb sie stehen. Ein Pferdefuhrwerk fuhr langsam an der Elisenstraße vorbei. Das war die Gelegenheit. Marie nutzte es als Deckung. Im Schutz der großen Räder wagte sie einen Blick in die Straße. Sie sah, wie Werner vor der Gestapo-Zentrale Halt gemacht hatte. Er griff in seine Manteltasche und holte etwas hervor. Kurz darauf leuchtete eine kleine Flamme auf. Er hatte sich eine Zigarette angezündet. Das Pferdefuhrwerk war weitergefahren. Notgedrungen musste sie ihre Sicht auf den Nachbarn aufgeben.

»Schleife stumpfe Messer und Scheren! Der Scherenschleifer ist da!«

Ein Scherenschleifer, der mit seinem Handkarren von Haus zu Haus zog, kam ihr zu Hilfe. Erneut konnte sie vor Blicken verborgen an der Elisenstraße vorbeilaufen. Werner war fort. Sie ärgerte sich, dass sie ihn aus den Augen verloren hatte. Ob er in die Gestapo-Zentrale hineingegangen war? Da bemerkte sie zwei Männer, die in die Berlichstraße einbogen. Die Bewegungen des einen Mannes würde sie selbst im Dunkeln erkennen. Kurzerhand schlug Marie einen Bogen. Sie rannte. Ein Motorrad brauste an ihr vorüber. Die qualmenden Abgase reizten ihre Lunge und lösten einen Hustenanfall aus. An der Ecke zur

Mohrenstraße sah sie sich um. Nichts. Werner und der andere waren wie vom Erdboden verschluckt. Es war nun schon das zweite Mal, dass sie Werner in dieser Gegend beobachtet hatte. Sie war sich ganz sicher, dass da etwas nicht stimmte.

Als Erstes wollte sie einen Plan erstellen und die Bewegungen ihres Verdächtigen mit Tages- und Uhrzeit einzeichnen. Marie griff in ihre Rocktasche, wo sie einen Bleistift vermutete. Ihre Finger erfühlten einen Knopf und ein zusammengeknülltes Papier. Den Knopf würde die Mutter sicher noch verwerten können. Sie glättete das Papier, um auf der nicht beschriebenen Seite ihre Beobachtungen festzuhalten. Dann notierte sie, welchen Weg Werner genommen hatte. Auch ihre Vermutungen, dass der Begleiter aus der Gestapo-Zentrale gekommen sei, schrieb sie auf. Die Seite war voll. Marie drehte das Papier um. Dort stand in Großbuchstaben: »KANN NICHT SO VIEL AUF EINMAL AUFBRINGEN. ÜBERGABE DES GELDES VERZÖGERT SICH.«

Das war der Zettel, den sie in Janz' Jackentasche gefunden hatte. Janz musste erpresst worden sein.

11

Der Kaufhof lag um die Ecke, und Marie hatte noch ein bisschen Geld in der Tasche. Davon kaufte sie bei der blonden Hella schweren Herzens eine Tafel Schokolade, kurz bevor das Geschäft an diesem Sonntag um siebzehn Uhr schloss.

»Hast wohl einen Süßen, den du auf den Geschmack der Liebe bringen willst?«, neckte Hella. »Was ist denn aus deinem Verehrer geworden, diesem Georg?«

»Günther. Der ist im Feld.«

»Tust gut daran, dich beizeiten nach jemand anderm umzuschaun. Einer reicht heutzutage nicht mehr.«

Es war Hellas große Sorge, unverheiratet alt zu werden. Mit ihren über vierzig Jahren war sie auf dem besten Weg dahin, das hatte sie Marie einmal anvertraut. Deshalb schaltete sie auch in regelmäßigen Abständen Heiratsannoncen im Westdeutschen Beobachter.

»Die Brigitte aus der Herren, die hat vorgestern erfahren, dass ihr Verlobter fürs Vaterland gefallen ist. Wie soll die einen Neuen kriegen, wo alle halbwegs passablen Männer an der Front sind?«

Marie fühlte sich abgestoßen. Sie wollte nicht daran denken, dass Günther sterben konnte. Sie wollte nicht einmal daran denken, dass überhaupt irgendjemand sterben musste.

Ihr Blick glitt über die Fassade von Inge Janz' Haus. Überall platzte der Putz vom Mauerwerk. Die ursprüngliche Farbe des Hausanstrichs war nicht mehr zu erkennen. Der jetzige Ton lag irgendwo zwischen Schlammbraun und Flechtengrün. Von den Fensterrahmen bröckelte der Lack. Marie fand, dass ihr eigenes Haus schon ziemlich marode aussah, aber das hier war wesentlich schlimmer.

Inge Janz wohnte ganz oben im vierten Stock. Die fünfjährige Gudrun öffnete ihr.

»Ich möchte zu deiner Mutter. Ist sie da?«

Aus dem hinteren Teil der Wohnung keifte eine Frauenstimme: »Wer ist da? Wir kaufen nichts. Mach die Tür zu, Gudrun, sonst kommt der Kohlenklau.«

Das Kind versuchte, Marie die Tür vor der Nase zuzuknallen. Geistesgegenwärtig stellte sie ihren Fuß auf die Schwelle und schob Gudrun zur Seite. Sie atmete tief durch, bevor sie die stickige Wohnung betrat, in der es durchdringend nach verbranntem Kohl stank. Angesichts des widerlichen Geruchs überkam sie das Bedürfnis umzukehren, doch sie blieb.

Es war dunkel im Zimmer. Vorhänge waren vor die Fenster gezogen. Nur ein schwacher Lichtschein kam von einem verstaubten Lampenschirm an der Decke des Raumes. Die Blasen an der Wand, die von Feuchtigkeit herrührten, warfen schwarze Schatten. Auf dem zerschlissenen Sofa lag Inge Janz, die noch die Kleidung von der Beerdigung trug. Ein paar Kissen stützten ihren Rücken ab, über ihre Beine hatte sie eine Wolldecke gebreitet.

»Guten Abend, Frau Janz. Ich bin's, die Marie Bimmermann.«

»Was willst du?«

»Ich wollte Ihnen noch einmal mein herzliches Beileid aussprechen.«

Die Janz sah sie daraufhin nur unwillig an.

»Ich bringe Ihnen Schokolade«, fügte Marie schnell hinzu.

Wie auf ein Zauberwort hin versammelten sich alle fünf Kinder der Janz um das Sofa herum und blickten die Süßigkeit mit sehnsüchtigen Augen an. Ungerührt griff die Janz nach der Schokolade, als ob sie seit Monaten durch einen Dschungel geirrt war und außer ein paar ungenießbaren Beeren nichts gegessen hätte. Ganz plötzlich schien sie zugänglicher geworden zu sein. Sie nahm ihre von Krampfadern durchzogenen Beine vom Sofa und schlug mit der flachen Hand auf den Platz neben sich, dass der Staub aufwirbelte: »Setz dich, mein Mädchen.«

Die Nähe behagte Marie nicht, denn sie konnte die Ausdünstungen der Janz von Alkohol, Kohl und Schweiß riechen. Sie begann, ganz flach zu atmen. Die Witwe brach sich einen Riegel der Köstlichkeit ab und kaute ihn genüsslich. Gudrun wollte sich die Tafel Schokolade schnappen. Dafür bekam sie von der Mutter was auf die Finger. Das Kind fing zu weinen an und wurde von der ältesten Tochter Rosel in den Arm genommen. Nachdem die Janz schmatzend den größten Teil der Tafel aufgegessen hatte, überließ sie den Rest ihren Kindern.

»Es muss sehr hart für Sie sein, Frau Janz, jetzt wo Ihr Mann tot ist.«

»Ach was. Glaubst du, wir wärn vorher im Geld geschwommen? Über 'nen Toten soll man nich schlecht reden, drum sag ich nich, was er für mich war, der Horst. Der tat das ganze Geld in seine Weiber stecken. Was die Kinder fressen oder nich, war ihm egal.«

Marie verkniff sich die Bemerkung, dass die Mutter nicht viel besser war.

»Hat er denn keine Ersparnisse gehabt, die Sie erben?«

»Schön wär's. Nee, der war so blank wie Görings Arsch. Wie sollte der geile Bock auch was auf die Kante legen, mit der Sünde im eigenen Haus.«

»Wollen Sie damit sagen, dass Ihr Mann ein Verhältnis mit einer Nachbarin hatte?«

»Verhältnis.« Die Janz kicherte. »Wie geschwollen du reden tust. Der war so was von hinter der Dirne her. Dabei konnte der alles im eigenen Ehebett haben. Aber der feine Herr war ja was ganz Besonderes. Wo seine ganzen Kameraden zur Staven hin sind, da wollte er nich zurückstehn tun. Was der Siegfried Severin hatte, da war der Horst auch scharf drauf. Kam sich sonst nich gut genug vor.«

»Hat er jemandem mal eine größere Summe Geld gegeben?«

»Mir auf jeden Fall nich. Der Horst tat immer Schulden beim Siegfried machen. Ich glaub nich, dass er das Geld zurückgezahlt hat. Der Siegfried ist anständig, weil der hat mir die Schulden erlassen. Sagt, ich kann nix für die Verschwendung vom Horst. Der hat mir viel mehr Geld für die paar Sachen von meinem Mann gegeben, als die wert warn. Was soll ich auch mit dem Plunder? Aber stell dir vor, die Brand wollte tatsächlich hundert Reichsmark von mir. Sagt, die hat sie dem Horst gegeben. Sagt die. Von mir kriegt sie nix. Das kann sie sich in die Haare schmieren. Hab ich ihr gleich gesagt.«

Marie verabschiedete sich rasch. Wer auch immer Horst Janz erpresste, hatte sich ein ungeeignetes Opfer gesucht. Es war denkbar, dass Janz sterben musste, weil er das geforderte Geld nicht zahlen konnte.

»Heil Hitler, Marie.« Eine Stimme riss sie aus ihren Gedanken. »Was starrst du mich denn so erschrocken an?«

Das war Rieke. Sie schien auf Marie gewartet zu haben. Auch das noch. Sie kannten sich aus dem BDM, dem Bund Deutscher Mädel, wo Rieke den Mädchen beibrachte, mit Leib und Seele für die gute Sache zu kämpfen.

Zu Anfang hatte es Marie gefallen, mit den anderen Mädchen zu singen, zu basteln und Theater zu spielen. Sie mochte die Uniform, den schwarzen Rock und die weiße Bluse, die alle trugen. Sie hatte gern an den Heimabenden teilgenommen, bis ihr der Wettkampf, der unter den Mädchen herrschte, auf die Nerven ging. Marie reichte es, dass sie in der Schule um gute Noten kämpfen musste, um eine anständige Lehrstelle zu bekommen. Sie wollte ihre restliche Zeit nicht damit verbringen, sich mit anderen darin zu messen, wer das schönste Spielzeug für den Basar gefertigt hatte oder am anmutigsten tanzen konnte. Ob es einem Freude bereitete oder nicht, das war völlig unwichtig. Außerdem hatte sie meist als eine der Letzten abgeschnitten, weil ihr die Zeit zum Basteln und Üben fehlte. Gegen Rieke hatte sie überhaupt keine Chance. Wie einem Ölgemälde der »Deutschen Kunst« entsprungen wirkte Rieke mit ihren langen weizenblonden Zöpfen, die ihr bis zum Hintern reichten, und mit den wässrig blauen Augen. Ihre Wangen strotzten selbst jetzt im Dezember von einer gesunden Bräune, von der Marie wusste, dass sie von der Höhensonne im Frisörladen herrührte. Rieke brauchte bloß die weißen Zähne zu blecken, schon steckten die Leute reihenweise Geld in ihre Sammelbüchse, während sie an Marie vorbeiliefen, ohne sie auch nur eines Blickes zu würdigen. Riekes glockenhelle Stimme versetzte alle in Verzückung; Marie hingegen wurde aufgefordert, etwas leiser zu singen. Dann hatte sie ihre Lehrstelle im Kaufhof begonnen. Sie fing an, die Treffen im BDM-Heim zu schwänzen. Weil dies immer häufiger vorkam, hatte Rieke, die Mädelschaftführerin, sie zu Hause aufgesucht. Marie versprach, sich zu bessern, ließ aber alles beim Alten. Ganz traute sie sich nicht, aus der Hitlerjugend auszutreten, weil sie keinen zusätzlichen Ärger auf der Arbeit riskieren wollte, doch im Grunde lief es darauf hinaus.

Als sie jetzt auf Rieke traf, meldete sich ihr schlechtes Gewissen.

»Ich habe dich lange nicht mehr bei unseren Heimabenden gesehen.«

»Die Arbeit, weißt du. Ich muss oft länger bleiben.«

»Mit unseren Händen unterstützen wir unsere Soldaten an der Front. Wir helfen ihnen durch den Kriegsbetreuungsdienst, Deutschland zu verteidigen. Wenn du wenigstens ein paar Strümpfe strickst oder Uniformteile zusammennähst, damit wäre schon vielen gedient. Dafür muss einfach Zeit sein.«

Der Tadel war deutlich aus Riekes Ausführungen herauszuhören. Marie spürte, wie ihre Wangen glühten: »Ich wollte ja kommen, aber irgendwie ist immer was anderes.«

»Vergessen wir, was war. Du kannst es wieder gutmachen. Es muss fürs Winterhilfswerk gesammelt werden. Vor Weihnachten sind die Leute besonders freigebig. Ich zähl dabei auf dich.«

Marie versprach, am nächsten Tag nach der Arbeit in der Nachbarschaft mit der Sammelbüchse rumzugehen.

Müde schleppte sie sich die Treppen zur Wohnung hinauf und betrat die Küche. Ein Soldat wandte ihr seinen feldgrauen Rücken zu. Er sprach mit Heinzi. Ihr Herz begann, schneller zu schlagen.

»Wir haben dafür gesorgt, dass die Polacken 'ne ordentliche Abreibung gekriegt haben. Meine Finger haben richtig gejuckt, als ich mein Maschinengewehr in die Menge …«

Sie schloss die Tür. In diesem Augenblick drehte sich der Mann in Uniform um.

»Günther!«

12

Mit einem Blick vergewisserte sich Marie, dass Günther noch beide Beine hatte. Zum Glück schien er auch sonst unversehrt zu sein, wie er so da stand in seinem aschfarbenen Soldatenmantel, über den ein Ledergürtel mit Koppel gegürtet war. Am rechten Arm trug er eine Binde mit dem Hakenkreuz, und die Hose steckte in Lederstiefeln. Er sah ausgesprochen gut aus.

»Dass du wieder da bist, ich –«

Sie wurde von Heinzi unterbrochen, der ihr mit rot glühenden Wangen einen Stahlhelm präsentierte: »Den hab ich von Günther. Ist der Helm eines polnischen Soldaten.«

Er drückte ihn in ihre Hände. Marie spürte die Kälte des Metalls. Für den Bruchteil einer Sekunde sah sie den toten Kolja auf dem Schlachtfeld liegen. Blut rann aus seinem Mundwinkel. Hastig gab sie Heinzi den Helm zurück und wandte sich Günther zu: »Schön, dass du wieder da bist.«

Sie lächelten beide verlegen. Heinzi klopfte mit den Fingern einen dumpfen Marsch auf den Stahlhelm. Günther kramte in seiner Hosentasche, holte Geld hervor und gab es ihm: »Besorg uns mal was Bier zur Feier des Tages.«

Sie sah, dass Heinzi es bedauerte, sich von dem Helden des Volkes loseisen zu müssen. Trotzdem kam er dessen Aufforderung sofort nach und griff sich den Tonkrug.

»Zu Befehl!«, salutierte er.

Endlich war er weg. Marie war allein mit Günther. Sie fühlte sich befangen.

»Ist ganz schön kalt hier drin. Ich sollte ein paar Kohlen nachlegen.«

»Nicht nötig.« Günther lachte heiser auf. Er zog sie an sich. Der Stoff seiner Uniform kratzte sie an der Wange. Ihre Nase war dicht an seinem Hals. Sie atmete ein und glaubte, den Krieg riechen zu können. Dennoch ließ sie den Kopf, wo er war.

Als Heinzi mit dem Bier zurückkam und Günther sie losließ, war sie erleichtert. Er bot ihr einen Schluck an, den sie ablehnte.

»Erzähl mal. Wie ist es im Krieg?«, wollte sie wissen.

»Wie soll's schon sein?«

Heinzi wurde aufgeregt: »Hast du viele Feinde erledigt?«

»Das will ich wohl meinen.«

»Erzähl!«, bettelte Heinzi.

»Wo soll ich anfangen?«

»Beim Kampf!« Heinzi war ganz außer sich. »Was macht ihr, wenn ihr kämpft?«

»Schlafen tun wir dann wenig. In aller Frühe werden wir geweckt. Deshalb lassen wir die Uniform beim Schlafen an. Das ist sicherer, falls uns der Feind nachts überrascht. Außerdem spart's Zeit. Wir schnappen uns das Maschinengewehr, und auf geht's.«

»Wie ist es, wenn ihr siegt?«

»Wir siegen immer. Wir sind die geborenen Sieger. Wir stürmen vorwärts und knallen alle Feinde ab, die sich uns in den Weg stellen.«

Marie fröstelte, deshalb zog sie Mutters Strickjacke über, die auf der Küchenbank lag.

»Und dann?«

»Dann liegen die Toten auf dem Schlachtfeld herum, herrenlose Pferde irren umher, und wir führen unsere Gefangenen ab. Abends feiern wir die Schlacht. So sieht's aus.«

So war das wohl im Krieg, dachte sie. So oder anders, wenn man nicht zu den Siegern gehörte. Sie fing Günthers Blick auf. Es war gut, dass er da war. Er verteidigte das deutsche Volk, ihre Familie und sie selbst gegen die Feinde. Eigentlich hätte er einen Heldenempfang verdient. Sie lächelte, weil sie sich vorstellte, wie Mädchen in BDM-Uniformen Blumen auf die Straße streuten, über die Günther auf einem Schimmel ritt. Am Ende der Straße wartete sie auf ihn. Als er bei ihr ankam, kniete sie vor ihm nieder. Er bat sie aufzustehen. Seinen Arm schlang er um ihre Taille und hob sie mühelos vor sich in den Sattel. Die Menschen, die sich auf dem Gehweg und in den Fenstern drängten, jubelten ihnen zu. Rieke stand da und ärgerte sich schwarz darüber, dass Günther Marie zu seiner Angebeteten ausgewählt hatte und nicht sie.

»Wenn ich Soldat bin, mach ich mir für jeden Gegner, den ich erschieße, 'ne Kerbe in den Gürtel.«

Heinzi zerstörte mal wieder alles. Verärgert gab sie ihm einen Schubs. »Na und? Du bist aber kein Soldat.«

»Noch nicht. Ich habe schon mal mit 'ner Luftpistole geschossen. Lässt du mich mit deinem Maschinengewehr mal schießen, bitte?«

»Heinz! Günther ist gerade erst gekommen. Du kannst ihn später noch genug löchern.«

Tröstend strich sie ihm über den Kopf. Heinzi schüttelte ihre Hand ab.

»Na gut. Wie lange biste denn da, Günther?«

»Bis nach Weihnachten noch. Ich hab drei Wochen Heimaturlaub.«

Die Mutter kam herein. Ihr Gesicht hellte sich auf, als ihr Blick auf Günther fiel: »Bist du's wirklich?«

»Heil Hitler, Frau Bimmermann.«

»Mensch, Junge, lass dich anschauen. Gott sei's gedankt, du hast alles beieinander.«

Ihr müder Eindruck war einem Lächeln gewichen. Marie freute sich darüber.

»Ich hab Hunger, Mutti«, quengelte Heinzi.

»Es tut mir Leid, Kinder, außer ein paar Kartoffeln habe ich gestern trotz Lebensmittelkarte nichts mehr bekommen. Milch, Öl und Fleisch war mal wieder an lauter Stammkunden ausgegeben. Schade, Günther, ich hätte dir gerne ein leckeres Willkommensessen gekocht.«

»Schon gut. Trotzdem vielen Dank, Frau Bimmermann.«

»Das ist so ungerecht. Du kaufst seit über fünfzehn Jahren beim Krüger ein. Dann bist du keine Stammkundin? Das liegt doch nur daran, weil er die guten Sachen an Leute verteilt, die ihn schmieren.«

Marie konnte sich unheimlich darüber aufregen. Der Bezug

von Lebensmitteln war ohnehin begrenzt. Es gab die Reichsbrotkarte für Brot und Mehl, die Reichseierkarte, die Reichsfettkarte für Margarine, Quark und Käse, die Reichsfleischkarte und die Reichskarte für Marmelade und Zucker. Sogar waschen konnte man sich nicht mehr, wie man wollte. Dafür gab es die Reichsseifenkarte. Aber trotz Lebensmittelkarten erhielt man oft überhaupt nichts mehr. Wenn man nachfragte, wie das denn möglich sei, hieß es, dass die Truppen, die durch Köln geschleust wurden, die Lebensmittel benötigten. Allerdings wusste sie aus dem Kaufhof nur zu gut, dass es Waren gab, die von vornherein für Goldfasane und Damen mit einflussreichen Kontakten zurückgelegt wurden. Außerdem konnte man viele der Luxusgüter wie die moderne Tiefkühlkost punktfrei ohne Karte bekommen, aber die waren unbezahlbar.

»Das ist nun einmal so. Gott wird's schon richten.«

Die Mutter nahm Ungerechtigkeit mit einer Gelassenheit hin, die Marie einfach nicht verstand. Dennoch hielt sie den Mund.

Günther schaltete den Volksempfänger an. Sie und Heinzi hatten lange dafür betteln müssen, bis die Mutter das Darlehen annahm, das der Führer großzügigerweise anbot und mit dessen Hilfe sie den Volksempfänger kaufen konnten. Das Radio spielte eine flotte Melodie.

»Tanz mit mir, Marie«, forderte Günther sie auf.

Als er sie im Kreis umherwirbelte, lachte sie. Es tat gut, Günthers Arm auf ihrem Rücken zu spüren und in sein lächelndes Gesicht zu blicken. Selbst als sie den Küchentisch anrempelten und sie sich die Hüfte stieß, hörte sie nicht auf zu lachen. Sie war froh, dass Günther wieder da war. Vor dem Krieg, als sie viel Zeit mit ihm verbrachte, hatte das Leben mehr Spaß gemacht.

Sie konnte nicht mehr. Günther bot der Mutter seinen Arm an.

»Was willst du junger Bursche denn mit einer alten Frau wie mir?«

»Ach was, Frau Bimmermann. Solange man zwei Beine hat, soll man tanzen, was das Zeug hält.«

Marie sah den beiden zu, wie sie sich im Takt der Musik bewegten.

*

Wie oft sie ihn zum Verhör geholt hatten, wusste Kolja nicht. Wieder und wieder setzte der Polizist ihm zu, bis er es irgendwann nicht mehr aushielt und zugab, Janz umgebracht zu haben. Es war eine Lüge, aber er wollte, dass der Schmerz endlich aufhörte. Dazu musste er nur ein Wort sagen: »Ja!«, als sie ihn fragten, ob er den Mann getötet hatte. Und noch eins, ein einziges Wort, weil sie wissen wollten, ob die anderen Polen daran beteiligt waren: »Ja«, hatte er geantwortet, um Erleichterung zu erfahren. Obwohl die Schmerzen nachließen, weil man aufhörte, auf ihn einzuprügeln, fühlte er sich erbärmlich.

*

Außer Atem ließ sich die Mutter auf die Küchenbank fallen. Ihre Wangen waren gerötet, ihre Augen glänzten, und eine Haarsträhne hing ihr ins Gesicht. Mit einer anmutigen Handbewegung strich sie die Strähne zur Seite. Zum ersten Mal seit langer Zeit bemerkte Marie, wie schön die Mutter sein konnte. Normalerweise sah man das nicht. Die Sorgenfurche auf ihrer Stirn war im letzten Jahr noch tiefer geworden. Jetzt schien sie fast verschwunden zu sein. Günther hatte ein kleines Wunder bewirkt. Marie lächelte ihn dankbar an. Er erwiderte ihr Lächeln. In diesem Moment sprang die Mutter auf: »Ich habe ja vergessen, gestern ist ein Brief für dich gekommen, Marie.«

Verwundert nahm sie den Umschlag entgegen. Sie brauchte ihn nur mit den Fingerspitzen zu berühren, um zu wissen, dass er nichts Gutes bedeutete. Es war eine Einladung zu einem Gespräch morgen, am Montag, den 16. Dezember, um acht Uhr dreißig im Arbeitsamt. Man hatte sie als entbehrliche Kraft vorgeschlagen. Sie sollte in die Rüstungsindustrie wechseln.

»So ein Mist. Was fällt denen ein.« Sie regte sich auf. »Die brauchen jede Arbeitskraft, na und? Ich bleibe Verkäuferin, ob's denen passt oder nicht. Was soll ich in 'ner Fabrik?«

Hingehen musste sie, doch niemand konnte sie dazu bewegen, als Arbeiterin in die Fabrik zu gehen. Niemand.

In der Nacht wurde wieder Alarm gegeben. Heinzi, die Mutter und der Opa warteten schon an der Wohnungstür.

»Ich komm gleich nach«, erklärte Marie. »Ich muss mal wohin.«

»Beeil dich«, mahnte die Mutter besorgt.

Tatsächlich hatte sie genau das Gegenteil vor. Sie wollte die Chance nutzen, sich ungestört im Haus umsehen zu können, während die anderen im Luftschutzkeller saßen. Ein paar Minuten wartete sie, damit sie auch wirklich sicher gehen konnte, dass alle unten waren. Dann nahm sie das Schlüsselbund von ihrem Opa. Daran hing ein Schlüssel zur Wohnung der Staven. Regelmäßig holte Opa ihr Kohlen hoch und bekam dafür jeden Monat ein paar Groschen.

Als Marie die Wohnung von Sofie Staven betrat, spürte sie ihr Herz im Brustkorb dröhnend schlagen. Auf Zehenspitzen schlich sie durch den Flur. Sie kam am Wohnzimmer vorbei. Durch die unverdunkelten Fensterscheiben sah sie das Licht der Scheinwerfer, die den Himmel nach feindlichen Bombern absuchten, und das Leuchtfeuer der Flak. Es blitzte und krachte wie bei einem Gewitter. Hagelkörnern gleich fielen die Splitter der Flak auf die Dächer und Straßen. Am nächsten Morgen würden die Kinder auf dem Weg zur Schule die Splitter einsammeln und untereinander tauschen, so wie Marie früher Margarinebildchen mit ihren Freundinnen getauscht hatte.

Sie ging weiter in Richtung Schlafzimmer. Vorsichtig drückte sie die Klinke herunter und atmete auf, weil der Raum leer war. Ihr Blick wanderte zur Tür des dritten Zimmers. Wie gespenstisch sie im stakkatohaften Licht der Flak aufleuchtete, um gleich wieder im Dunkeln zu versinken. Marie versuchte vergeblich, die Tür zu öffnen. Ihre Augen suchten den Raum ab. Wenn hinter der Tür tatsächlich ein Geheimnis verborgen war, würde die Staven den dazugehörigen Schlüssel ganz sicher nicht offen herumliegen lassen. Ein Schlüssel war klein und schmal. Er fand beinahe überall Platz. Marie wagte es nicht, Licht zu machen, deshalb blieb ihr nichts anderes übrig, als abzuwarten, dass die Flak das Zimmer erneut erhellte. Hinter dem Gemälde mit dem Sonnenuntergang war nichts. Sie tastete die Nachttischchen ab. Ebenfalls nichts. Vielleicht war der Schlüssel unter dem Teppich. Sie nahm eine Ecke des weichen Läufers hoch. Unter der letzten wurde sie fündig. In einer angesteppten Stofftasche erfühlte sie einen metallenen Gegenstand. Sie nahm ihn und wollte ihn gerade in das Schloss der Tür stecken, als sie ein Geräusch hörte. Marie erstarrte. In einer Pause zwischen dem krachenden Lärm von draußen erklang das Geräusch erneut. Es war ein Flüstern. Sie drehte sich um. Zum Glück stand niemand hinter ihr. Aber es musste jemand in der Wohnung sein. Als Marie in den Flur hastete, fiel ihr ein, dass sie den Schlüssel noch immer in der Hand hielt. Sie durfte ihn nicht behalten, sonst würde die Staven Verdacht schöpfen. Es kostete sie einiges an Überwindung, zurück ins Schlafzimmer zu gehen und den Schlüssel wieder in die Tasche unter den Teppich zu stecken.

Dann eilte sie die Treppenstufen hinab zur Kellertür. Dahinter war es stockdunkel. Sie tastete sich nach unten. Die Schüsse der Flak waren hier nur gedämpft zu hören. Plötzlich fühlte sie, wie sich etwas auf ihren Arm legte. Eine Hand. Marie stieß einen heiseren Schrei aus. Das musste der Unbekannte sein. Der Mörder. Niemand würde ihr in dem Dunkel helfen.

»Immer mit der Ruhe.« Die Stimme kam ihr bekannt vor. Eine Taschenlampe wurde eingeschaltet. Ihr Lichtkegel richtete sich auf Marie. Sie blinzelte, trotzdem konnte sie nicht erkennen, wer die Lampe hielt.

»Ach, du bist es, Marie. Wo warst du denn so lange?«

Es war der scheue Werner.

13

Marie fühlte sich müde und zerschlagen, als sie sich auf den Weg zum Arbeitsamt in der Badstraße 8–10 machte. Einen Satz sprach sie immer wieder vor sich hin: »Ich möchte meine Lehre im Kaufhof fortsetzen.«

Sie musste sich Mut einreden, ihr Anliegen überzeugend vorzutragen, denn Ämter flößten ihr Angst ein. Die steife Atmosphäre auf den Gängen, die unfreundlichen Gesichter und der barsche Ton schüchterten sie ein. So war es auch diesmal. Kaum hatte sie das Gebäude betreten, verspürte sie den Drang, das Klo aufzusuchen. In ihrer Aufregung hatte sie bereits die Klinke zur Toilettentür heruntergedrückt, als ihr auffiel, dass die für »Juden« war. Daneben waren die für »Damen« und »Herren«.

Man ließ sie lange warten, bis eine grauhaarige Frau sie in ihr Büro rief. Nachdem Marie Platz genommen hatte, versuchte sie ihr Gegenüber einzuschätzen. Die Gesichtszüge der Frau wirkten verhärmt; zwischen den Brauen ragte eine steile Falte auf, und die Lippen waren zu einem schmalen Schlitz zusammengepresst. Marie rieb ihre Fingerspitzen aneinander, während die Frau ungerührt in ihren Akten las. Endlich blickte sie auf: »Fräulein Bimmermann, der Grund Ihres Erscheinens ist Ihnen bekannt.«

Es klang mehr wie eine Feststellung als eine Frage. Trotzdem fühlte Marie sich gedrängt, mit »Ja« zu antworten.

»Ihre Arbeitskraft wird bei der Westdeutschen Kaufhof AG nicht mehr gebraucht. Hingegen werden Sie bei den Ford-Werken dringend benötigt. Wir gehen demnach davon aus, dass Sie Ihre neue Arbeitsstelle morgen antreten werden.«

Marie traute ihren Ohren nicht. Sie wurde nicht einmal gefragt, ob sie damit einverstanden war. »Und meine Lehre?«

Der Satz, den sie zuvor einstudiert hatte, fiel ihr nicht mehr ein.

»Hat zugunsten des deutschen Volkes hintenan zu stehen. Sie wissen, wie wichtig Ihr Einsatz für das Vaterland ist. Die deutsche Frau ist die Mitkämpferin des Mannes. Sie hat in der Heimat die Posten zu beziehen, von denen der Mann zum Dienst mit der Waffe abberufen wurde.«

»Ich bin doch Verkäuferin und keine Rüstungsarbeiterin.«

»Sie waren Verkäuferin.«

Marie wusste, wenn sie jetzt nicht protestierte, würde ihr Wechsel beschlossene Sache sein: »Ich möchte meinen Arbeitsplatz nicht tauschen, bitte.«

»Mit welcher Begründung verweigern Sie den Wechsel?« Die Frau legte die Akte zur Seite.

»Es macht mir so viel Spaß, im Kaufhof zu arbeiten. Ich berate die Leute gerne dabei, wenn sie sich Strümpfe aussuchen oder Duftwässerchen oder …«

Sie brach ab. Es war deutlich, dass die Frau sie als lästig zu empfinden begann. Mit der Spitze ihres Bleistiftes zeigte sie anklagend auf Marie: »Wenn Sie einem Arbeitsstättenwechsel nicht freiwillig zustimmen, werden wir Sie kriegsverpflichten. Das kann unangenehme Folgen für Sie und Ihre Familie nach sich ziehen. Ich gebe Ihnen ein letztes Mal die Gelegenheit, sich zu entscheiden: Akzeptieren Sie den Wechsel von der Kaufhof AG zu Ford? Ja oder nein?«

Wenn sie ablehnte, würde man sie zwingen, in die Fabrik zu gehen.

»Na, ja.«

»Warum denn nicht gleich so, Fräulein Bimmermann? Wir wären schon froh, wenn uns Ihresgleichen die Arbeit nicht so erschweren würde. Heil Hitler!«

Mit einem zufriedenen Zug um die Lippen klappte die Frau die Akte zu.

*

Kolja ging die Zellenwände in ganz kleinen Schritten entlang, immer rundum. Dabei zählte er die Schritte laut vor sich hin.

Wie viele Male er seinen Fuß ausstrecken musste, um von einer Ecke zur nächsten zu gelangen, bestimmte allein er. Wenn er größere Schritte machte, waren es weniger, bei kleineren mehr. Die Runden zählte er nicht; er wechselte nicht einmal die Richtung. Er ging einfach stundenlang von einer Ecke zur anderen. Zumindest kam es ihm so vor, aber es konnten auch bloß zwanzig Minuten vergangen sein.

Er wollte nicht aufhören. Aufhören hieße, sich hinzukauern und darauf zu warten, dass etwas passierte. Das Warten war ihm im Gefängnis zum Feind geworden. Er hätte dem Warten eine reinschlagen mögen. Komm her, du Schuft! Hier, nimm das! Das Warten war ein zäher Gegner. Schon glaubte er, es mit einer Geraden zu Boden geschlagen zu haben, da stand es wieder auf. Es sprang ihm ins Gesicht, dann war es über ihm. Die einzige Möglichkeit, sich dem Warten nicht zu ergeben, war, ihm Geschäftigkeit vorzutäuschen. Während es in der Dunkelheit darauf lauerte, dass er ein Anzeichen von Schwäche zeigte, versuchte Kolja es abzulenken: »... drei, vier, fünf, eins, zwei, drei, vier, fünf, sechs, eins, zwei ...«

Die Klappe an seiner Zellentür ging auf: Das Essen kam. Hatte er nicht eben erst gegessen? Kolja grinste das Warten hämisch an. Diesmal hatte er es ihm wirklich gezeigt. Die Zeit zwischen den Mahlzeiten war ihm nicht lang geworden.

Er löffelte die Suppe. Sie schmeckte nach Moos. Auch das Brot schmeckte so. Er trank den Tee in winzigen Schlucken. Der Tee war lauwarm. Das war das Einzige, was er über ihn sagen konnte. Als er fertig war, begann die gefährliche Zeit. Kolja musste die Augen aufhalten, sonst würde sich das Warten heimlich an ihn heranschleichen. Erst gönnte er dem linken Auge Ruhe, anschließend dem rechten und wieder von vorn. Aber irgendwann würde er klein beigeben; das war unvermeidlich.

*

Marie war traurig, als sie sich im Kaufhof von ihren Kolleginnen verabschiedete, weil sie nicht wusste, ob dies ein Abschied für immer sein würde. Die anderen Frauen wirkten ebenfalls niedergeschlagen, auch wenn Marie ihnen vor allem die Angst unterstellte, sie könnten als Nächste wechseln müssen. Der Einzige, der kein bisschen mitfühlend schien, war Wels. Der Vorgesetzte hatte die Mundwinkel zu einem Lächeln verzogen. Ganz lasch und weich war seine Hand, die er ihr zum Abschied reichte: »Ich bin sicher, Sie werden meiner Empfehlung an die Kriegsindustrie gerecht.«

Ihm hatte sie es also zu verdanken, dass sie die Arbeit im Kaufhof verlor. Am Ende saß Wels einfach am längeren Hebel. Sie konnte nichts dagegen tun. Vor lauter Wut traten Marie Tränen in die Augen. Ohne ein Wort des Abschieds ging sie nach draußen. Als sie auf die Straße trat, rief Hella ihr nach. Sie war immer nett zu ihr gewesen, deshalb blieb sie stehen und streckte ihr die Hand hin. Mit einem Augenzwinkern drückte Hella ihr eine Pralinenschachtel hinein.

»Merkt ja keiner. Sieh's einfach als Abschiedsgeschenk von Wels an.«

Gerührt brachte sie ein »Danke« hervor. Eindringlich sah Hella sie an: »Dein Verehrer ist doch jetzt da, oder?«

Sie wusste nicht, worauf Hella hinauswollte.

»Dein Freund, dieser Georg?«

»Günther.«

»Genau.«

»Ja, der ist da.«

Hella beugte sich zu ihr, so dass Marie ihr mentholhaltiges Mundwasser riechen konnte, und senkte ihre Stimme: »Worauf wartest du? Nutz die Gelegenheit, und werde ganz schnell schwanger. Dann brauchst du nicht mehr in die Fabrik.«

Günther wollte sie nicht verstehen: »Jeder muss halt Opfer fürs Vaterland bringen.«

»Na und? Ich will aber nichts opfern, verstehst du das denn nicht?«, empörte sich Marie. »Ich werde vielleicht die nächsten fünfzig Jahre arbeiten müssen. Kann ich das nicht wenigstens in dem Beruf tun, den ich mag?«

»In der Rüstung zu arbeiten, ist nun mal sinnvoller, als was zu verkaufen.«

»Wieso ist es nicht sinnvoll, Verkäuferin zu sein? Glaubst du, es ist immer leicht, nett und freundlich zu den Kunden zu sein? Das kann nicht jeder.«

»Reg dich nicht so auf, Marie. Der Krieg ist bald vorbei, und du kannst wieder in den Kaufhof zurück.«

»Und wenn nicht?«

Als der Führer den Krieg erklärte, hatten sie alle geglaubt, er sei in wenigen Wochen vorüber. Jetzt dauerte er bereits über ein Jahr an.

Günther schwieg. Marie stieß mit dem Fuß gegen ein Steinchen, das über das Pflaster kullerte, an einer Litfasssäule abprallte und schließlich liegen blieb. Sie betrachtete das Werbeplakat für Ecksteinzigaretten, dessen linke Ecke abgerissen war.

»He, sei doch nicht mehr sauer, ja?« Günther nahm Maries Hand.

»Nicht. Die Leute gucken schon.« Sie machte sich frei.

»Lass sie doch.«

»Ich will nicht ins Gerede kommen.«

»Mir ist das egal.«

»Mir aber nicht. Wenn die Brand das sieht, tratscht sie es im ganzen Viertel herum.«

»Es kann dir schnurzpiepegal sein, was die Alte rumerzählt.«

»Bei einem Mann ist das was anderes. Bei einer Frau heißt es gleich, dass sie sich rumtreibt.«

»Gut, was willst du machen?«

»Wir könnten zum Rhein runtergehen.«

Auf dem Weg dahin begegneten sie der Staven, die Günther lächelnd begutachtete.

»Hallo! Das ist aber mal ein fescher Soldat.« Mit diesen Worten ging Sofie Staven weiter.

»Die lässt ja keine Gelegenheit aus«, schnaubte Günther verächtlich.

Marie sah ihr nach. Die Staven hatte sie daran erinnert, dass sie herausfinden wollte, was sich in dem dritten Zimmer verbarg. Sie musste dringend etwas unternehmen. Für Kolja. Blut stieg ihr in den Kopf, als sie daran dachte, wie er sie umarmt und geküsst hatte. Es war ja nur zur Tarnung gewesen, beruhigte sie sich. Eindringlich musterte sie Günthers Profil. Sie fragte sich, ob er Kolja erschossen hätte, wenn er ihm gegenübergestanden hätte.

»Hast du eigentlich Angst, wenn du auf einen anderen Menschen schießt?«

»Nein, wieso? Das sind unsere Feinde. Als Soldat siehst du das so: Entweder erwischst du den Polen oder er dich. Mir ist es lieber, es erwischt ihn.«

Günther erfüllte seine Pflicht, wenn er auf den Feind schoss. Die Polen waren eben Untermenschen, und Deutschland musste sich gegen sie schützen. Also schützte Günther auch Marie. Ein Pole war vielleicht nett. Es gab sicher Ausnahmen. Doch was konnte sie schon über die Mehrheit der anderen sagen? Was Günther tat, war gut. Sie lächelte, als ob nichts gewesen wäre.

»Du hast dich erschreckt, als ich vom Krieg erzählt hab, oder?« Leider hatte Günther was gemerkt.

»Ich hab mich nur gefragt, ob da nicht auch anständige Menschen drunter sind. Unter den Polen, mein ich. Woher weißt du, ob der andere den Tod wirklich verdient hat?«

Entgeistert sah Günther sie an: »Wie kommste denn darauf?«

»Kann doch sein. Bei uns gibt es ja auch gute und schlechte Menschen.«

»Ich kapier nicht, was du willst. Was hast du bloß mit den Polen?«

Das verstand sie ja selber nicht. Ihr fiel ein, dass sie Rieke versprochen hatte, fürs Winterhilfswerk zu sammeln. Zerknirscht erzählte sie Günther davon.

Der reagierte ganz verständnisvoll: »Das ist völlig in Ordnung. Ist ja was Sinnvolles, was du da tust. Indem du für die Soldaten sammelst, sammelst du für mich.«

Rieke wartete bereits an der Straßenecke. Sie hatte ein zufriedenes Lächeln aufgesetzt, das Marie wie ein triumphierendes Grinsen erschien. Naziege, dachte sie bei sich. Rieke drückte ihr die Spendendose und eine Liste in die Hand: »Darauf musst du festhalten, wer wie viel Geld gegeben hat.«

Fein säuberlich waren die Namen der Nachbarn auf dem Papier untereinander geschrieben, und daneben stand, was sie beim letzten Mal gespendet hatten. Rechts am Rand unterschrieb der Spender. Marie überflog die Liste, bis sie bei ihrem eigenen Namen ankam. Bimmermann. Hier stand schwarz auf weiß zu lesen, dass ihre Familie jedes Jahr nur den Mindestbeitrag abgab. Es war ihr peinlich. Sie war bemüht, diesen Teil der Liste vor Rieke zu verbergen. Dann begriff sie, wie dumm das von ihr war. Rieke hatte die Liste sicherlich schon hundertmal gesehen. Sie nickte, um zu zeigen, dass sie alles verstanden hatte. Rieke wandte sich zum Gehen, drehte sich aber noch einmal um: »Ach, Marie.«

»Ja?«

»Dein Mantel ist eines deutschen Mädels nicht würdig. Hast du nichts weniger Auffälliges?«

Stundenlang war Marie durch die Straßen gezogen, hatte an Türen geklopft und geklingelt. Immer wieder leierte sie denselben Text herunter, erhielt ein paar Münzen, notierte den Betrag hinter dem dazugehörigen Namen oder vermerkte, wenn sie die Person nicht zu Hause angetroffen hatte. Mehr und mehr wurde es ihr unangenehm, den Leuten, die selbst nichts hatten, Geld abzuknöpfen. Viele gaben nicht freiwillig, denn sie fragten sofort, nachdem sie ein paar Münzen in die Sammelbüchse getan hatten, nach der Liste, auf der sie unterschreiben mussten. Trotzdem war die Büchse mit der Zeit schwer geworden. Rieke würde zufrieden mit ihr sein. Sie hoffte, so schnell nicht wieder von ihr behelligt zu werden.

Mittlerweile war es dunkel. An Marie fuhr ein Lautsprecherwagen vorbei. »Licht aus!«, kommandierte er vor einem schwach erleuchteten Fenster. Es war gefährlich, die Verdunklungszeiten von Sonnenuntergang bis Sonnenaufgang nicht einzuhalten.

Wenn sie atmete, stieg eine weiße Wolke auf. Es war bitterkalt. Die Zehen spürte sie schon nicht mehr. Sie versuchte, sie in den Schuhen hin und her zu bewegen. Zum Glück war es gleich geschafft. Ihr eigenes Haus hatte sie für den Schluss aufgehoben.

Müde blickte sie auf die Liste und fuhr zusammen, als sie den Namen »Horst Janz« las. Sie hätte es wissen müssen, dass er da stand. Sie hatte nur einfach nicht daran gedacht. Janz hatte auf der rechten Seite unterschrieben. Es war wie das Vermächtnis eines Toten. Das bisschen, was von ihm übrig blieb, waren ein paar Buchstaben auf Papier.

Marie zögerte, ob sie hinter seinem Namen auf der Liste ein »verstorben« hinzufügen sollte. Stattdessen griff sie in ihre Manteltasche, in der sie den Zettel von Janz aufbewahrte. Um besser sehen zu können, stellte sie sich unter die abgedunkelte Leuchtreklame des Elektrofachgeschäfts. Sorgfältig faltete sie den Zettel auseinander und hielt ihn neben die Spendenliste vom Winterhilfswerk. Mit zusammengekniffenen Augen verglich sie die Schrift und betrachtete sie aus allen möglichen Richtungen. Es schien ihr, als sei es nicht dieselbe. Er hätte seine Schrift natürlich verändern können. Ihre Buchstaben sahen schließlich auch nicht immer gleich aus. Doch diese hier waren sich in etwa so ähnlich wie Mutters Schönschrift und Heinzis Gekrakel.

*

Kolja erinnerte sich an das, was seine Mutter zu sagen pflegte, wenn etwas ausweglos erschien: »Es gibt immer einen Lichtstreifen am Horizont.«

Sie hätte die Hoffnung nicht aufgegeben. Wenn der richtige Mörder gefasst würde, müsste selbst den Nazis klar werden, dass für die Tat einer zu viel im Gefängnis saß. Aber wer sollte nach ihm suchen, wo sie alle so sicher waren, den richtigen

Mörder bereits gefangen zu haben? Es brauchte schon ein Wunder, damit er nicht hingerichtet wurde. Wegen eines Verbrechens, das er nicht einmal begangen hatte. Kolja wollte mit aller Kraft an solch ein Wunder glauben.

*

»Heil Hitler, Frau Janz. Entschuldigen Sie die Störung …«

Weiter kam Marie nicht, denn die Janz hatte die Spendenliste entdeckt.

»Ich geb nix. Bin grad erst Witwe geworden. Woher soll ich das Geld nehmen, wenn ich selber nix hab?«

»Deshalb bin ich gar nicht hier.«

»Was willste dann?« Misstrauen zeichnete sich im Gesicht der Janz ab.

»Ich wollte Sie bitten, mir ein Schriftstück Ihres Mannes herauszusuchen. Irgendeins. Einen Brief an Sie oder an eines Ihrer Kinder.«

Die Janz gab daraufhin ein komisches Geräusch von sich. Marie brauchte einen Moment, um festzustellen, dass das seltsame Glucksen ein Lachen war. Inge Janz lachte immer lauter. Endlich beruhigte sie sich ein wenig und wischte sich ein paar Tränen aus den Augenwinkeln.

»Der Horst und ‘nen Brief an uns schreiben, das wär's noch. Glaubst du, der tät ‘nen Liebesbrief an mich schicken?«

»Irgendwas hat er Ihnen bestimmt mal aufgeschrieben. Mir reicht's, wenn's nur ein Satz ist oder so.«

»Wozu willste das denn haben?« Die Janz sah sie lauernd an.

»Ich gebe Ihnen auch was im Tausch dafür.«

Sofort wurde Inge Janz zutraulicher: »Was?«

»Was Sie wollen.«

»'ne Flasche Schnaps.«

»Gut. Sie suchen mir einen Brief von Ihrem verstorbenen Mann raus, und ich hole Ihnen Schnaps.«

Kurz darauf stand Marie auf der Straße und überlegte, wie um alles in der Welt sie an Alkohol kommen sollte. Ihr fiel nur eine Person ein, die Schnaps haben könnte, weil sie alles hatte. Sie rannte nach Hause zurück.

»Grüß dich, Marie. Sammelst du fürs Winterhilfswerk? Warte, hier hast du was.«

Die Staven griff zu ihrer Handtasche, die auf einem kleinen Tischchen in der Nähe der Tür lag, und holte ganze fünf Reichsmark hervor, die sie in die Büchse steckte. Ein kleines Vermögen, das Marie gerne für sich gehabt hätte.

»Hätten Sie wohl auch eine Flasche Schnaps? Für einen Bedürftigen?«

Das war nicht einmal gelogen. In gewisser Weise war die Janz durchaus den Armen und Bedürftigen zuzurechnen. Ein Lächeln überzog das Gesicht der Staven: »Wie wär's mit einem Fläschchen guten Sekt? Der ist bekömmlicher.«

Die Inge hatte zwar was anderes gewollt, aber Marie vermutete, sie würde es nicht allzu genau nehmen, solange es aus Alkohol bestand. Sofie Staven verschwand kurz, um mit einer Flasche MM Extra wiederzukommen.

»Hier. Und nicht so viel auf einmal trinken.« Die Staven zwinkerte ihr zu. Marie wurde rot, machte sich jedoch nicht die Mühe, den Irrtum aufzudecken. Sie wollte keine Zeit verlieren.

Wieder eilte sie zu Janz' Witwe und keuchte ganz schön, als sie die Treppen in den vierten Stock hinauf genommen hatte.

»Den Wisch hab ich durch Zufall noch gefunden. Den Rest vom Horst hat ja der Siegfried.« Inge Janz händigte Marie das Schriftstück aus, nachdem sie den Sekt gierig in Empfang genommen hatte. Marie fiel der Werbespruch der Firma ein: »Der große Sekt für alle besonderen Gelegenheiten.«

Im Thürmchenswall angekommen, riegelte sie sich in der Toilette ein und verglich im Schein der nackten Glühbirne, die von der Decke baumelte, die wenigen Zeilen, die Horst Janz an seine Frau geschrieben hatte, mit ihrem Zettel.

»Hör auf, mich zu belästigen. Du kriegst, was dir zusteht, und keinen Pfennig mehr« stand da. Es war Marie unangenehm, das zu lesen. Sie dachte nach. Es war eindeutig nicht Janz' Schrift auf dem Zettel aus der Jackentasche. Das bedeutete, dass ihre Schlussfolgerung falsch war. Nicht Janz wurde erpresst, sondern er selbst hatte jemanden erpresst. Ihr wurde schwindelig. Horst Janz musste ein dunkles Geheimnis in Erfahrung gebracht haben. Eines, das viel Geld wert war. Eines, das jemanden zum Töten veranlasst hatte.

14

Den Wecker stimmte noch früher als sonst sein unbarmherziges Rasseln an. Widerwillig stand Marie auf. Es war ihr erster Arbeitstag in der Fabrik. Sie zog sich an, wusch sich, frühstückte im Stehen und lief nach unten, um das Rad von Herrn Brand zu holen. Zu Fuß würde der Weg nach Niehl eine Ewigkeit dauern. Allerdings war es ein Herrenrad. Sie hatte Probleme, weil die Stange in der Mitte ihren Rock hochschob und den Blick auf ihre Beine freigab.

»Wenn du arbeiten willst, brauchst du gar nicht weit zu fahren«, johlte ihr ein Mann vom Bürgersteig aus zu. Marie zog es vor, so zu tun, als hätte sie ihn nicht gehört. Trotzdem ärgerte sie sich.

Während sie vom Deutschen Ring in die Neusser Straße einbog, überlegte sie, dass sie nur zwei Menschen kannte, die ein Geheimnis zu haben schienen. Das waren die Staven mit ihrem dritten Zimmer und dem Büstenhalter in Janz' Wohnung und der scheue Werner. Beiden traute sie dennoch nicht zu, dass sie einem Nachbarn kaltblütig ein Messer in den Rücken rammten. Auch stimmten Werners Unterschrift und die der Staven auf der Spendenliste nicht mit der Schrift auf dem Erpressungszettel überein.

In Höhe der Weißenburgstraße, Ecke Ewaldistraße trat Marie auf die Bremse. Vor einem der Häuser parkten Polizeiwagen. Weil es duster war, blieben die Scheinwerfer eingeschaltet und schafften so genug Licht, um die Neugier einiger Schaulustiger zu wecken. Die Leute mussten von der Polizei davon abgehalten werden, das Haus zu betreten. Marie sprang vom Rad.

»Was ist denn hier los?«, fragte sie einen Mann neben sich. Der schob seine Mütze in den Nacken, bevor er antwortete: »Do sollen se einen umgebracht haben.«

Sie sah den toten Janz vor sich, wie er in der Blutlache lag. Eine Sirene heulte auf. Im ersten Moment glaubte sie, es sei Fliegeralarm. Erst jetzt bemerkte sie den Krankenwagen, der am Straßenrand hielt. Zwei Männer sprangen heraus und rannten mit einer Trage in das Haus. Kurz darauf kamen sie zurück, diesmal mit einem Mann, der auf der Trage lag und stöhnte. Eine Decke war über ihn gebreitet, auf der sich rote Kreise abzeichneten. Der Mann musste schwer verletzt sein. Wenigstens war er nicht tot.

Marie wollte wieder auf das Rad steigen, als Unruhe unter den Zuschauern entstand: »Das ist der Kerl!«

»Der hat den anderen abgestochen.«

»Ist das nicht der Schäffer?«

»Klar ist der das.«

Polizisten führten einen großen Mann aus dem Haus, der den Kopf gesenkt hielt. Seine Hände waren auf dem Rücken gefesselt. Die Menge verstummte bei seinem Anblick. Marie stellte sich auf die Zehenspitzen. So sah also ein Mörder aus, oder zumindest einer, der beinahe zu einem geworden war. Sie fand nicht, dass er sich sonderlich von den anderen Männern unterschied. Die Umherstehenden drängten um das Polizeiauto, in dem der Gewalttäter abtransportiert wurde. Kommissar Severin kam aus dem Haus, blieb stehen und klopfte seine Kleider ab, als wolle er sie von Dreck säubern.

»Heil Hitler, Herr Severin!«

Der Kommissar blickte verwundert auf: »Kennen wir uns?«

»Ich bin Marie Bimmermann aus dem Thürmchenswall.« Sie trat in den Scheinwerferkegel eines der Fahrzeuge.

»Jetzt erinnere ich mich. Heil Hitler, Marie.«

»Haben Sie eine neue Spur? Ich meine, was den Mord an dem Herrn Janz angeht?«

»Also das nenn ich mal einen schnellen Fahndungserfolg. Wenn es nur immer so einfach für uns wäre, die Banditen und Mörder zu fangen. Die Gerichtsverhandlung steht jetzt an.«

»Was passiert dann?«, erkundigte sie sich erschrocken.

»Dann wird der Pole so sicher zum Tode verurteilt werden, wie Adolf Hitler der Führer Deutschlands ist.«

Marie spürte, wie ihr die brennende Magensäure bis in den

Hals stieg. Eine Sekunde später übergab sie sich. Severin musste zur Seite springen, um nicht von dem übel riechenden Schwall getroffen zu werden.

»Was ist los mit dir?« Der Kommissar wirkte ganz besorgt.

»Hab wohl was Schlechtes gegessen«, stammelte Marie. Mit einer Hand stützte sie sich an der Hauswand ab.

»Komm, ich bring dich mit dem Auto nach Hause«, schlug Severin vor.

»Nein, danke, geht schon. Ich muss zur Arbeit. Heute ist mein erster Tag bei Ford. Da darf ich nicht fehlen.«

»Dann bringe ich dich wenigstens da hin.«

Ihr war noch immer etwas schummrig, als Severin mit seinem Automobil vor dem Werkstor hielt. Er stieg aus, lief um das Auto herum, öffnete ihre Tür und reichte ihr seine Hand. Marie ergriff sie und fing die skeptischen Blicke der Arbeiterinnen auf, die durch das Tor drängten. Nachdem der Kommissar das Fahrrad aus dem Kofferraum geholt hatte, fuhr er mit einem freundlichen Gruß davon. Sie wandte sich der Fabrik zu.

»Eine Verkäuferin haben wir da. Ich kann dir gleich sagen, dass du hier keine Sonderbehandlung zu erwarten hast. Hier muss die deutsche Frau ihre Zähigkeit im Kampf, ihren Rassestolz und ihre Gefolgschaftstreue unter Beweis stellen. Hast du das verstanden?«

Eigentlich hatte sie das nicht, aber es war nicht der richtige Ort, um Fragen zu stellen, daher nickte sie. Der Betriebsobmann Greiner, zu dem Marie geschickt worden war, klang unfreundlich. Sein kurz geschnittener Schnurrbart ließ ihn besonders streng wirken.

»Gut. Das hätten wir geklärt. Hier ist dein Arbeitsbuch, beginnend mit dem heutigen Datum, Dienstag, den 17. Dezember. Darin wird notiert, wie du dich in den sechs Monaten deiner Anlehre beträgst. Irgendwelche Fragen?«

»Wann ist Mittagspause?«

»Vorsicht! Ich rate dir, keine Schwierigkeiten zu machen. Denk immer daran, ich habe ein Auge auf dich.« Die Haut des

Betriebsobmannes hatte sich rötlich gefärbt. Kopfschüttelnd ging er davon und ließ Marie einfach in der großen Maschinenhalle stehen. Mit Vorgesetzten schien sie kein glückliches Händchen zu haben.

»Da hast du dir doch glatt an deinem allerersten Arbeitstag schon 'nen Feind gemacht. Donnerwetter, du tust nicht lang fackeln.« Eine kräftig gebaute, ältere Frau sprach Marie an.

»Meinen Sie, dass er mir Ärger machen kann?«

»Erst einmal ›du‹, bitte schön, und ja, du musst dich in Zukunft was zurückhalten tun, damit der Greiner dich nicht mehr auf dem Kieker hat. Der ist nicht nur dafür da, uns bei der Arbeit Beine zu machen, der ist auch für unser aller politisches Seelenheil da.«

»Danke, dass du mich gewarnt hast.«

»Gern geschehen. Ich bin übrigens Ursula. Du kannst mich aber Ursel nennen.«

»Ich bin Marie.«

»Weiß ich längst. Dann zeig ich dir mal, wo du arbeiten tust.«

Als Ursel sie zu einem Arbeitsplatz führte und ihr die notwendigen Handgriffe erklärte, spürte Marie den Blick ihrer Arbeitskameradin auf ihren gepflegten Händen. Sie schämte sich, weil die ältere Frau geschwollene Finger hatte. Deshalb schob sie ihre Hände in die Taschen der alten Kittelschürze mit dem verwaschenen Blümchenmuster, die einmal der Blockwartin gehört hatte und ihr viel zu groß war. In der Halle war es kalt und zugig. Sie sah, dass die Frauen Hosen unter den Röcken trugen, und schwor sich, am nächsten Tag ebenfalls so gekleidet in der Fabrik zu erscheinen.

Marie musste Zündkerzen mit einer streng riechenden Emulsion polieren. Die ungewohnte Arbeit ermüdete sie rasch, so dass sie gähnte und die Augen für einen Moment schloss. Ursel stieß sie daraufhin mit dem Ellenbogen an und raunte ihr zu: »Pass auf! Der Greiner guckt schon.«

»Ich hab doch nichts Schlimmes gemacht.«

»Egal. Denk einfach dran, dass Greiner jeden deiner Schritte überwacht.«

»Das ist ungerecht.«

Ursel grinste, stellte sich auf die Zehenspitzen und flüsterte Marie ins Ohr: »Tu's mit Humor nehmen. Kennst du den? Eine Hausfrau hat kein Fett mehr bekommen. Da fängt sie an, 'ne Hakenkreuzfahne über den Bratkartoffeln auf dem Herd zu schwenken. Kommt ihr Mann und fragt, was das soll. Sagt sie: ›Unter dieser Fahne sind schon viele fett geworden.‹«

Kichernd ging Ursel davon. Marie blickte ihr nach und sehnte sich zurück in den Kaufhof, wo es sauber und ruhig und warm war und lauter schöne Dinge sie umgaben.

Die Stunden bis zum Feierabend waren ihr endlos vorgekommen. Ihr Rücken schmerzte, weil sie den ganzen Tag über die Zündkerzen gebeugt gearbeitet hatte. Trotz ihrer Müdigkeit und den Schmerzen durfte sie Kolja jedoch nicht vergessen. Der Kommissar hatte es gesagt: Der Pole würde hingerichtet werden, wenn sie nicht bald etwas herausfand.

Ein Erpresser musste etwas in der Hand halten, wenn er Geld von jemandem haben wollte. Einen Beweis. Diesen hoffte sie im Keller zu finden. Sie kam an dem Durchbruch zum Nachbarkeller vorbei, der mit einer Verbindungstür verschlossen war. Daneben befand sich der Raum mit den Kohlen, und links davon lagerten die Sachen der Hausbewohner, die sie vom Dachboden heruntergeschleppt hatte. Marie wühlte sich durch Koffer und Kartons, die nach Stockwerken aufeinander geschichtet waren. Als sie in den Sachen der Staven kramte, fand sie traumhafte Kleider und Perücken aus echtem Haar. Spaßeshalber setzte sie sich eine weizenblonde Perücke mit zwei langen Zöpfen auf. Ob sie damit Rieke ähnlich sah? Leider fand sie keinen Spiegel. Dann nahm sie sich die Sachen von Werner vor. Er hatte nur einen verbeulten Koffer und einen Karton, der mit einer Kordel zusammengehalten wurde. In dem Koffer war ein abgetragener Anzug. Vorsichtig löste sie die Knoten der Kordel. In dem Karton befand sich lauter Zeitungspapier. Sie wickelte ein paar Porzellantassen aus. An einer war der Rand angeschlagen. Marie suchte weiter, bis sie eine Schachtel entdeckte. Darin lagen auf Watte gebettet eine silberne Kette mit einem Amulett, ein Paar Ohrringe mit roten Steinen und eine Brosche in Form eines Frosches. Sie wunderte sich darüber, wieso Werner Schmuck besaß. Vermutlich stammte er von seiner Mutter. Als sie die Schachtel schon wieder zurückgelegt hatte, stutzte sie. Sie holte die Kette mit dem Amulett heraus. Die kam ihr bekannt vor. An der Seite des Anhängers war ein Haken. Sie öffnete ihn und klappte das Amulett auf. Wie Marie erwartet hatte, erhielt der Anhänger eine Locke blonder Haare. Das waren Hannahs Haare. Die Kette gehörte Frau Goldfisch.

Sie wälzte sich von einer Seite des Bettes auf die andere. Ihr Kopf hörte nicht auf zu arbeiten. Marie begriff einfach nicht, wie der scheue Werner an die Kette von Hannahs Mutter gekommen war. In diesem Moment drang lautes Krakeelen an ihr Ohr. Draußen auf der Straße randalierte ein Betrunkener. Ungehalten zog sie sich das Kopfkissen übers Gesicht. Es schepperte heftig. Der Besoffene hatte Glasflaschen umgeworfen. Auch Heinzi und die Mutter waren wach geworden. Sie bekam mit, wie ihr Bruder zum Fenster lief und es aufriss: »Das ist ja die Janz. Und abgefüllt bis sonst wohin.«

Diese Nachricht lockte Marie aus dem Bett. Bibbernd legte sie sich die Decke um die Schultern und ging ebenfalls zum Fenster. Jetzt konnte sie auch verstehen, was die Janz rief: »Du has mich bedroje. Met dem hingerfozije Schrappnell.«

Die Mutter hielt Heinzi die Ohren zu, obwohl er sich dagegen wehrte: »Marie, mach das Fenster zu. Das geht uns nichts an.«

Doch ihre Aufmerksamkeit war geweckt. Die Janz hatte ihre Zunge nicht mehr unter Kontrolle und lallte herum: »Jot, dat de jetz unger dr Ääd bes, Horst. Bei de Würmer. Da tust dee hinjehören. Ich bin däm, dä dat jedonn hät, sujät vun dankbar. Hät hä et nit jedon, hät ich et jemaat.«

Erschrocken fragte Marie sich, ob die Janz wirklich ihren Mann umgebracht hatte.

»Ruhe!« Eine Männerstimme schrie in die Nacht hinaus.

»Es gibt auch noch anständige Deutsche, die ihren Schlaf brauchen.«

»Ich mach esu vill Jedöns, wie ich will.«

»Elender Auswurf der Menschheit! So was sollte man anzeigen.« Mit diesen Worten knallte der Mann das Fenster zu.

»Nachher holt der wirklich die Polizei«, vermutete die Mutter.

»Ich kann sie ja nach Hause bringen.«

»Auf gar keinen Fall, Marie. Allein lasse ich dich um diese Zeit nicht mehr auf die Straße.«

»Ich komme mit.« Der Opa stand in der Tür. In dem dünnen Nachthemd, das er trug, wirkte er ganz gebrechlich auf sie. Ihre Mutter musste dasselbe gedacht haben, denn sie zog sich einen Pullover über: »Nein, du gehörst ins Bett. Ich geh mit Marie.«

Mit einer Engelsgeduld versuchte die Mutter, die Janz zum Gehen zu bewegen. Die weigerte sich zunächst bockig wie ein Kind. Endlich ließ sie sich von Marie und ihrer Mutter unterhaken. Während sie so durch die verlassenen Straßen Kölns gingen, weinte und lallte die Inge Janz abwechselnd.

»Der hat sie umjebracht.«

»Ist ja gut, Inge. Wir sind gleich zu Hause.« Leider unterbrach die Mutter das Gelalle der Janz, als es gerade interessant zu werden versprach. Den Rest des kurzen Weges bekam Marie nichts mehr aus ihr heraus. So war sie froh, als sie Inge Janz in ihre Wohnung verfrachtet hatten, wo die Kinder besorgt auf sie warteten.

Auf dem Nachhauseweg überlegte Marie, ob sie den wirren Äußerungen einer Betrunkenen Glauben schenken durfte. »Er« hatte »sie« umgebracht, hatte die Janz behauptet. Sie fragte sich, ob Horst Janz gemeint war. Aber wer war »sie«?

»Ach, Marie. Bevor ich's vergesse. Die Frau Staven hat angefragt, ob du ihr bei ihrer Feier am Freitag als Serviermädchen helfen kannst.«

»Eine Feier?«

»Da sollen lauter wichtige Leute kommen.«

»Und du hättest nichts dagegen?«

»Du bist ja meine Große, meine Vernünftige. Ich vertrau dir schon, dass nichts passiert.«

Die Mutter legte den Arm um Marie. Sie lehnte den Kopf an die Schulter ihrer Mutter.

*

Am Morgen durfte Kolja sich an dem länglichen Becken im Flur notdürftig waschen. Eine Erleichterung für ihn, denn da er keine Decke zum Schlafen hatte, blieb ihm nichts anderes übrig, als rund um die Uhr in seinen Sachen zu verbringen. Er hatte sich immer noch nicht an den muffigen Gestank gewöhnt, der von ihm ausging.

Sie holten ihn ab. Er wusste nicht, wohin. Verwundert betrat er einen Saal. Dabei spürte er einen stechenden Blick in seinem Rücken. Er drehte sich um. Ein paar Menschen saßen hinten im Raum. Kolja wandte sich wieder dem zentralen Geschehen im Saal zu. Vor einer Hakenkreuzfahne und einer Büste des deutschen Präsidenten saßen in schwarze Gewänder gekleidete Herren aufgereiht. Sie beobachteten stumm einen einzelnen Mann, der auf Deutsch schluchzte: »Nein! Ich will nicht sterben! Es waren doch nur eine Kiste Wein und ein winzig kleines Fläschchen Kölnisch Wasser. Die wären von dem Schutt und den Trümmern sonst kaputtgegangen. Ich wollte nichts Schlimmes tun. Ich dachte, das Haus wäre von Juden. Einem Deutschen hätte ich niemals was weggenommen.«

Kolja verstand ihn nicht, dennoch machte es ihn nervös, dass die Herren in Schwarz keine Miene verzogen. Während der klagende Mann von zwei Uniformierten herausgeführt wurde, kam der Übersetzer in den Raum. Kolja vermutete, dass er sich in einem Gericht befand. Heute würde über ihn geurteilt werden. Er rutschte auf seinem Stuhl hin und her. Seine Handflächen wurden nass vor Schweiß.

Der Übersetzer sprach ihn an: »Die Tat hast du ja bereits gestanden. Am besten wiederholst du dein Geständnis vor Gericht, dann ist es schnell vorüber.«

»Es stimmt nicht, dass ich der Mörder bin.«

»Das hast du aber ausgesagt. Und du hast unterschrieben, dass deine Aussage ohne Zwang und Druck erfolgt ist.«

Nur dunkel konnte Kolja sich daran erinnern, dass ihm nach einer der Torturen ein Schriftstück vorgelegt worden war. Dieser Polizist, Severin, hatte ihm einen Stift in die Hand gedrückt und bei der Unterschrift seine zitternde Hand geführt.

»Es ist trotzdem nicht wahr. Ich habe keine Menschenseele umgebracht. Ich bin kein Mörder.«

Der Übersetzer sagte nichts dazu. Stattdessen trat sein Peiniger nach vorn. Severin berichtete von den erdrückenden Beweisen gegen den Fremdarbeiter. Anschließend präsentierte er die Waffe, die der Mörder nach seiner Tat abgewischt und weggeworfen hatte. Es war ein ganz normales Küchenmesser. Erneut spürte Kolja den stechenden Blick auf sich lasten. Er drehte sich um. Eine Frau sah ihn feindlich an.

Mit einem Mal erhoben sich die schwarz gekleideten Männer. Der Übersetzer stieß ihn in die Seite, damit er es ihnen nachtat.

»Im Namen des deutschen Volkes ergeht folgendes Urteil: Der angeklagte Pole Kolja Beza wird wegen hinterhältigen Mordes an dem deutschen Volksgenossen Horst Janz zum Tod durch das Fallbeil verurteilt. Die Hinrichtung wird auf den 28. Dezember angesetzt.«

Als der Übersetzer ihm das Urteil mitgeteilt hatte, weigerte sich Koljas Gehirn, den Gedanken zu akzeptieren. Noch zehn Tage bis zu seiner Hinrichtung. Er konnte doch nicht für etwas bestraft werden, was er nicht getan hatte. Er war kein Mörder. Wieder spürte er den Blick der Frau. Vor Schreck stellten sich die Haare an seinen Unterarmen auf. Es war die Frau, die er in der Wohnung des Toten gesehen hatte.

15

Kaum zu Hause angekommen, schickte Marie Heinzi zum Klütenholen in den Keller. Sie achtete nicht auf sein Gemaule. Seit Kriegsbeginn hatte er nur noch wenig Unterricht und deshalb viel mehr Zeit als sie. Es war ihr egal, dass er mit seiner Schar verabredet war. Sie brauchte warmes Wasser, um den Schmutz der Fabrik loszuwerden, der ihre Poren verstopfte und die Haut stumpf werden ließ. Missmutig sah sie in den fleckigen Spiegel. Ihre Augenbrauen waren zu buschig, und die Nase war auf jeden Fall zu breit. Erstaunlich, dass Günther sich so für sie interessierte. Er hätte viel hübschere Mädchen als sie haben können. Marie streckte ihrem Spiegelbild die Zunge raus.

Mit einer Bürste schrubbte sie sich, bis sie am ganzen Körper rosig war. Erst danach fühlte sie sich halbwegs sauber. Den schlechten Geschmack in ihrem Mund versuchte sie mit Wasser wegzuspülen. Zahnpasta war leider viel zu teuer. Dann zog sie sich ihre schönsten Sachen an: den wadenlangen Rock aus dunkelblauem Wollstoff, den hellblauen Pullover, die feinen Strümpfe und die Lackschuhe mit den Riemchen. Mit der Bürste fuhr sie durch ihr Haar. Sie fühlte sich gut, bis ihr der eingerissene Saum an ihrem Rock auffiel. Den musste sie dringend nähen, aber ihr blieb keine Zeit mehr dafür. Sie war mit Günther verabredet. Also versuchte sie, den herabbaumelnden Faden abzureißen. Er erwies sich jedoch als hartnäckig. Marie griff zur Küchentischschublade, öffnete sie und suchte nach dem einzig wirklich scharfen Messer, das sie besaßen. Weil sie es nicht finden konnte, nahm sie schließlich ihre Zähne zu Hilfe und biss den Faden einfach ab.

Marie wusste nicht, wovon Günther redete, als sie neben ihm die Straße entlangging.

»Sag mal, war irgendwas, während ich weg war?« Günther klang misstrauisch.

»Nein, wieso?«

»Irgendwas hast du doch.«

Ständig schlich sich Koljas Bild in ihre Gedanken. So wie jetzt. Sie wedelte mit der Hand, um ihn zu verscheuchen. Ein Pfiff ertönte. Von der anderen Straßenseite grinsten sie zwei Soldaten an: »He, schönes Mädchen, komm mal rüber!«

Marie lächelte verlegen.

»Musst du die so anschmachten?« Günther zog sie mit sich.

»Ich hab überhaupt nichts getan«, verteidigte sie sich.

»Du hast ihnen schöne Augen gemacht.«

»Wie kommst du denn auf die Idee? Ich habe sie angelächelt. Na und? Warum soll ich das nicht tun?«

»Sie gefallen dir wohl besser als ich.«

»Nein, tun sie nicht.« Sie fühlte sich von seiner Eifersucht geschmeichelt.

»Wieso bist du in Gedanken immer ganz woanders, wenn du dich mit mir triffst?«

»Ich muss halt über vieles nachdenken. Es ist ganz schön viel passiert in der letzten Zeit.«

»Aber ich bin nicht mehr lange da. Was ist, wenn wir uns nie wiedersehen?«

Marie erschrak. Daran wollte sie nicht denken. Sie atmete tief durch.

»Da ist etwas, was mir durch den Kopf geht, was ich einfach nicht loswerde.«

»Hat es mit mir zu tun?«

»Nein. Überhaupt nicht. Du musst mir versprechen, dass du keiner Menschenseele etwas davon verrätst.«

»Du machst es ja spannend. Sag schon!«

»Versprichst du es?«

»Klar.« Günther klang ungeduldig.

»Beim Leben deiner Mutter?«

»Mein Gott, Marie. Was kann denn so wichtig sein? Ich verspreche es beim Leben meiner Mutter und meines Vaters. Zufrieden?«

Sie vertraute ihm, redete sie sich zu. Endlich hatte sie jemanden, mit dem sie ihr Wissen teilen konnte.

»Pass auf! Ich bin da in eine Sache reingeschlittert. Was Unglaubliches. Es darf niemand davon erfahren, weil ich dann bestimmt großen Ärger kriege, denn ich habe einen Polen versteckt.«

»Was hast du?« Günther sah sie völlig entsetzt an.

»Ich kann dir nicht erklären, warum. Es ist einfach so passiert. Auf jeden Fall –«

»Du musst völlig verrückt geworden sein. Wie kannst du einen Polen verstecken? Das sind unsere Feinde. Du kommst ins Konzentrationslager, wenn das jemand mitkriegt«, unterbrach er sie.

»Ja, ich weiß, das ist mir auch klar. Der Pole ist in einer ziemlich schlimmen Lage, weil er –« Weiter kam sie nicht.

»Du verbündest dich mit dem Feind, Marie. Mit einem Untermenschen. Du musst sofort damit aufhören. Wo ist der Pole jetzt? Hast du ihn noch versteckt?«

»Nein! Ich habe ihn zu den Bahngleisen gebracht und –«

»Gut. Sehr gut. Wenigstens ist er nicht mehr da. Aber wenn er geschnappt wird, wird er dich verpfeifen.«

»Er ist schon geschnappt worden, und er hat nichts verraten.« Ihr trotziger Tonfall tat ihr sofort Leid. »Ich kann ihm vertrauen. Er ist –«

»Du willst einem Polen trauen?«

Günther packte Marie an den Schultern und schüttelte sie, dass es schmerzte. »Au«, wehrte sie sich, doch er hörte nicht auf. Erst als ihr die Tränen kamen, ließ er von ihr ab. Sie sah, wie seine Finger zitterten.

»Hör zu. Du hast Mitgefühl gezeigt. Das liegt eben in der Natur der Frau. Der Pole, der ist ausgekocht. Der kriegt mit, wenn eine Frau weich ist, und nutzt das aus. So ist der Polacke halt, berechnend und hinterhältig. Es tut mir Leid, dass ich dich angeschrien hab, aber du darfst nicht so leichtgläubig durchs Leben gehen.«

»Ich war nicht leichtgläubig. Du hast nicht erlebt, wie es war. Du hättest ihm auch geholfen. Ganz bestimmt. Der ist nicht hinterhältig. Kolja nicht.«

»Verdammt noch mal, Marie. Hör auf, den Namen zu nennen. Bist du wahnsinnig? Der scheint dich richtig getäuscht zu haben. Du weißt gar nicht mehr, was gut für dich ist. Deshalb sag ich's dir jetzt: Du musst vergessen, dass es den Polen überhaupt gibt.«

»Ich habe es ja versucht. Es geht nicht.«

»Schluss. Ich will davon nichts mehr hören. Du wirst ihn vergessen. Punkt!«

»Ich lass mir nichts von dir befehlen!«

»Das gibt Ärger, Marie.«

»Na und? Zeig mich doch an!« Marie riss sich los und rannte davon. Hinter sich hörte sie seine Schritte.

»Warte!«

Sie wurde langsamer. Günther hielt sie fest. Sie versteifte sich und starrte zu Boden.

»Ich hab Angst um dich!« Seine Stimme klang liebevoll und eindringlich.

»Ich wünschte, wir könnten das alles ungeschehen machen«, lenkte sie ein.

»Das können wir, Marie. Wir denken einfach beide nicht mehr daran. Wenn wir zusammenhalten, kann uns nichts passieren. Wenn du mich auch nur ein bisschen magst, dann bitte, bitte lass so was in Zukunft sein.«

In der Nacht hatte sie davon geträumt, dass die Fabrik von einer Bombe getroffen wurde und sie nicht zur Arbeit zu gehen brauchte. Als der Wecker klingelte, drehte sich Marie zur Seite.

»Ich fühl mich nicht gut. Ich glaub, eine Grippe ist im Anmarsch.«

Besorgt fühlte die Mutter ihre Stirn. »Du hast aber kein Fieber, Liebelein. Soll ich dir einen Kamillentee kochen?«

»Nein, ich muss nur ein bisschen schlafen.«

Gestern war Marie aufgefallen, dass sich viele der Arbeiterinnen krankgemeldet hatten. Bei den Frauen mit kleinen Kindern, insofern sie die Arbeitszeit nicht auf halbtags verkürzt bekamen, war es laut Ursel gang und gäbe, dass sie an mindestens ein oder zwei Tagen in der Woche der Arbeit fernblieben. Vor allem an Montagen und Samstagen. Sie wusste, dass die Frauen es sonst nicht geschafft hätten, ihre Familie zu versorgen. Es blieb ihnen gar nichts anderes übrig, als blauzumachen. Wenn ihre Arbeitskameradinnen also über einen triftigen Grund für ihr Fernbleiben verfügten, tat Marie das auch. Immerhin ging es um einen Menschen, der unschuldig im Gefängnis saß. Außerdem war sie nicht freiwillig zu Ford gewechselt.

Weil Heinzi etwas später aufstehen musste, um zur Schule zu gehen, wurde Marie von seiner Stimme wach.

»Sie hat doch die Pflicht, gesund zu sein.«

»Leise! Lass deine Schwester schlafen. Wahrscheinlich hat sie sich im Keller eine Erkältung eingefangen«, verteidigte die Mutter Marie.

»Und wenn sie jetzt ein Bummelant ist? Das ist volksschädigend.«

Sie vergrub ihr Gesicht im Kissen, damit Heinzi nicht sehen konnte, wie Recht er mit seinem Verdacht hatte. Wer nicht zur Arbeit erschien, obwohl er gesund war, war ein Bummelant und Simulant und konnte des Arbeitsvertragsbruches oder gar der Arbeitssabotage bezichtigt werden. Das hatte sie an ihrem ersten Tag in der Fabrik gelernt. Deshalb musste sie heute besonders vorsichtig sein.

Sie wartete ab, bis Heinzi die Wohnung verließ. Ihr Blick fiel auf sein Bett, über dem Zigarettensammelbilder mit Hitler in Rednerposen hingen. Marie fand das komisch, wo doch alle Welt wusste, dass Hitler strikter Nichtraucher war.

Das laute Klappern der Wohnungstür erinnerte sie daran, dass sie nun freie Bahn hatte. Heinzi war für ein paar Stunden in der Schule und würde ihre Abwesenheit gar nicht bemerken. Es fiel ihr schwer, die Decke, unter der sich eine wohlige Wärme angestaut hatte, zur Seite zu schlagen. Die Luft des ungeheizten Schlafraums brachte sie zum Frösteln. Schon war sie versucht, sich wieder hinzulegen und den ganzen Tag in einem angenehmen Dämmerzustand zu verbringen, da sah sie Koljas Gesicht vor sich. Rasch zog sie sich etwas gegen die Kälte über und ging in die Küche, wo ihr Opa vergeblich dabei war, den Ofen anzuheizen.

»Das Rohr zieht nicht richtig«, schimpfte er. Der ganze Raum war voller Rauch. Marie hustete und riss das Fenster auf. Dadurch wurde es zwar kälter, aber das war immer noch besser als der beißende Qualm.

»Mach, dass du ins Bett kommst, Marie«, mahnte die Mutter, die an der Nähmaschine saß. »Bei den Temperaturen holst du dir noch den Tod.«

»Hab was Dringendes zu erledigen«, erklärte Marie, nahm sich ein Brot und beschmierte es hauchdünn mit Tafelmargarine. Seit der Bewirtschaftung gab es nur noch Einheitsmargarine anstelle von Butter. »Kanonen statt Butter«, hatte Göring gefordert.

Durch das offene Fenster konnte sie Heinzi hören, der auf dem Weg in die Schule mit den anderen Pänz im Hof Fangen spielte. Sie hockte sich mit ihrer Stulle auf die Fensterbank und sah nach draußen. Die Kinder hatten sich Namen von Feindesländern gegeben. Natürlich bestand Heinzi darauf, Deutschland zu sein.

»Deutschland erklärt den Krieg gegen Belgien!«

Unter den Rufen und dem Gelächter der anderen lief er hinter dem schmächtigen Knut her, der Belgien war. Dann hatte er ihn. Heinzi stieß ihm von hinten so in den Rücken, dass Knut ins Stolpern kam.

»Sieger!«, brüllte Heinzi und riss dabei die Arme hoch.

Es hatte mal ganz einleuchtend geklungen, dass Deutschland den Krieg gewinnen würde, überlegte Marie, doch jetzt zog er sich schon so lange hin. Sie dachte an die immer währenden Beteuerungen aus dem Radio, Deutschland werde bald den Sieg davontragen. Das hatten sie schon im September letzten Jahres gesagt. Seit im darauf folgenden Mai immer mehr Männer an die Front geschickt wurden und Lebensmittel fast nur noch per Bezugsschein zu haben waren, glaubte sie nicht mehr so ganz an ein schnelles Ende des Krieges. Und nicht wenige Nachbarinnen kannten mittlerweile eine Frau, deren Mann oder Sohn oder Bruder im Dienst für das Vaterland gefallen war.

Am Schlafzimmerfenster bezog Marie ihren Beobachtungsposten. Noch hatte Werner das Haus nicht verlassen. Er arbeitete in Schichten, wie sich Marie gestern ausführlich bei der Brand informiert hatte. Heute war er vormittags frei für andere Dinge. Die Blockwartin war eine gute Quelle für solche Sachen. Was die nicht wusste, konnte man auf anderen Wegen nur schwer in Erfahrung bringen.

Marie wünschte sich, nicht zu lange warten zu müssen. Tatsächlich kam Werner zwanzig Minuten später zur Haustür heraus. Sie beeilte sich, an der verdutzten Mutter vorbei aus der Wohnung zu kommen. Weil sie den auffälligen roten Mantel gegen den braunen ihrer Mutter getauscht hatte, der ihr bis zu den Knöcheln reichte, musste sie aufpassen, auf der Treppe nicht ins Stolpern zu geraten. Permanent geriet ihr der schwere Stoff zwischen die Beine. Marie hoffte, dass sie bei ihrer Beschattung nicht allzu weite Strecken laufen musste. Sie zog sich die Mütze, die sie aufgesetzt hatte, zum Schutz gegen den einsetzenden Schneeregen tiefer ins Gesicht. »Feind hört mit!« stand auf Plakaten, die eine Gestalt mit Hut und hochgeschlagenem Kragen zeigten und vor Lauschern warnten. Ein wenig kam sie sich vor wie diese dunkle Figur, nur mit dem Unterschied, dass sie kein Feind war.

Es war für sie ein Leichtes, zu Werner aufzuschließen und ihm zu folgen. Auf der Komödienstraße wich sie ein paar Kindern aus, die auf dem Gehweg spielten. Plötzlich lehnte sich vor ihr eine dicke Frau aus dem Fenster im Erdgeschoss und brüllte: »Adolfine, komm sofort rein.«

Ein kleines Mädchen in einer Kittelschürze löste sich aus der Gruppe der Kinder und zog einen Flunsch. Marie konnte ihren Ärger gut nachvollziehen.

Beinahe hätte sie nicht mitbekommen, wie Werner in die Zeughausstraße 15 einkehrte. Es war das Lokal Zur Rübe, wie die Schrift über der Eingangstür verkündete. Sie überquerte die Fahrbahn und studierte die Schilder, die neben der Tür hingen.

»Juden sind hier unerwünscht«, erklärte das eine, das andere kündete an, dass es am heutigen Donnerstag Fleischbrühe mit

Klößen gab. Sie überlegte, ob sie Werner nachgehen sollte. Zwei Männer, die die Kneipe gemeinsam verließen, erleichterten ihr die Entscheidung. Marie konnte einen Blick hinein erhaschen. Es sah dunkel und gemütlich aus und war einladender als der Schneeregen.

In dem Lokal kam es ihr nach der eisigen Winterluft vor wie in einem Backofen. Wenn es nur nicht so durchdringend nach Tabakqualm und schalem Bier gerochen hätte. Die Wirtin hinter dem Tresen blickte kurz auf, dann wandte sie sich wieder dem Polieren der Gläser zu. In der dunkelsten Ecke zog sich Marie die Mütze vom Kopf, lockerte den Schal um ihren Hals und knöpfte den Mantel auf. Die Ecke gab ihr genug Deckung, um sich in Ruhe umzuschauen. Mehrere Männer, aber auch ein paar Frauen saßen im Halbdunkel des Raums um runde Holztische herum, sprachen miteinander, rauchten und tranken. Die Frauen waren wie die Staven stark geschminkt. Sie hatten die Beine übereinander geschlagen, so dass ihre Knie für den Betrachter frei lagen. Ihre Zigaretten in den langen Spitzen zündeten sie an den Kerzen an, die in der Mitte der Tischchen standen. Marie erinnerte sich an das Foto von Marlene Dietrich, das im BDM-Heimabend-Raum hing. Darauf trug die Dietrich einen Anzug und Hut und hielt eine Zigarette in der Hand. Darunter stand, dass sich eine deutsche Frau von Alkohol und Nikotin fern zu halten habe. Außerdem könne sie beim Tragen von Hosen wegen Erregung öffentlichen Ärgernisses bestraft werden.

In diesem Augenblick stutzte Marie. Die Tische waren nicht gemischt. Es unterhielten sich nur die Männer miteinander. Die Frauen waren für sich. Das hatte sie noch nie gesehen. Natürlich gingen Männer allein in Kneipen und redeten dort lautstark darüber, dass der Führer Deutschland den richtigen Weg gezeigt hatte, und über die Beine von Marika Rökk. Frauen hingegen saßen höchst selten ohne männliche Begleitung in solchen Lokalitäten herum.

Eine rauchige Stimme schreckte sie auf: »Wat es? Willste jet drinke?«

Es war die Wirtin, die Augenringe so groß wie Schallplatten hatte und Marie ungeduldig ansah.

»Ich weiß nicht.«

»He es keen Wärmstuv.«

Erschrocken kramte sie in ihrer Manteltasche nach Geld. Sie fand nur zwei Groschen.

»Ein Glas Wasser bitte.«

»Wenn all esu wöre, künnt ich dichtmaache.« Die Wirtin brummte unzufrieden und kratzte sich mit dem langen Nagel ihres gelblich verfärbten Zeigefingers am Kopf. Marie war froh, als sie zurück zur Theke ging.

Erst jetzt sah sie Werner ganz weit hinten im Raum in einer Nische sitzen. Er war nicht allein. Jemand gab ihm Feuer und plauderte mit ihm. Dann stand der Mann auf, drückte seine Zigarette im Aschenbecher aus und ging durch eine Tür, von der sie vermutete, dass sie zu den Toiletten führte. Sie kannte den Mann nicht. Nur seine glänzenden Schuhe aus schwarzem Leder fielen ihr ins Auge. Es waren breite Absätze wie von Stiefeln. Sie schluckte aufgeregt. Es war bestimmt einer von der Partei. Werner stand ebenfalls auf und folgte dem Mann. Gerade, als Marie ihm nachschleichen wollte, kam die Wirtin mit dem Glas Wasser und stellte es wortlos auf den am nächsten stehenden Tisch.

»Danke!« Pflichtbewusst machte sie sich daran, aus dem Glas zu trinken, bis sie sah, wie fleckig es war. Nachdem sie sich vergewissert hatte, dass die Wirtin sie nicht mehr beachtete, ging sie zu der Tür, durch die Werner gerade verschwunden war. Ganz wohl war ihr bei der Sache nicht. Vorsichtig stieß sie die Tür auf. Der Flur war leer. Von ihm gingen zwei weitere Türen ab. Unschlüssig stand Marie vor der Tür mit der Aufschrift »Herren« herum. Ein Schlüsselloch, durch das sie hätte blicken können, gab es nicht. Unter der Ritze lief eine Küchenschabe entlang. Kurzerhand legte sie ihr Ohr an die Tür und lauschte. Sie hörte Wispern und schließlich unterdrücktes Stöhnen.

*

Die Tür zu seiner Zelle ging auf. Jemand wurde hineingeworfen. Kolja näherte sich dem Menschen, der wie ein Sack auf den Boden geplumpst war. Er vermutete, dass die Bewacher ihn bewusstlos geprügelt hatten, und wollte ihn nicht erschrecken oder ihm gar wehtun.

»Ich bin Kolja. Ich tu dir nichts.«

Der andere antwortete nicht. Er lag mit dem Gesicht auf dem Boden. Kolja zog sein Hemd aus, rollte es zu einer Art Kissen zusammen und versuchte, es dem Mitgefangenen unter den Kopf zu schieben. Dabei fasste er in etwas Nasses, Glitschiges. Als er seine Finger in den Lichtschein hielt, der durch die Türritzen drang, erkannte er, dass es Blut war. Sanft nahm er das Gesicht in seine Hände, um die Verletzung zu untersuchen. Er zuckte zusammen. Beinahe hätte er den Kopf fallen gelassen: »Oh mein Gott. Jerzy!«

Es war einer der Männer, die mit ihm geflohen waren. Noch einer hatte es also nicht geschafft. Sein Entsetzen wich Erleichterung. Jerzy war zwar nicht Wladyslaw, niemand würde diesen Freund je ersetzen, dennoch tat es gut, jemand Vertrautes um sich zu haben. Zu zweit war alles besser. Mit seinem heiseren Lachen würde Jerzy die Sorgen vertreiben. Er gewann selbst dem hoffnungslosesten Moment eine heitere Seite ab, das hatte Kolja oft genug erlebt. Ihm konnte er auch von dem schrecklichen Ende Wladyslaws erzählen. Jerzy würde ihn verstehen und seinen Kummer mit ihm teilen. Ohne sich darum zu kümmern, dass sein Hemd ganz feucht davon wurde, wischte er Jerzy das Blut ab. Er stockte. Jerzy atmete nicht. Als er seine Hand auf Jerzys Herz legte, zog er sie mit einem Ruck wieder zurück. Da schlug nichts mehr in der Brust. Jerzy war tot.

16

Sie hatte den Fehler begangen, zu lange vor der Tür zu warten. Werner stand direkt vor ihr. Er starrte sie an. Seine Gesichtszüge waren wie eingefroren.

»Sie auch hier?« Etwas Blöderes war ihr auf die Schnelle nicht eingefallen. Werner bewegte sich. Er griff in seine Hosentasche, zog ein paar zusammengeknüllte Geldscheine hervor und wollte sie Marie in die Hand drücken. Verwirrt trat sie ein paar Schritte zurück.

»Reicht dir das Geld nicht? Willst du mehr? Ich kann dir morgen mehr Geld geben.«

Er war ihr unheimlich, wie er sie so mit flehendem Blick und kalkweißem Gesicht ansah.

»Nein. Wieso?«

»Nimm's! Es muss keiner wissen, versprichst du mir das? Bitte! Wir wohnen doch in einem Haus, Marie.«

Sie schüttelte den Kopf. Sie wollte kein Geld von Werner. Er sah sie mit feuchten Augen an. Zweimal musste sie hinsehen, bis sie es glaubte. Er weinte. Hundeelend fühlte sie sich.

»Ich sag nichts. Ich verspreche es. Kein Wort. Zu niemandem.« Sie drehte sich um und rannte an den verdutzten Gästen vorbei nach draußen.

Sie war mit Günther am Hansaring verabredet. Marie legte den Kopf in den Nacken, um an der roten Klinkerfassade des Hochhauses nach oben zu blicken. Es war einmal das höchste Haus in Europa gewesen. Die Dinge veränderten sich laufend, dachte sie. Plötzlich umfassten zwei Hände ihre Hüfte. Sie wirbelte herum. Es war Günther, der sie anlächelte.

»Wie siehst du denn aus? Du kriegst lauter Falten.« Mit dem Finger fuhr er über ihre Stirn. »Über was grübelst du schon wieder nach?«

»Über nichts Besonderes.«

»Na komm, ich merk dir an, dass du was hast.«
»Ich hab nichts.«
Günther trat näher und schnüffelte: »Wieso riechst du so nach Rauch?«
»Ich musste mal zum Klo. Da bin ich in eine Kneipe gegangen.«
»Warst du nicht auf der Arbeit?«
»Ich hab mich heute Morgen nicht so gut gefühlt.«
»Deshalb treibst du dich in Kneipen herum?«
»So war das gar nicht.« Marie fühlte sich in die Enge gedrängt. »Es geht um einen Nachbarn, weißt du. Der hat sich schon öfter so komisch verhalten. Ich hab gesehen, wie er in so ein Lokal gegangen ist und dort aufs Klo.«
Verständnislos sah Günther sie an: »Und?«
»Er war mit einem anderen Mann unterwegs.«
»Ein Röhmling? Ein warmer Bruder?« Günther verzog das Gesicht.
Das war es also. Der scheue Werner verkehrte sexuell mit Männern. Sie hatte so etwas geahnt. Es hieß, man war krank, wenn man das gleiche Geschlecht liebte.
»Die gehören ein für alle Mal ausgemerzt.« Günther war laut geworden. Marie senkte ihre Stimme. Sie wollte nicht, dass irgendwer hörte, worüber sie sprachen.
»Da war einer aus der Partei dabei. In Uniform und so.«
»Das kann nicht sein. Gleichgeschlechtlicher Verkehr ist abartig. Nur kranke Menschen tun so was. Ganz bestimmt niemand aus der Partei.«
»Na und? Röhm war doch auch in der Partei.«
»Was soll das, Marie? Kein anständiger Deutscher will mit ‘nem Kerl ins Bett. Außerdem ist das verboten. Da stehen heftige Strafen drauf, weil es ein politisches Verbrechen ist. Das haben sie uns beim Militär erzählt. Aus Vorsicht wahrscheinlich. So ganz ohne Frauen kann’s wohl schon mal passieren, dass einen Mann das Verlangen überfällt und er’s in seiner Not mit ‘nem Kerl macht.« Günther spuckte vor sich auf den Bürgersteig. »Ich find die Vorstellung ekelhaft. So

nötig hab ich's nie. Ich steh nicht darauf, Bartstoppeln zu küssen.«

Er lachte und beugte sich zu Marie. Es war das erste Mal, dass er sie küsste. Als seine Lippen ihren Mund berührten, überkam sie der Gedanke, wie das wohl wäre, wenn zwei Männer sich küssten. Eigentlich durfte es nicht viel anders sein als der Kuss, den Günther ihr gab.

*

Eine endlos lange Zeit ließen sie ihn bereits mit dem Toten zusammen in der Zelle. Kolja wagte es nicht, sich zu rühren. Furchtbare Geschichten fielen ihm ein. Von Untoten, die ihre wachsweißen Hände aus Gräbern streckten und einen festhielten, und von Geistern, die einen in der Tiefe der Nacht zu Tode erschreckten. Sein Blick war starr auf das leblose Bündel am Boden gerichtet, das einmal Jerzy gewesen war. Vielleicht hatten die Wärter ihn längst vergessen. Er würde zusehen müssen, wie der Tote allmählich verrottete. Oder das hier war bereits der Tod. Er war gestorben, ohne es zu bemerken, und es gab gar keine schönere Welt, kein Paradies, nachdem man verschied.

Erst als sie den Leichnam aus der Zelle herausholten, spürte er wieder, dass er lebte. Nein, er war nicht tot. Noch nicht. Kolja hatte jedes Zeitgefühl verloren. War erst ein Tag vergangen, oder war bereits die gesamte Frist von zehn Tagen verstrichen? Er wusste nicht, wann es so weit war, wann er hingerichtet werden sollte. Daher wurde er nervös, als der Befehl zum »Austreten!« kam. Draußen auf dem Flur traf ihn der Blick des Wärters voller Verachtung und Ekel. Ihm fiel ein, dass Jerzys Blut an seiner Haut und Kleidung klebte. Er wurde in Richtung Waschbecken geschubst.

»Mach dich sauber, du Schwein«, fuhr der Wärter ihn an.

Kolja stand vor der Rinne. Langsam schraubte er den Hahn auf und ließ Wasser über seine Hände laufen. Die durchsichtige Flüssigkeit färbte sich rot. Das Letzte, was von Jerzy übrig geblieben war, sickerte in das Abwasserrohr. Es war ihm, als würde er mit dem Blut und Dreck auch die Ängste und Alpträume der letzten Tage los. Vielleicht gab es noch einen Ausweg, eine klitzekleine Chance. Er hatte ein paarmal gesehen, dass einer der Wärter durch eine Tür hinten im Gang gekommen war und diese nicht sofort wieder hinter sich verriegelt hatte. Zwar hatte er keine Ahnung, was sich dahinter verbarg, dennoch musste er es wagen. Kolja vergewisserte sich, dass der Wärter abgelenkt war. Ein zweites Mal würde sich die Gelegenheit nicht bieten.

Er hastete um die Ecke und den Gang entlang, bis er zu jener Tür kam. Sie war offen. Er wollte weiterrennen, stolperte und fiel der Länge nach hin. Ein Ruck ging durch seinen Körper. Als er wieder aufstand, merkte er, dass er sich den Fuß verletzt hatte. Egal. Nur weiter. Raus hier. Eine zweite Tür versperrte ihm den Weg. Sie war abgeschlossen. Mit Gewalt rüttelte er daran, stemmte sich mit der Schulter dagegen, aber die Tür war aus Stahl und bewegte sich nicht. In diesem Moment kam der Wärter auf ihn zu. Er hob seinen Knüppel. Als dieser auf seinen Kopf hinunterfuhr, durchzuckte Kolja ein heftiger Schmerz. Dann lief er einen Tunnel entlang. Am Ende schien Licht zu sein.

*

Marie strengte sich an, Günther das Gefühl zu geben, ganz für ihn da zu sein. Auf der Höhe des Café Wien, das in der Nähe des UFA-Palasts lag und dessen Neon-Leuchtschrift seit Kriegsbeginn ausgeschaltet war, fragte sie sich jedoch, ob Werner von Janz wegen seiner Vorliebe für Männer erpresst worden war. Sie wunderte sich, was die Kette von Hannahs Mutter damit zu tun hatte.

Günther blieb stehen. Erst jetzt bemerkte sie den Grund dafür. Mit Kreide stand ein Satz in krakeligen Buchstaben an der Wand geschrieben: »Der Krieg ist erst vorbei, wenn Hitler weg ist.« Mit dem Ärmel wischte Günther darüber, bis der graue Mantelstoff ganz blau von der Kreide war. Aber die Schrift war, wenn auch blasser, noch immer zu lesen.

»Ich bring dich nach Hause«, schlug Günther vor.

»Brauchst du nicht. Das ist ein viel zu großer Umweg für dich.«

»Wenn ich sage, ich bring dich nach Hause, dann tu ich das auch.«

Sie lächelte. Ihr gefiel sein hartnäckiges Beharren darauf, sie wie ein Kavalier zu begleiten.

Vor dem Haus Thürmchenswall 11 begegnete ihnen Sofie Staven. Sie war nicht allein. In ihrer Begleitung befand sich ein älterer Mann, was nichts Ungewöhnliches war, und eine Frau. Das war schon seltsamer, zumal das Paar sich an der Hand hielt. Ein Verehrer würde doch seine Frau nicht zu einem Stelldichein mitbringen, überlegte Marie. Dann erinnerte sie sich, dass sie die Staven ohnehin noch aufsuchen wollte: »Frau Staven!«

Als diese angesprochen wurde, zuckte sie zusammen und starrte in Maries Richtung. »Ach, du bist es.«

»Meine Mutter hat mir erzählt, dass Sie mich zum Servieren für Ihre Feier morgen brauchen.«

Die Staven nickte nur. Der Mann und die Frau standen abseits und wirkten ungeduldig.

»Ich würd's gerne tun. Das Servieren, meine ich.«

»Ja, gut. Auf Wiedersehen.«

Mit dem Paar im Schlepptau eilte die Staven davon.

»Was war denn mit der los?« Marie blickte Günther fragend an.

Der verzog sein Gesicht: »Das ist nicht dein Ernst, oder?«

»Wieso nicht? Ich verdien da mehr Geld als in der Fabrik. Und es ist bestimmt viel netter, den Herrschaften Getränke anzubieten.«

»Das ist abends. Bis spät in die Nacht hinein.«

»Na und?«

»Du musst am nächsten Morgen früh raus.«

»Ja, Vater! Mein Gott, Günther, ich schaff das schon. Was hast du bloß?«

Er schien um eine Antwort verlegen und druckste herum.

»Wenn du mir nicht sagst, was du hast, dann …«

»Die Staven, du weißt schon. Wer weiß, was sie da mit dir vorhat.«

Jetzt verstand sie. Günther machte sich Sorgen um ihre Ehre, wenn sie bei der Feier einer Hure kellnerte.

»Na und? Ich verspreche dir bei allem, was mir lieb ist, dass ich ganz bestimmt keinen schlechten Weg einschlagen werde. Außerdem wird das eine ganz normale Feier, keine Orgie. Sonst hätte die Staven wohl kaum meine Mutter darum gebeten, dass ich dort kellnern soll.«

»Ich will aber nicht, dass du dahin gehst.«

Er erinnerte Marie an Heinzi.

»Man kriegt nicht immer das, was man will.« Ihr Tonfall war gereizt, als sie das sagte.

17

Ein schreckliches Heulen weckte Kolja aus seinem dumpfen Schlaf. Es war Nacht. Zunächst wusste er nicht, wo er war. Das Heulen schwoll an. Es erinnerte ihn an die Wölfe zu Hause, die in dunklen Winternächten um das Dorf herumstrichen und auf Beute lauerten. Stundenlang konnten sie ihr Opfer jagen. Die Wölfe kamen nie allein. Einen einzigen Verfolger konnte das Opfer vielleicht abschütteln, das Rudel nicht. Wurde einer an der Spitze langsamer, übernahm ein anderer die Führung. So lange, bis sie die Beute hatten. Ihre weißen, spitzen Zähne schlugen sich in das Fell. Nach dem Festschmaus waren ihre Schnauzen rot gefärbt.

Dann begriff Kolja, dass es ein Fliegerangriff war. Wenn eine Bombe in sein Gefängnis einschlug, wäre er tot. Oder er würde überleben und aus den Trümmern fliehen können. Durch die Sprengkraft der Bombe würden sich alle Türen aus Stahl wie von selbst vor ihm öffnen. Er bräuchte nur hindurchzugehen.

Die Bomben wurden von den Feinden Deutschlands geworfen. Was denen schadete, die ihm so viel Unrecht und Schmerzen zufügten, konnte nicht schlecht sein. Er ballte die Hände zu Fäusten, hämmerte gegen die Tür. Tränen liefen über seine Wangen.

»Noch einmal!«, schrie er, als er ein Krachen hörte. »Noch einmal!«

*

Die Sirene zwang Marie mit ihrem durchdringenden Laut dazu, aufzustehen. Wütend quälte sie sich aus dem Bett. Nicht immer folgte dem Warngeheul wirklich ein Angriff. Die Bomber, die Richtung Köln flogen, griffen stattdessen womöglich Düsseldorf an oder Aachen. Vielleicht war es auch diesmal nur blinder Alarm.

»Beeil dich, Marie. Wir müssen in den Keller.« Die Mutter versuchte, sie anzutreiben. Widerwillig knöpfte sie ihren roten Mantel über der Strickjacke und dem Pullover zu. Der Mantel spannte über den vielen Kleidungsstücken und war kaum zuzubekommen. Die oberen Knöpfe musste sie offen lassen. So eingemummelt sah sie wie eine Wurst in der Pelle aus, aber schließlich ging es darum, sich der Kälte so lange wie möglich zu verweigern. Das Schlimmste daran war, dass sie fror, obwohl nebenan im Keller die Kohlevorräte lagerten. Vor der Kohle musste sie beinahe mehr Angst haben als vor einem Bombeneinschlag. Falls das Haus einmal brennen sollte, konnten die Briketts die Wärme auffangen und zu schwelen beginnen. Dabei entwickelten sich giftige Gase, die sie für immer einschlafen lassen würden. Marie erschauerte bei dem Gedanken an einen Tod durch Ersticken. Es wäre grausam, so zu sterben.

Im Keller setzte sie sich neben ihre Mutter auf die Bank. Mit den Augen suchte sie den scheuen Werner, der sich in eine Ecke verzogen hatte und es vermied, sie anzusehen. Ihre Finger umschlossen das Amulett von Hannahs Mutter, das sie unter der Bluse trug. Marie atmete Modergeruch ein und stellte sich vor, wie sie hier alle bei lebendigem Leib begraben werden würden. Tonne um Tonne an Staub und Schutt würde ihr Grab bilden. Um sich zu beruhigen, summte sie eine Melodie, bis sie bemerkte, was sie für einen Schlager angestimmt hatte: »Die Nacht ist nicht allein zum Schlafen da«. Wider Willen musste Marie grinsen. Wie Recht Gustav Gründgens hatte. Die Nacht konnte man auch im feuchten Keller verbringen. Noch fünfmal schlafen bis Weihnachten. Oder fünfmal nachts im Keller hocken.

Plötzlich spürte sie die Unruhe, die die anderen ergriff, und blickte auf. Die Staven war soeben in den Keller gekommen. Ganz entgegen ihrer Gewohnheit trug sie ein hochgeschlossenes Kleid und hatte einen Schal um den Hals geschlungen. Außerdem war sie nicht allein. Neugierig musterte Marie den Mann, der mit ihr kam. Vermutlich hatte er die Staven besucht und war vom Alarm überrascht worden. Obwohl er Zivil trug, wusste sie, dass er ein hohes Tier sein musste. Sofie Staven verkehrte nicht mit dem niederen Volk. Die Blockwartin schien ihre Vermutung zu teilen, denn sie stand mit einem lauten »Sieg Heil!« von der Bank auf.

»Wir hier an der Heimatfront sind für alles gerüstet«, begann die Brand und streckte dem Mann stolz ihren mächtigen Busen entgegen, auf dem ein achtzackiger Strahlenstern, das Abzeichen des Reichluftschutzbundes, prangte. Maries Augen wanderten zum Opa, der in Richtung des Gastes starrte. Sie konnte seinen Blick nicht deuten. In voller Länge und Breite erklärte die Blockwartin dem Mann derweil sämtliche Schutzbestimmungen des Hauses: »Ich sag den Bewohnern ja immer, sie sollen die Polstermöbel vom Fenster wegrücken, aber die hören nicht auf mich. Was soll man da tun? Mir sind die Hände gebunden.«

Entweder bemerkte sie es wirklich nicht, oder sie wollte es nicht bemerken, welch vernichtende Blicke ihr die Staven zuwarf. Ungerührt plapperte sie weiter. Erst ein Ruf brachte sie zum Verstummen: »Der Tommy kommt!«

Ein Summen erfüllte die Luft. Das waren die Propellergeräusche der englischen Bomber.

»Bitte lass es Überflüge sein«, murmelte Marie vor sich hin. Ein paar Sekunden lang fühlte sie sich wie gelähmt, dann wurde das Summen leiser. Zumindest für den Moment waren sie gerettet, doch es konnten noch mehr Bomber kommen. Sie betrachtete die Nachbarn um sich herum. Jeder sah prüfend zur Decke. In ihrer Angst waren sie alle gleich. Für wenige Stunden waren sie die viel beschworene Schicksalsgemeinschaft. Es machte hier unten keinen Unterschied, dass die Staven oben in ihrer Wohnung Tapeten auf die Wände gespannt hatte und bei den Bimmermanns die Farbe von den Wänden bröckelte. Im Gegenteil. Wer viel hatte, konnte viel verlieren. Andererseits würden die Staven und die Brand sicherlich viel schneller eine neue Wohnung bekommen als die Bimmermanns und die anderen. Wobei sie dann wenigstens nicht mehr mit der Blockwartin in einem Haus wohnen müssten, was an sich schon ein Vorteil wäre, überlegte Marie.

Die Staven öffnete ein Einweckglas Kirschen und reichte es herum. Als sie das Glas Werner anbot, lehnte er ab. Sofie Staven gab es an Maries Mutter. Dabei verrutschte ihr Schal, und Marie konnte ein paar merkwürdige Flecken an ihrem Hals erkennen. Eilig schob sie den Schal wieder zurecht. Unterdessen war die Blockwartin mit ihren Ausführungen beim Notausstieg angelangt: »Der ist von der Firma Mauser aus Ehrenfeld. Beste Qualität. Er ist im Nachbarkeller angebracht. Wir kommen durch die Tür da vorn zum Ausstieg. Wobei, bei der Verbindungstür zum Nachbarhaus, da hab ich ein ungutes Gefühl. Man weiß ja nie. Das ist geradezu eine Einladung an Diebe, sich von Haus zu Haus zu schleichen und sich zu bedienen.« Die Brand redete und redete.

Marie blickte zu der Verbindungstür, die mit einem dicken Schloss gesichert war. Nur die Blockwartin hatte den Schlüssel dazu. Was passierte, wenn die Brand einmal nicht im Keller sein sollte und ausgerechnet dann eine Bombe fiel? Trotz ihrer Abneigung gegen die Brand hoffte sie, dass diese bei einem Fliegerangriff jedes Mal mit hier unten saß. In gewisser Weise waren ihre Leben miteinander verknüpft. Ob sie es wollte oder nicht.

»Deshalb habe ich ein großes Schloss dranmachen lassen. Da kommt keiner durch. Es sei denn, er hat den Schlüssel, aber den überlasse ich nur ganz besonderen Menschen.«

Die Blockwartin zwinkerte dem Mann zu, dessen runde Brille den schwachen Schein der Kerze reflektierte. Marie nahm eine Halbglatze wahr und vermutete, dass er garantiert keinen Hunger litt, so voluminös war er. Jetzt zog die Brand den Schlüssel an einer langen silberfarbenen Kette aus ihrem Dekolletee und gewährte dabei einen sehr offenherzigen Einblick. Ein echtes Bollwerk, dachte Marie amüsiert.

»Jetzt seien Sie endlich still. Ihr Gebrabbel mag niemand mehr hören. Die Luft zum Atmen wird schon knapp.« Der Tonfall der Staven war gestochen scharf.

»Was fällt Ihnen ein«, wetterte die Brand. Ihre Stimme überschlug sich. »Sie unverschämte Person, Sie. Eine hochanständige deutsche Frau zu beleidigen. Ich kümmer mich hier um das Wohl des Volkes und werde dafür auch noch beschimpft.«

Unterstützungheischend blickte die Blockwartin sich im Kreis der Nachbarn um. Frau Esser nickte zustimmend, schwieg jedoch. Marie sah schnell zu Boden.

»Aber meine Damen.« Der Mann klang beschwichtigend. »Wir wollen uns doch vom Feind nicht entzweien lassen. In unserem Bestreben, die deutsche Volksgemeinschaft zu bewahren, müssen wir alle zusammenhalten.«

Die Staven lächelte dünn. Die Brand konnte es sich nicht verkneifen, ein »Wenn das der Führer wüsste« hinzuzufügen.

Die ganze Situation kam Marie trostlos vor. Den hundertsten Fliegeralarm hatten sie Ende Oktober mit Schnaps im Keller gefeiert und auf den Führer angestoßen. Mittlerweile zählte keiner mehr mit. Nach feiern war auch niemandem mehr zumute. In der Ferne hörte sie Feuerwehrsignale. Die Signale bedeuteten, dass es jemanden erwischt hatte. Die Mutter schlug das Kreuz. Sie war noch blasser geworden als sonst. Um Trost zu spenden und Schutz zu suchen, nahm Marie ihre Hand und drückte sie leicht. Es tat gut zu wissen, dass ihre Mutter für sie da war. Sie war nicht allein; sie hatte ihre Mutter, ihren Opa und Heinzi. Und Günther, fügte sie in Gedanken hinzu.

Als die Brand aufstand, um sich die Beine zu vertreten, tat Marie es ihr nach. Beinahe wäre sie über die ausgestreckten Beine des Besuchers der Staven gestolpert.

»Entschuldigung«, murmelte sie. Der Mann blickte auf. Seine Augen begegneten ihren. Sie glaubte, sehen zu können, wie sich seine Pupillen verengten. Unsicherheit überkam sie, und sie war froh, als sie aus seinem Blickfeld verschwunden war.

»Frau Brand? Darf ich Sie mal was fragen?«

»Sicher, Marie, was ist denn?«

Das Gesicht der Blockwartin wurde von einem Schatten verdeckt.

»Sie kennen, ich mein, Sie kannten doch den Herrn Janz ganz gut.«

»Ja.« Die Antwort der Brand kam zögernd.

»Ich hab da letztens was gehört, von wegen er hat jemanden umgebracht.«

»Was? Wer sagt das? Wer verbreitet solche Lügen?«

»Die Inge Janz.«

»Ich will dir mal was sagen. Die Frau Janz ist eine Trinkerin. Eine Asoziale. Wenn der Horst sich nicht immer wieder schützend vor sie gestellt hätte, dann wäre die schon längst im Lager und würd den schwarzen Winkel tragen. Auf das, was die sagt, geb ich keinen Pfennig.«

»Warum behauptet sie dann so was?«

»Weil sie eine hinterhältige, gemeine Person ist. Sie hat es nie verknausert, dass der Horst die Ehe mit ihr nicht mehr ertragen hat. Die versucht, ihm zu schaden. Sogar noch nach seinem Tod. Gott hab ihn selig.«

»Trotzdem muss es einen Grund dafür geben. Das erfindet man nicht einfach so.«

»Ach, diese alte unglückselige Geschichte. Da konnte der Horst nichts für. Der hat die Angelegenheit rechtzeitig beendet, weil er seinem Freund nicht schaden wollte. Das ist alles nur die Frau schuld gewesen.«

»Welche Angelegenheit?«

»Was interessierst du dich bloß für diese Sachen?«

»Na und? Nur so.«

»Es ist besser, du vergisst, was die Inge erzählt. In der Vergangenheit rumzuwühlen, das führt doch zu nichts.«

Gerade, als Marie nachhaken wollte, kam ihr ein laut ausgestoßener Fluch in die Quere: »Dieser verdammte Krieg!«

Marie ahnte schon, dass die Blockwartin so etwas nicht unbeantwortet stehen ließ.

»Wer war das?«

Niemand meldete sich.

Als endlich Entwarnung gegeben wurde, schüttelte Marie ihre Beine aus, die vom Sitzen schmerzten. Sie schaute zu Werner, der hastig aufstand und vor der Staven und deren Besuch den

Keller verließ. Es blieben noch zwei Stunden Zeit, bis sie zur Arbeit musste. Sie freute sich auf ihr Bett. Der Opa bat sie jedoch, für ihn nach den Tauben zu sehen, weil er sich nicht gut fühlte. Trotz ihrer Müdigkeit tat sie ihm den Gefallen. Als sie in den Verschlag kam, sah sie, dass die Dachluke offen stand. Sie wollte sie gerade schließen, da landete eine der Tauben direkt vor ihr.

»Wo warst du denn? Haben dich die Bomber erschreckt?« Marie sprach beruhigend auf das verstört wirkende Tier ein. Vorsichtig nahm sie es in die Hand und strich ihm über das Gefieder. Wie Seide fühlte es sich an. Am Bein des Vogels entdeckte sie ein kleines Röhrchen aus Metall, einer jener Behälter, in denen Opa früher Nachrichten verschickt hatte. Es dauerte eine Weile, bis sie den Schraubverschluss geöffnet hatte. Ein Zettel lag in dem Röhrchen: »Flugblätter am 20. Dezember bei Johannes abholen.«

Das war heute. Zunächst dachte sie daran, die Botschaft zu vernichten. Stattdessen steckte sie sie dann in das Röhrchen zurück und befestigte dieses wieder am Fuß der Taube.

»Und, alles in Ordnung?«, erkundigte Opa sich bei ihr.

»Ja, alles in Ordnung.«

Das war eine Lüge. Nichts war in Ordnung.

18

Als Marie dabei war, einzuschlafen, spürte sie eine Bewegung auf der Matratze. Heinzi kroch zu ihr unter das Plumeau. Er steckte seine eisigen Zehen zwischen ihre Beine.

»Ich kann nicht schlafen.«

»Warum denn nicht?« Sie flüsterte, um die Mutter nicht zu wecken.

»Ich hab Angst, dass eine Bombe unser Haus trifft.«

»Jetzt bestimmt nicht mehr. Es ist doch längst Entwarnung gegeben worden. Außerdem wird England nicht mehr lange standhalten, dann ist es ganz vorbei mit den Angriffen. Dann haben wir gewonnen.«

In diesem Augenblick musste Marie daran denken, dass genau so, wie die Engländer Deutschland angriffen, die deutschen Soldaten Bomben auf England warfen. Ob es in London auch jemanden gab, ein Mädchen wie sie, das ihren kleinen Bruder tröstete? Sie wollte noch etwas sagen, um Heinzi zu beruhigen, da hörte sie die gleichmäßigen Atemzüge ihres Bruders. Lächelnd betrachtete sie den schlafenden Heinzi. Er, der Anführer der Jungenschaft, flink wie ein Windhund, zäh wie Leder und hart wie Kruppstahl, hatte den Daumen im Mund. Sie strich ihm über die blonden Haare, die so weich wie Flaum waren. Marie kam das Bild eines nackten Taubenkükens in den Sinn, das sie einmal auf der Handfläche sitzen hatte. Es hatte die Körner von ihrer Haut gepickt. Sie hätte es fallen lassen können, und es wäre tot gewesen, so verletzbar war es. Heinzi kam ihr mit einem Mal wie dieses Küken vor, und sie fühlte den Drang, ihn zu beschützen. Sie begann zu grinsen, weil sie wusste, dass Heinzi der Vergleich ganz sicher nicht gefallen würde.

Sie träumte wieder. Im Traum trug Marie ein weißes Hochzeitskleid. Sie war spät dran und wollte in die Kirche, wo ihre eigene Trauung stattfinden sollte, aber die Straßen waren voller

Schneematsch. Ständig musste sie riesigen Pfützen ausweichen, die sich in Bombenkratern gebildet hatten und die ganze Straße ausfüllten. Der Saum ihres weißen Kleides färbte sich vom Schmutzwasser gräulich. Endlich traf sie an der Kirche ein. Der Führer höchstpersönlich wartete an der Tür. Bei ihrem Anblick rief er begeistert aus: »So eine schöne Braut habe ich noch nie gesehen!«

Der Dreck auf ihrem Kleid schien ihn gar nicht zu stören. Er strich über sein kleines Bärtchen und schenkte ihr ein hinreißendes Lächeln. Marie erwiderte es und wollte ihm die Hand reichen. In dieser Sekunde sprang ihr Opa herbei und stieß dem Führer ein Messer in den Rücken. Blut spritzte in alle Richtungen. Es benetzte ihr Gesicht und ihr Kleid. Mit dem Ärmel versuchte sie, es fortzuwischen, aber es wurde nur schlimmer. Ihre ganze Brust triefte vor Blut. Entsetzt blickte sie zum Führer, der leblos auf dem Boden lag. Er sah aus wie der scheue Werner. Obwohl er tot war, streckte er ihr eine Hand entgegen. In der Faust hielt er die Kette mit dem Amulett von Hannahs Mutter. Sie wollte danach greifen, da flüsterte ihre Mutter: »Worauf wartest du? Los jetzt. Ich vertrau dir.«

Mit ohrenbetäubendem Getöse setzte die Orgel ein. Marie schritt den langen Weg zum Altar entlang. Ihr Bräutigam war zu weit entfernt, als dass sie ihn erkennen konnte. Je näher sie ihm kam, umso verschwommener wurde sein Gesicht. Sie glaubte, es läge an dem Brautschleier. Als sie ihn jedoch wegnehmen wollte, stellte sie fest, dass sie gar keinen trug. Während sie die Augen zusammenkniff, um herauszufinden, wer ihr Bräutigam denn nun war, wurde sie vom Pfarrer mit ihm vermählt: »Sie dürfen die Braut jetzt küssen.«

Tauben flogen auf. Tausende von Tauben. Sie umgaben Marie wie ein dichter Nebel.

Mit pochendem Herzen wachte sie auf. Verwirrt stellte sie fest, dass sie in ihrem Bett lag. Alles war nur ein Traum gewesen.

»Was machst du dich so breit«, murmelte Heinzi verschlafen.

Marie trat einen Schritt von der Maschine zurück, stemmte die Hände in die Hüften und dehnte ihren Rücken, als Ursel zu ihr kam. Unter deren Augen prangten dicke Tränensäcke. Die vielen Falten, die sie ohnehin hatte, waren an diesem Morgen tief wie die Furchen auf einem Acker.

»War das eine Nacht. Hast du auch so schlecht geschlafen?«, fragte Ursel.

»Kannst du wohl sagen«, gähnte Marie. »Wenn das noch lange so geht, werde ich irgendwann mitten auf der Straße schnarchend umfallen.«

»So schnell wird das nicht aufhören.«

»Ich weiß. Mir steht's bis hier.«

Ursel fing an zu kichern. Sie presste die Hand auf den Mund und wurde knallrot im Gesicht, konnte ihr Lachen aber nicht unterdrücken. Unweigerlich musste Marie mitlachen: »Findest du es witzig, nachts vom Alarm geweckt zu werden? Ich kann mir vorstellen, wie deine Nachbarn sich die Ohren zuhalten, weil du dir die halbe Nacht im Luftschutzkeller die Seele aus dem Leib lachst.«

»Mir ist nur wieder ein Witz eingefallen.«

»Erzähl!«

»Pass auf.« Ursel stellte sich ganz dicht neben Marie und vergewisserte sich mit einem Blick über ihre Schulter, dass niemand hinter ihnen stand. »Den Witz hab ich von meiner Tochter. Der Lehrer fragt die Klasse: ›Wie groß ist das Dritte Reich?‹ Alles schweigt. Da zeigt Klein-Schänges auf: ›Das Dritte Reich ist ein Meter und sechzig groß.‹ ›Was soll der Unsinn?‹ fragt der Lehrer. ›Das ist kein Unsinn‹, sagt Klein-Schänges. ›Mein Vater ist ein Meter achtzig, und dem steht es schon bis zum Hals.‹«

Marie lachte laut auf, dann schlug sie sich die Hand vor den Mund. Sie wollte die Arbeitskameradinnen nicht auf sich aufmerksam machen.

Gemeinsam gingen sie und Ursel in die Kantine, wo sie Gemüsesuppe in weiße Teller mit hellblauem Rand geschüttet bekamen. Marie hatte den Teller einmal umgedreht und gesehen, dass es sich dabei um das »Modell des Amtes Schönheit der Arbeit« handelte. Als sie sich setzten, erkundigte sie sich: »Meinst du wirklich, dass wir den Krieg nicht gewinnen werden?«

»Ich mein gar nichts. Ich will ja nicht ins Lager kommen. Aber ich habe Angst um meinen Sohn, der an der Front ist. Ich möchte, dass er heile wiederkommt, heiraten tut und mir Enkel schenkt. Ihm darf ich darüber gar nichts sagen. Er tut so überzeugt davon, dass Deutschland siegen wird und er mit. Ach, was erzähl ich dir das. Dein Verehrer ist ja auch Soldat. Du kennst das ja.«

»Günther sagt, Deutschland wird auf jeden Fall siegen.«

»Das muss dein Günther auch sagen tun. Genauso wie mein Friedrich. Sonst würden die das doch überhaupt nicht aushalten an der Front.«

»Kann schon sein. Vor dem Krieg war es immer lustig mit Günther. Er hat mich zum Lachen gebracht. Jetzt ist er wie verwandelt. Wir streiten uns dauernd.«

»Liebst du ihn denn noch?«

Ursels Frage brachte Marie ganz durcheinander. Sie hatte bislang nie darüber nachgedacht: »Ich weiß nicht. Ich mag ihn. Und er sieht so gut aus.«

Bereits im Hausflur konnte sie laute Musik aus der Wohnung der Staven hören. Vor der Tür im ersten Stock blieb Marie stehen, strich über den schwarzen wadenlangen Rock ihrer BDM-Uniform und vergewisserte sich, dass der Pullunder, den sie über die Bluse gezogen hatte, fleckenlos war. Prompt tauchte die Blockwartin auf.

»Diese, ich sag jetzt nicht, was sie für mich ist, diese Person, die hat wirklich keine Scham und keinen Anstand im Leib. Die tanzt auf dem Grab vom Horst. Was für eine Geschmacklosigkeit, so kurz nach diesem schrecklichen Mord ein Fest zu feiern«, ereiferte sie sich.

Marie ignorierte die Brand und klopfte laut an die Tür, damit die Staven sie auch hörte. Endlich öffnete sie. Ganz schnell schlüpfte Marie an ihr vorbei, um der Blockwartin zu entkommen, die es sich beim Anblick der Staven nicht nehmen ließ, zu schimpfen: »Unverschämtheit! Wenn der Horst noch leben täte, der würd so was niemals nicht erlauben.«

»Aber er lebt nicht mehr, der Herr Janz, falls Sie das vergessen haben sollten«, entgegnete Sofie Staven. Daraufhin schloss sie die Tür und musterte Marie von oben bis unten.

»Das ist hier doch kein BDM-Heimabend, Mädchen.«

»Ich hatte nichts anderes. Wenn es Ihnen nicht gefällt …«

»Vielleicht ziehst du dieses Wollding aus. Rock mit Bluse, das geht schon.«

Die Staven winkte ihr mitzukommen und ging voran. Marie staunte über das wundervolle Abendkleid, das sie trug. Es war aus dunkelgrüner Seide und raschelte bei jedem Schritt. So etwas Edles hatte sie selbst im Kaufhof noch nicht gesehen. Ihre Füße steckten zudem in Schuhen mit enorm hohen Absätzen. Marie wunderte sich, wie Sofie Staven überhaupt darin laufen konnte.

»Sie sehen wunderschön aus«, entfuhr es ihr.

»Nicht wahr! Obwohl ich mir die Haare selber machen musste, weil sie meine Frisörin in die Fabrik gesteckt haben. Hab ich ganz gut hingekriegt, oder? Ich verrat dir ein Geheimnis, das unter uns bleiben muss. Das Kleid ist gebraucht. So einen Stoff kriegst du im Moment gar nicht mehr neu. Ich habe es mir von meiner Schneiderin ändern lassen.«

Die Staven drehte sich vor Marie. Neidisch betrachtete diese das kunstvoll aufgesteckte Haar, den üppigen Goldschmuck um Hals und Handgelenk und das Kleid, das vorne am Busen mit einer raffinierten Art Schleife den Blick auf das prall gefüllte Dekolletee lenkte. Die Flecken am Hals waren mit Puder überdeckt. Sie fand, dass die Staven eine große Ähnlichkeit mit der Schauspielerin Inge Werner hatte. Nur die stark aufgetragene Schminke missfiel ihr. Für ihren Geschmack glänzten die Lippen zu rot und verführerisch.

Die ersten Gäste erschienen. Ehe Marie es sich versah, war der Raum gefüllt mit Herren in Smoking mit weißem Hemd, weißer Fliege und einer strahlend weißen Weste über den gut genährten Bäuchen. Sie fragte sich, wie viele Tonnen Pomade wohl an diesem Abend im sorgfältig nach hinten gekämmten Haar der anwesenden Männer verteilt worden war. Während sie die Leute mit Alkohol versorgte, blieb ihr genug Zeit, sie zu beobachten und ihren Gesprächen zu lauschen. Obwohl einige Frauen anwesend waren, wirkte es auf Marie nicht so, als seien es die Ehefrauen der geladenen Männer. Anhand der Blicke, die sie den Herren unter getuschten Wimpern hindurch zuwarfen, und aufgrund der beiläufigen Berührungen, vermutete sie, dass die Damen Freundinnen der Staven waren und die Gattinnen zu Hause saßen.

Ein Herr mit buschigen Augenbrauen und einem Schnäuzer, der seine Zigarre in einer Spitze rauchte, hatte die Gemäldesammlung Hitlers besichtigen dürfen. Stolz erzählte er einer zickig aussehenden Blondine, wie viele Tausende alter Meister der Führer besaß. Neben ihm stand Kommissar Severin. Marie war beeindruckt. Auf diesem Fest waren viele der Reichen und Mächtigen der Stadt vertreten. Sie erkannte den Gauleiter Josef Grohé, den Leiter der Gestapo, Erich Isselhorst, und Toni Winkelnkemper, Bruder des Oberbürgermeisters, deren Fotos sie schon einmal im Westdeutschen Beobachter gesehen hatte. Dass die Herrschaften wichtig waren, konnte sie auch an einem Blick aus dem Fenster bemerken, denn vor dem Haus parkten Automobile in langen Reihen.

Mühsam bahnte sie sich mit ihrem Tablett einen Weg durch die Menge. Sie balancierte an Ellenbogen und Beinen vorbei. Angesichts des Sekts, der in Strömen floss und pro Flasche vier Reichsmark fünfzig kostete zuzüglich Kriegszuschlag, und den Unmengen an Schinkenröllchen und geräuchertem Lachs war Marie sich sicher, dass niemand an diesem Abend auf die Idee kommen könnte, die Lebensmittel seien in Köln durch die Bewirtschaftung knapper geworden als vor dem Krieg. Zigarren wurden sogar kistenweise gereicht. Heimlich steckte Marie welche für ihren Opa ein. Auch alles andere gab es im Überfluss: Spirituosen, Likör, Schokolade und Pralinen. Die größte Besonderheit aber waren Erdbeeren mitten im Dezember, die die

Staven tiefgekühlt im Kaufhof erstanden hatte. Marie spürte eine unbändige Lust auf die Leckereien. Immer wenn sie allein in der Küche war, stopfte sie sich damit voll, bis ihr beinahe schlecht wurde.

Während sie eine Flasche Wein nach der anderen entkorkte, überlegte sie, wie sie es anstellen könnte, in das dritte Zimmer zu gelangen. Bislang war ihr keine Idee gekommen. Maries Blick wanderte zu Sofie Staven, die inmitten eines Haufens Damenschuhe stand, die ihr ein Verehrer mitgebracht hatte. Die umstehenden Frauen kicherten, als die Staven eine Pantolette nach der anderen anprobierte. Dann fiel sie dem großzügigen Verehrer um den Hals und küsste ihn auf die schweißnasse Stirn. Er rieb sich selbstzufrieden die Hände: »Die Schuhe gefallen Ihnen, meine Liebe, nicht wahr? Wusste ich es doch, dass ich Ihnen damit eine Freude bereite. Die sind alle aus dem Besitz einer jüdischen Industriellengattin. Als ich diese vielen Paare sah, habe ich sofort an Sie gedacht. Sozusagen als kleine Wiedergutmachung.«

»Wie reizend von Ihnen, Herr Dr. Burscher.«

»Ach, Sofie, den kleinen Vorfall von neulich haben wir längst vergessen, oder?«

»Welcher Vorfall?« Die Staven lächelte ihn an. Die Herren brachen in Gelächter aus. Es war Marie unangenehm, dass die Männer lachten. Dr. Burscher prahlte, ermutigt von Sofie Stavens Aufmerksamkeit, weiter: »Meine Mutter hat sechs Pelzmäntel bekommen. Feinster Nerz. Ich sage euch, die Juden. Junge, Junge. Was haben die ein Volksvermögen abgegaunert. Wurde Zeit, dass wir denen das abgenommen haben. Wenn du das siehst, diese durch Zinsknechtschaft reich gewordenen Juden und ihre Weiber, wie sie die schönsten Juwelen an ihren schmutzigen Fingern tragen. Junge, Junge.«

Irgendwas an ihm irritierte Marie. Sie wusste nur nicht, was es war. Als er sie herbeiwinkte, reichte sie ihm das Tablett mit den Weingläsern. Er nahm eines der Gläser und stürzte es in einem Zug hinunter. Anschließend griff er nach einem neuen. Das gab ihr Zeit, ihn aus der Nähe zu betrachten. Er hatte eine Halbglatze und trug eine Brille mit schwarzem Gestell und runden Gläsern auf der Knubbelnase. Auf seiner linken Wange war eine zehn Zentimeter lange Narbe. Dr. Burscher sah sie in diesem Moment an. Sie erkannte ihn. Er war der Mann, der mit der Staven im Keller gewesen war. Auch dieses Mal musterte er sie auf eine merkwürdige Art und Weise. Endlich drehte er sich wieder den Gästen zu: »Die Juden, die haben doch den Hals nicht voll bekommen. Wurde Zeit, dass wir der Korruption einen Riegel vorgeschoben haben.«

Die anderen verloren mittlerweile das Interesse an Dr. Burscher und wandten ihre Aufmerksamkeit dem Gauleiter Josef Grohé zu, der sich angeregt mit dem Kriminalkommissar Severin unterhielt. Nachdem er ihm zu seinem Fahndungserfolg gratuliert hatte, erzählte Grohé, der als Einziger in Uniform erschienen war, von seinen Plänen für die Zukunft Kölns. Marie war beeindruckt, wie Grohé es fertig brachte, wild zu gestikulieren und sich gleichzeitig mit seinem breiten Mund ein Häppchen nach dem anderen einzuverleiben. Ein Lächeln huschte über ihr Gesicht, als ihr ein Spottvers in den Sinn kam. Ursel hatte ihr ihn beigebracht:

»Ein Volk, ein Führer und ein Reich,
Vor dem Gesetz ist jeder gleich.
Es hungert Grohé unverdrossen
Als Vorbild für die Volksgenossen.«

Erschrocken sah sie sich um, als könnte jemand mitbekommen, was sie dachte.

»Den Schlageterplatz, den reißen wir ab. Da kommt eine Platzanlage hin. Fünfhundert mal hundertsechzig Meter. Könnt ihr euch vorstellen, was das für ein Aufmarsch darauf wird?«

Mit einer Serviette polierte der Gauleiter den obersten Knopf seiner Jacke. Seine Krawatte war am Hals so eng geknotet, dass sich Marie fragte, ob er überhaupt noch Luft bekam.

»Überhaupt wird sich Köln von Grund auf verändern, damit die Stadt endlich was hermacht.«

»Wie aufregend!«

»Erzähl mehr davon, Josef.«

»Die Bebauung muss einheitlich werden. Nicht so kreuz und quer alle Stile durcheinander. Ordnung heißt die Devise. Köln wird eine Stadt mit großstädtischem Boulevardcharakter.«

Sie freute sich auf das Gesicht, das Heinzi machen würde, wenn sie ihm von dem Gespräch erzählen würde: »Josef, ich meine, der Herr Grohé, hat von den großen Bauten berichtet, die in Deutz errichtet werden sollen. Drei viertel der Fläche wird erst einmal abgerissen, damit Raum für eine Art Parteidom entsteht. Als Kontrast zum alten Köln, wie das Josef so schön erklärt hat.«

Mit offenem Mund würde Heinzi ihr zuhören und ihr keinen Glauben schenken, bis sie die Zigarren auspacken würde. Das wäre dann der Beweis dafür, dass sie nicht gelogen hatte. Wo es Zigarren gab, konnten nur wichtige Leute sein.

Plötzlich bemerkte sie, wie Dr. Burscher auf sie zuschwankte. Er atmete ihr seinen alkoholgeschwängerten Dunst ins Gesicht. Sie hielt die Luft an. Was wollte er von ihr? Zu ihrer Erleichterung eilte die Staven herbei und fing an, ausgiebig die goldene Uhr zu bewundern, die Dr. Burscher am Handgelenk trug, bis er sie schließlich abzog und ihr reichte: »Kannst du haben. Ist auch von dem Juden.«

Marie war der Mann unangenehm, und das konnte nicht nur an seinem alkoholisierten Zustand liegen. Etwas an ihm störte sie. Sie kam nur nicht darauf, was es war.

Die Musik spielte laut. Sie wunderte sich, dass die Brand nicht das ganze Haus zusammenklopfte, um sich zu beschweren. Vermutlich hatte sie einen Blick auf die hohen Herren geworfen und sich dafür entschieden, es sich mit ihnen lieber nicht zu verscherzen.

»Sieh mal an, die ist beim BDM.« Zwei der anwesenden Männer machten sich über Marie lustig. Der Kleinere der beiden plusterte sich vor seinem Freund so auf, dass sie an Opas Tauben erinnert wurde. Er stieß seinem Saufkumpan den Ellenbogen in die Seite: »Kennst du die richtige Bedeutung von BDM?«

»Bald Deutsche Mutter?«

»Der war gut. Aber warte, BDM heißt Bedarfsartikel Deutscher Männer.«

Die beiden klopften sich vor Begeisterung über ihre Witze gegenseitig auf die Schulter. Marie wollte sich in die Küche zurückziehen.

»Wart mal, Mädchen. Weißt du, wie man eine schlechte Straße nennt?«

Sie schüttelte den Kopf.

»BDM-Straße. Du verstehst schon, Loch an Loch.«

Wieder wieherten die Männer. Sie hatte keine Ahnung, wie sie aus der Situation rauskommen sollte. Siegfried Severin musste ihren hilflosen Blick aufgefangen haben, denn er winkte sie zu sich: »Marie Bimmermann, so war doch der Name, also könnte ich ein Glas Rotwein haben?«

Erleichtert tat sie ihm den Gefallen. Er gehörte mit Abstand zu den netteren Gästen des Abends. Sie freute sich auch, dass er ihren Namen behalten hatte. Allerdings fragte sie sich, wie ein so freundlicher Mann einer derjenigen gewesen sein konnte, die den Opa im Gefängnis misshandelt hatten. Und er hatte Kolja festgenommen, obwohl dieser unschuldig war.

Vom vielen Hin-und-her-Laufen taten ihr die Füße weh. Die Staven kam zu ihr, griff nach der Flasche, die Marie soeben geöffnet hatte, schenkte sich selbst einen ordentlichen Schluck ein und füllte dann ein zweites Glas: »Wie wär's mit einem Gläschen Wein? Das belebt.«

Nicht jeder, der Alkohol trank, musste so enden wie die Inge Janz. Vorsichtig nahm Marie einen Schluck von der tiefroten Flüssigkeit und fühlte sich dabei seltsam erregt. Der Wein schmeckte herb und säuerlich. Schnell stellte sie das Glas auf dem Tisch ab. Sie sah, wie ein Tropfen am Rand hinunterlief und einen Flecken auf dem weißen Tischtuch hinterließ. Sie versuchte, ihn wegzureiben. Doch das Rot war selbst mit Spucke und durch kräftiges Reiben nicht wegzukriegen.

Marie vergewisserte sich, dass die ganze Aufmerksamkeit der Menschen im Raum auf die Tanzenden gerichtet war. Vorsorglich drehte sie ihnen den Rücken zu und kippte sich das Glas mit dem restlichen Wein über die Bluse. Im selben Moment bereute sie es, weil dies bedeutete, dass sie sich die Finger wund schrubben musste, um die Sauerei wieder herauszubekommen. Aber es war die einzige Möglichkeit, die sich ihr bot. Der Fleck sah aus wie Blut, fand sie. Aufgeregt machte sie der Staven ein Zeichen. Als diese die Bescherung sah, nahm sie Marie am Arm, ging mit ihr ins Schlafzimmer und suchte ihr eine Bluse heraus: »Die müsste dir passen.«

Weil sie zögerte, fügte Sofie Staven hinzu: »Worauf wartest du noch?«

Sie wartete darauf, in das dritte Zimmer zu gelangen. Dazu musste die Staven endlich den Raum verlassen. Langsam öffnete sie den obersten Knopf ihrer Bluse. Da steckte Dr. Burscher den Kopf zur Tür herein: »Welch schöner Anblick, meine Damen! Darf ich mitmachen?«

Marie hätte nicht gedacht, dass sie so froh über sein Erscheinen sein würde. Tatsächlich folgte die ersehnte Reaktion der Staven: »Es ist besser, du schließt hinter dir ab.«

Sofie Staven nahm Dr. Burscher am Arm und ging mit ihm zurück in den Salon. Marie war allein. Nur keine Zeit verlieren. Sie klappte den Teppich hoch und holte den Schlüssel hervor. Mit zitternden Fingern steckte sie ihn in das Schloss zum dritten Zimmer.

19

Decken und Kissen lagen auf vier einfachen Betten. Ein Kleiderständer stand hinter der Tür. Mehr nicht. Marie sah sich so gründlich um, wie es nur möglich war. Sie faltete sogar die Decken auseinander, konnte aber nichts entdecken. Eilig versetzte sie alles wieder in den ursprünglichen Zustand, zog sich um und ging in den Salon zurück. Als sie an der Staven vorbeikam, versuchte Marie, ihr eine Reaktion zu entlocken: »Sie haben wohl viel Besuch, der bei Ihnen übernachtet.«

Die Staven ging jedoch nicht darauf ein.

Die ersten Gäste traten den Heimweg an. Einer erwies sich allerdings als besonders hartnäckig. Dr. Burscher hielt sich an der Anrichte fest. Severin nahm ihn am Arm: »Komm, Otto. Ich bring dich nach Hause.«

»Danke!«, hauchte die Staven.

»Nein. Will hier bleiben.«

»Ein andermal. Jetzt wird's Zeit für dich. Also los!«

Als Marie den Kommissar und den Doktor so nah beieinander stehen sah, erinnerte sie sich an den dritten Namen, den der Opa genannt hatte. Nicht nur Janz und Severin waren im Klingelpütz als Bewacher gewesen, auch Dr. Burscher. Opa hatte ihn als besonders brutal beschrieben. Jetzt ließ sich Dr. Burscher von Severin mit der tatkräftigen Unterstützung Grohés wie ein Kind aus der Wohnung führen.

Sofie Staven seufzte erleichtert auf und ging zum Fenster. Dort schob sie die Verdunkelung einen Spalt zur Seite. Marie trat neben sie. So konnte sie einen letzten Blick auf den Betrunkenen werfen. Sie sah seine korpulente Gestalt von hinten, während Grohé und Severin ihn in eines der Autos bugsierten. Wie ein nasser Sack lag er auf dem Rücksitz.

»Oh, bin ich fertig. Meine Beine tun mir weh.« Die Staven setzte sich auf das Sofa und zog die hochhackigen Schuhe aus.

Marie wollte sie wegräumen, aber Sofie Staven winkte ab: »Lass mal, das mach ich morgen.«

Marie spürte das dringende Bedürfnis nach frischer Luft. In der Wohnung stand der Zigarettenqualm, der ihre Augen zum Tränen brachte. Lüften hatten sie wegen der Verdunkelungspflicht nicht gekonnt. Doch sie wollte noch etwas wissen: »Sagen Sie mal, Frau Staven, kennen Sie den Herrn Dr. Burscher schon lange?«

»Er kommt ab und an mal zu mir zu Besuch. Warum fragst du?«

»Mein Opa kennt ihn. Aus dem Klingelpütz.«

»Eine traurige Sache, was da mit deinem Opa geschehen ist.«

Marie glaubte, eine gewisse Betroffenheit auf dem Gesicht der Staven ablesen zu können.

»Daran ist vor allem Dr. Burscher schuld. Der war besonders brutal zu ihm.«

»Otto ist manchmal unberechenbar. Aber im Grunde seines Herzens ist er ein Kind. Und er zeigt sich enorm großzügig.«

Marie erinnerte sich an etwas, das Dr. Burscher früher am Abend erwähnt hatte: »Was war das für ein Vorfall, den Sie vergessen sollen?«

»Nicht der Rede wert.«

»Er hat Ihnen all die Schuhe dafür geschenkt.«

»Ihm tat es halt Leid, dass ihm neulich die Hand ausgerutscht ist. Das kommt schon mal vor. Er hat es ja wieder gutgemacht.«

Daher kamen also die blauen Flecken am Hals der Staven, die Marie im Keller aufgefallen waren. Kein Wunder, dass es dem Opa in der Nacht so schlecht gegangen war. Es musste furchtbar gewesen sein, auf engstem Raum mit einem früheren Peiniger eingesperrt zu sein.

»Warte. Bevor du gehst, kriegst du Geld von mir.« Die Staven griff nach der Handtasche, die neben ihr lag, und holte ein paar Scheine hervor. »Hast du eigentlich deine Brosche wiedergefunden?«

Marie fiel ein, dass sie vorgetäuscht hatte, eine Brosche verloren zu haben, um herumspionieren zu können. »Nein, leider nicht.«

Daraufhin steckte die Staven zu dem Geld noch einen kleinen Gegenstand in die Tasche von Maries Rock. »Vielleicht ist das ein Ersatz. Vielen Dank, du warst mir eine große Hilfe. Schlaf mal gut.«

Vor der Tür griff sie neugierig in ihre Rocktasche und holte einen goldenen Ring hervor.

Am Morgen nach der Feier riss das Rasseln des Weckers Marie aus einem tiefen Schlaf. Sie konnte gar nicht fassen, dass sie aufstehen musste. Mühsam erinnerte sie sich daran, wie spät es gestern geworden war, und überschlug, dass sie höchstens drei Stunden geschlafen haben konnte. Sie entschloss sich, wieder nicht zur Arbeit zu gehen. Dieses Mal könnte sie sich eine Magenverstimmung zugelegt haben. Das wäre auch gar kein Wunder nach all den Leckereien, die es bei der Staven gab. Sie hatte Pralinen und Schokolade und Lachs und vieles mehr durcheinander gegessen. Obwohl sie für die Gäste gewesen waren, hatte Marie ihnen reichlich zugesprochen. Wenn der Betriebsobmann ihr das nicht glaubte, konnte sie ihm ja Zeugen benennen.

»Gauleiter Grohé persönlich hat mir befohlen, von den Lachshäppchen zu essen.« Marie kicherte.

Die Mutter, die neben ihr gelegen hatte, war von dem Weckerklingeln wach geworden und stand auf. Marie hörte, wie sie rüber zu ihrer Seite des Bettes kam, und fühlte die sanfte Berührung der Mutter an ihrer Schulter.

»Aufstehen, du Schlafmütze. Es ist Zeit.« Sie flüsterte, wohl um Heinzi nicht zu wecken, der an einem Samstag nicht zur Schule musste.

»Mag nicht.«

»Komm schon. Morgen kannst du ausschlafen.«

»Will aber nicht. Lass mich in Ruhe. Bin erst so spät ins Bett gekommen.«

Die Mutter seufzte, sagte aber nichts mehr. Erleichtert drehte Marie sich um, um weiterzuschlafen, da fiel ihr Blick auf den

Ring, den sie gestern auf dem Nachttisch abgelegt hatte. Der zarte goldene Reif war mit einem roten Steinchen verziert, der wie ein Blutstropfen wirkte. Sie steckte ihn an. Leider war er zu groß, und es bestand wenig Aussicht darauf, dass sie in der nächsten Zeit einige Kilo zulegen und dadurch dickere Finger kriegen würde.

Sie wollte den Ring schon in die Schublade packen, als sie die Gravur in der Innenseite bemerkte. »Leah & Samuel 28.11.1916« stand da. Es konnte ein Hochzeitsdatum sein. Dann wäre es ein Ehering. Sie verstand nicht, wieso die Staven ihn in ihrem Besitz hatte. Vielleicht war er eines der Präsente von Dr. Burscher. Er musste über eine schlechte Menschenkenntnis verfügen, denn die Staven bevorzugte auffälligen Schmuck und war für so schlichte Dinge nicht zu haben.

*

Kolja fürchtete, dass der Tod wehtun würde. Er plante, ihm mit Stolz und Würde zu begegnen, aber er hatte nicht mit dieser schrecklichen Angst gerechnet, die ihn von innen her auffraß. Er verfluchte sich für diese Angst. Wladyslaw hätte sich nicht so gehen lassen. Wladyslaw wäre stark gewesen. Doch er war eben nicht Wladyslaw. Als sie ihn aus seiner Zelle holten, wusste Kolja, dass nichts und niemand ihn mehr retten konnte. Die Wärter packten ihn an den Armen und schleiften ihn mit Gewalt über den Flur. Zu seiner großen Verwunderung öffneten sie eine andere Zellentür und warfen ihn hinein.

Er fiel auf etwas Weiches. Nach dem grellen Licht des Flures mussten sich seine Augen erst wieder an das Dunkel gewöhnen. Kolja spürte, dass da etwas mit ihm in der Zelle war. Nach und nach erkannte er dieses Etwas. Es war eine Gruppe von Menschen. Einer davon sprach ihn an: »Wer bist du?«

In seiner Aufregung konnte Kolja nicht verstehen, was der Mann sagte. Eben hatte er noch gedacht, er würde hingerichtet werden, jetzt saß er zusammen mit anderen in einer Zelle und lebte. Dumpf hallte sein Lachen von den Wänden wider. Die

Männer sahen ihn schweigend an. Er wollte sein Glück mit ihnen teilen und redete polnisch und deutsch durcheinander. Seine Stimme klang komisch, als ob sie eingerostet wäre, dennoch tat es gut, zu sprechen und zu wissen, dass da Ohren waren, die ihn hören konnten. Neunzehn Männer steckten zusammen mit ihm in dieser winzigen Zelle. Es waren Deutsche und Franzosen.

Jemand zündete sich eine Zigarette an. In dem kurz aufflackernden Lichtschein betrachtete Kolja sein Gesicht. Der Mann mit dem Schnäuzer und der winzig kleinen Stupsnase sah nett aus. Nachdem er ein paar Züge getan hatte, reichte er die Zigarette an Kolja weiter: »Hier. Dein Willkommensgeschenk!«

Er nahm einen kräftigen Zug. Er hatte lange nicht mehr geraucht, deshalb musste er husten. Danach beruhigte die Zigarette den hungrigen Magen, und es gab etwas, an dem er sich festhalten konnte.

*

Den ganzen Tag gingen Marie die Namen von Leah und Samuel nicht aus dem Kopf. Sie dachte an das Pärchen, das sie in Begleitung der Staven angetroffen hatte, als sich diese so merkwürdig benahm. Der Mann und die Frau waren schon etwas älter gewesen. Das kam ungefähr mit dem Hochzeitstag hin. Leah und Samuel waren jüdische Namen. Konnte es sein, dass die Staven in dem dritten Zimmer Juden versteckte, während sie sich nebenan mit den Parteibonzen beschäftigte? Es erschien Marie unglaublich und wahrscheinlich zugleich. Die Staven war nach jedem Bombenalarm als Erste nach oben gelaufen, um nach dem Rechten zu sehen. Vielleicht hatte sie Angst gehabt, es könnte jemand die Juden in ihrer Wohnung entdecken. Womöglich hatte sie den Ring als Belohnung dafür bekommen, dass sie Samuel und Leah versteckte. Wenn das alles wirklich stimmte, fragte sich Marie, konnte Janz das herausbekommen und die Staven mit seinem Wissen erpresst haben?

Die Gedanken schwirrten in ihrem Kopf herum wie ein ganzer Schwarm lästiger Fliegen. Es gelang ihr nicht, sie zu verscheuchen. Sie mochte die Staven und wollte nicht daran glauben, dass sie etwas mit Janz' Tod zu tun hatte. Auf der anderen Seite, falls sie sich tatsächlich dem Risiko aussetzte, Juden zu verstecken, würde sie zu allem fähig sein. Vielleicht hatte Dr. Burscher auch irgendetwas damit zu tun. Zumindest kannten er und Janz sich von früher. Und Dr. Burscher war äußerst brutal, das hatte der Opa gesagt und die Staven bestätigt.

»Was um Gottes willen hast du gemacht?« Besorgnis lag in der Stimme der Mutter. Marie blickte auf. Heinzi war hereingekommen. Er hatte blutige Schrammen und ein stark angeschwollenes Auge.

»Wir waren erst bei der Fahrvorführung der Motor-HJ auf dem Neumarkt. Dann hatten wir einen Kampf mit einer anderen Schar.«

»Warum musst du dich auch so heftig prügeln?« Die Mutter regte sich auf, aber Marie fand, das sollte sie nicht tun. Jungs prügelten sich eben. Das gehörte zur Wehrertüchtigung, hatten die Lehrer in der Schule gemeint. Wie sollte ein Junge später als Mann kämpfen können, wenn er es nicht von klein auf lernte?

»Wie war die Feier gestern?«, erkundigte sich Heinzi neugierig.

»War ziemlich voll. Lauter wichtige Leute waren da. Der Grohé –«

»Hat einer von euch das scharfe Messer weggenommen?«, unterbrach die Mutter sie. »Ich kann es nicht finden.«

Niemand reagierte. Also nahm die Mutter ein anderes Messer und drückte es auf Heinzis Schwellung.

»Echt? Der Josef Grohé war da? Glaub ich nicht«, tönte Heinzi rum.

»Na und? Glaub doch, was du willst. Ich weiß, was ich weiß.«

»Du hast ihn wirklich gesehen?«

»Sag ich doch. Und den Kommissar Severin, den Isselhorst, den Winkelnkemper und Dr. Burscher.«

Während sie die Namen aufzählte, beobachtete Marie ihren

Opa. Bei den anderen hatte er noch mit zusammengepressten Lippen in der Glut herumgestochert, als sie jedoch Burscher erwähnte, sah er auf: »Der ist jetzt ein Herr Doktor?«

Heinzi war ganz aufgeregt: »Du hast mit Grohé gesprochen, Marie?«

»Nein«, brachte sie ihn zum Schweigen.

Sie holte für den Opa die Zigarren hervor, die sie von der Feier abgestaubt hatte, und reichte sie ihm erwartungsvoll.

»Hab ich für dich eingesteckt.«

»Bring sie wieder zurück.«

»Wieso denn? Die hatten genug davon. Kistenweise. Die brauchen nicht mal Rauchkarten.«

»Wenn sie von denen sind, will ich sie nicht.« Der Opa spuckte ins Feuer. Es zischte.

»Es tut mir Leid.« Sie strich ihm über den Arm. »Der Dr. Burscher, ist das der, den du von früher kennst, Opa?«

»Ja.«

»Wieso ist der eigentlich nicht auch bei der Gestapo wie Severin und Janz?«

»Da war was mit 'ner Familienangelegenheit. Danach ist er aus der Gestapo raus. Warum fragst du? Vergiss ihn. Es gibt Menschen, ohne die wär die Welt besser dran.«

Ihr wurde klar, dass sie aus ihrem Opa nicht mehr herauskriegen würde.

Die Straßen waren vereist. Marie hatte Mühe, nicht auf dem glatten Gehweg der Deutz-Kalker-Straße auszurutschen. Als vor ihr das Verlagsgebäude des Westdeutschen Beobachters auftauchte, erinnerte sie der verklinkerte Bau an eine Burg. Unterhalb des Dachfirsts waren weithin erkennbare Hakenkreuze gemauert, darunter prangte eine enorme Adlerplastik, die das Hakenkreuz in den Krallen hielt. Auf dem Dach wehte die große Parteiflagge. Angesichts der Masse des Gebäudes scheute Marie mit einem Mal davor zurück, das Haus zu betreten.

Auch die Sekretärin schüchterte sie ein. Sie schämte sich für die schwarzen Ränder unter ihren Fingernägeln und versteckte sie hinter ihrem Rücken. Dann knickste sie und rasselte ihren einstudierten Text herunter: »Heil Hitler! Mein Name ist Rieke Pieper.«

Es war ihr ganz logisch erschienen, sich einen falschen Namen zu geben, jetzt beschlich sie jedoch die Angst, die Sekretärin könnte Rieke kennen und sie als Lügnerin entlarven. Zum Glück reagierte die Frau nicht.

»Für unseren BDM-Heimabend wollen wir über den Werdegang von alten Kämpfern berichten. Jedes Mädel hat einen zugeteilt bekommen, über den sie so viel wie möglich herausfinden soll. Darf ich Ihr Archiv dafür benutzen?«

Die Sekretärin griff zum Telefon.

Marie hatte erwartet, einen Saal voller Papierstapel zu betreten, auf denen eine zentimeterdicke Staubschicht lag. Stattdessen fand sie sich in einem hell erleuchteten Raum wieder. Schränke schützten die Zeitungen vor dem Zahn der Zeit. Das Einzige, was Maries Erwartungen halbwegs entsprach, war ein älterer Herr mit pergamentfarbener Haut. Ganz langsam stieg er auf eine Leiter und kramte Zeitung für Zeitung hervor. Auf einem Tisch türmten sie sich zu einem hohen Berg.

Zwar entdeckte sie hin und wieder den Namen Otto Burschers in Zusammenhang mit Horst Janz und Siegfried Severin, während sie die Papiere durchsah, aber außer Druckerschwärze an ihren Fingern blieb nicht viel hängen. Sie gähnte und sah dabei zu der großen Uhr, die über dem Eingang hing. Sechs Minuten vor fünf. Der Sekundenzeiger bewegte sich in Zeitlupentempo voran. Sie rieb sich die Augen, die von dem hellen Deckenlicht brannten. Richtig interessant wurde es erst, als sie eine Hochzeitsanzeige hervorzog, in der Otto Burscher die Vermählung mit Jenny Wagner bekannt gab. Eine Familienangelegenheit, hatte der Opa gesagt. Marie suchte weiter. Sie stieß auf eine drei Jahre alte Todesanzeige. Mit schwarzen Balken waren die Zeilen umrandet. Otto Burscher trauerte um seine Frau Jenny. Über die Todesursache wurde nichts gesagt. Nur dass es tragische Umstände gewesen waren.

20

Als sie anklopfte, schwang die Tür von allein auf. Sie musste angelehnt gewesen sein. Marie ging hinein. Im Flur kam ihr Rosel weinend entgegen.

»Was ist denn passiert?«

»Mama ist mit mir einkaufen gegangen. Als der Verkäufer ›Heil Hitler‹ sagte, hat sie gesagt: ›Heil du ihn doch, ich bin kein Nervenarzt‹. Jetzt ist die Polizei da und durchwühlt alles.«

Das war ernst. Mit ihrem Scherz hatte sich die Witwe Janz eine Anzeige bei der Gestapo eingehandelt. Manche waren schon für weniger schlimme Vergehen ins Lager gekommen. Marie überlegte, was sie tun sollte.

Sie wollte gerade die Wohnung verlassen, da tauchte Kommissar Severin auf: »Marie? Du hier?«

»Äh, ich, äh, ich wollte, Frau Janz braucht ja jetzt Hilfe, wo ihr Mann …« Sie spürte, wie sie rot anlief.

»Komm doch mal rein.«

Sie zwang sich dazu, dem Kommissar in die Wohnstube zu folgen. Dort saß die Janz mit gesenktem Kopf auf dem Sofa und schluchzte vor sich hin. Marie sah sich um. Das Zimmer befand sich in einem furchtbaren Zustand. Auf dem Boden waren Papiere, Kleider und Hausrat verstreut. Als sie näher trat, stieß sie mit der Fußspitze an eine Flasche, die unter das Sofa rollte.

»Ich bin hier fertig, Inge. Also ich habe nichts Belastendes gegen dich gefunden. Sei unbesorgt. Die Anzeige gegen dich werde ich vertraulich behandeln. Das krieg ich schon hin.«

Severin ging an Marie vorbei und legte ihr die Hand auf die Schulter. Es kam ihr komisch vor, dass ein Mann in solch einer Position kaum größer als sie selber war.

»Kümmer dich um sie. Falls dir irgendetwas verdächtig vorkommt, melde dich bei mir.«

Sie nickte stumm. An der Zimmertür drehte Severin sich noch einmal um: »Am besten ist, Inge, du hältst dich in nächster

Zeit mit dem Alkohol etwas zurück. Ich werde dir nicht immer helfen können. Du weißt, was passiert, wenn du als Asoziale eingestuft wirst.«

Ohne eine Antwort abzuwarten, verließ er den Raum. Kaum war er zur Tür heraus, setzte sich Marie neben die jammernde Janz. Die konnte von Glück reden, dass sie den Kommissar persönlich kannte. Sonst wäre sie nicht so einfach davongekommen. Marie angelte die Flasche unter dem Sofa hervor, öffnete sie und reichte sie der Janz, die sie gierig bis zum allerletzten Tropfen leer trank. Sie wollte nicht länger hier bleiben als unbedingt nötig, deshalb kam sie gleich zur Sache: »Kennen Sie einen Dr. Otto Burscher?«

»Den Otto? Ja sicher.«

»Ich hab gehört, der hat was Schlimmes erlebt? Mit seiner Frau.«

»Kann man wohl sagen. Das Miststück von Jenny hätte der nie heiraten tun solln. Erst schmeißt die sich an den Horst ran und verdreht dem den Kopf, dann wirdse schwanger und will, dass der Horst sie heiratet. Ich mein, der ist doch mit mir verheiratet. Der Horst wollte zwar seinen Spaß, aber mehr, nee. Und dann geht die tatsächlich innen Rhein. Das hat der Otto nich ausgehalten. Dabei wars wirklich nich schade um sie.«

»Hat Dr. Burscher Ihren Mann für den Tod seiner Frau verantwortlich gemacht?«

»Wieso? Der Horst tat doch nur seinem Trieb folgen. Wie das ein Mann eben machen tut.«

»Aber Dr. Burscher hat seine Frau doch sicher sehr geliebt?«

»Ich denk schon. Der war nachher ein ganz anderer. Gar nich mehr so lustig wie vorher. Der ist dann auch von der Gestapo weg und so ‘n hohes Tier geworden. Ein Doktor. Nich dass du denkst, der wär Arzt. Ist er nich. Nur ‘n Doktor für was mit Wirtschaft.«

Marie brummte der Kopf. Sie wusste einfach nicht mehr, wie sie all die Dinge zusammenbringen sollte, die sie herausgefunden hatte. Da war der Unbekannte, der mit Janz vor seiner Wohnung gestritten hatte. Da waren der Büstenhalter der Staven, die Kette und die merkwürdigen Vorlieben vom scheuen Werner. Außerdem gab es noch die verstorbene Ehefrau von Dr. Burscher, die ein Verhältnis mit dem Ermordeten hatte. Sie wünschte, mit jemandem darüber reden zu können. Die letzte echte Freundin war Hannah gewesen. Ihr fiel ein, dass es eine Person gab, die Hannahs neue Adresse kennen konnte. Marie hatte sie schon fast vergessen. Es war die beste Freundin von Hannahs Mutter gewesen. Ein paarmal waren sie und Hannah mitgekommen und hatten auf der Straße Fangen gespielt, während die Mutter und die Freundin stundenlang miteinander quasselten.

Als Marie vor der Haustür in der Domstraße stand, erinnerte sie sich nicht mehr an den Namen der Frau. Nur dass sie im Hinterhaus gewohnt hatte. Dort erfuhr sie, dass die Frau geheiratet hatte, seitdem Frau Walther hieß und ins Vorderhaus umgezogen war.

Frau Walthers Gesicht war hochgerötet, und Spritzer, die wie Brei aussahen, bedeckten ihre ganze Brust. Im Hintergrund quengelte ein Kind. Unter der Schürze der Frau wölbte sich ein stattlicher Bauch. Marie dachte daran, dass es in den letzten Jahren so viele Schwangere wie Schaben in ihrer Küche gab. An der Gebärfront sollte sich die deutsche Frau ebenso tapfer schlagen wie der Mann im Krieg.

»Guten Tag, Frau Walther, ich weiß nicht, ob Sie sich noch an mich erinnern. Ich bin die Marie Bimmermann.«

»Warst du eine meiner Schülerinnen? Mir kommt dein Name bekannt vor.« Die gerunzelte Stirn verriet, dass die Frau tief in ihrem Gedächtnis forstete.

»Ich war mal hier zum Spielen. Mit der Hannah Goldfisch und ihrer Mutter.«

»Was willst du?« Frau Walther verschränkte die Arme vor der Brust.

»Ich möchte Hannah einen Brief schreiben und brauche ihre Adresse.«

»Wie kommst du darauf, dass ich sie habe?«

»Sie waren doch so gut mit Hannahs Mutter befreundet. Da dachte ich, Sie würden sich vielleicht noch mit ihr schreiben.«

»Nein!« Die Antwort kam vehement. Damit hatte Marie nicht gerechnet.

»Oh, na gut.« Enttäuscht wandte sie sich um.

»Warte! Komm mal rein.« Die Frau hielt sie zurück.

Verwundert folgte Marie ihr durch den Wohnungsflur bis zu einer Küche, in der ein kleiner Junge mit beiden Händen in dem herummatschte, was früher einmal sein Essen gewesen sein musste. Frau Walther seufzte auf. Während sie den Schweinerei wegputzte und mit Nestlé-Pulver neuen Brei anrührte, drehte sie Marie den Rücken zu.

»Ich konnte immer gut mit Kindern. Ich war so gerne Lehrerin. Bis Hitler gewählt wurde. Mein Schuldirektor hat mir dann nahe gelegt, den Arbeitsplatz für einen Mann frei zu machen. Frauen gehören hinter den Herd. Was sollte ich tun? Kurt hat mir in der Zeit einen Heiratsantrag gemacht. Es war das Einzige, was sich mir bot. Jetzt hat mich mein früherer Direktor gefragt, ob ich nicht wiederkommen möchte. Der Mann, der meine Stelle hatte, ist eingezogen worden. Nur wie soll das gehen? Kurt ist im Feld, und ich hab keinen, zu dem ich die Kinder geben kann.«

Warum erzählte die Frau ihr das alles? Marie sah zur Tür.

»Du warst Hannahs beste Freundin, nicht?«

»Ja.«

Frau Walther musterte sie: »Kann sein, dass ich's nachher bereue. Egal, ich trau dir. Hannah und du, ihr habt so schön miteinander gespielt, wenn ihr hier wart. Die Goldfischs sind nach Holland gegangen. Nach Amsterdam, weil sie dort bei Freunden Unterschlupf gefunden haben. Seitdem die Niederlande kapituliert haben, ist es schwierig für sie geworden, aber vor drei Monaten sind sie noch dort gewesen.«

»Die ganze Familie?«

»Nein, Viktor ist im Lager gestorben.«

Es tat ihr so Leid, dass Hannahs Vater nicht mehr lebte. Sie wünschte sich, in dieser Situation für die Freundin da gewesen zu sein, wie die es war, als Maries Vater starb. Damals war Hannah zu ihr in den Keller gekommen, wo sie sich verkrochen hatte, und blieb stundenlang bei ihr sitzen. Marie hatte das Knurren von Hannahs Magen deutlich gehört, aber die Freundin war ihr nicht von der Seite gewichen.

Wenn Hannah nach Holland geflüchtet war, bedeutete es, dass sie in Gefahr war. Marie hätte dies nie für möglich gehalten. Wer war Hannah schon, dass irgendwer Angst vor ihr haben musste. Sie wollte ganz sicher niemandem etwas Böses. Wahrscheinlich musste sie sich aus einem ähnlichen Grund wie Kolja verbergen. Weil ihr genau wie ihm etwas Schlechtes unterstellt wurde, was sie nicht getan hatte. Marie beschloss, Hannah zu schreiben und ihr die Kette ihrer Mutter zu schicken.

Während sie so nachdachte, wäre sie beinahe in den scheuen Werner hineingelaufen. Er zuckte zusammen. Sie sah, dass er eine Soldatenuniform trug und einen Rucksack geschultert hatte. Vermutlich war er auf dem direkten Weg zum Bahnhof, um an die Front zu reisen.

»Ich will die Wahrheit wissen«, platzte es aus ihr heraus. Als sie es ausgesprochen hatte, legte sie erschrocken die Hand auf den Mund, aber es war zu spät.

»Du weißt doch schon alles.«

»Nein. Ich will wissen, ob Sie Horst Janz umgebracht haben.« Wenn Werner der Mörder war, würde sich ihr sonst nie wieder eine Möglichkeit bieten, das herauszufinden.

»Wie kommst du denn darauf?«

»Er hat Sie mit einem Mann erwischt, so wie ich, und Sie dann erpresst. Weil Sie das Geld nicht aufbringen konnten, haben Sie ihn erstochen. War's so?«

Sie hatte so laut geredet, dass die anderen Reisenden, die zu ihren Zügen eilten, sich neugierig nach ihnen umdrehten.

»Um Gottes willen. Nein! Willst du mich erpressen?«

»Das hätt ich dann schon früher gemacht. Ich will's nur wissen. Ich kann Ihnen eh nichts beweisen. Sagen Sie mir doch die Wahrheit. Bitte! Waren Sie's?«

»Du musst verrückt sein, Mädchen. Wie kann ich der Mörder von Janz sein, wenn der im Knast sitzt? Jetzt lass mich gehen.«

Sie versuchte nicht, ihn zurückzuhalten, als Werner die Gleise anstrebte. Hatte sie wirklich geglaubt, er würde gestehen: »Ja, ich bin der Mörder. Bring mich zur nächsten Polizeistelle, damit ich meine verdiente Strafe entgegennehmen kann«?

Marie erkannte den Unsinn des Unterfangens, weiter in Werners Richtung nachzuforschen. Selbst wenn er Janz tatsächlich hinterrücks erstochen hatte, würde er in wenigen Tagen weit weg an der Front sein, und Kolja müsste so oder so im Gefängnis bleiben. Aber eins wollte sie unbedingt noch wissen. Sie lief hinter Werner her und zog die Kette mit dem Amulett, die sie sich um den Hals gehängt hatte, hervor: »Warten Sie! Wie kommen Sie an die Kette von Frau Goldfisch?«

»Was für eine Kette? Lass mich endlich in Ruhe.«

*

Der Mann mit dem Schnäuzer und dem eckigen Kinn hatte sich neben Kolja an die Wand gelehnt. Der Raum war zu eng, als dass sich alle Männer hätten ausstrecken können, daher hatte jeder die Beine angezogen. An den rasselnden Atemzügen der anderen hörte Kolja, dass ihnen die Flucht in den Schlaf gelungen war. Er hingegen blieb wach. Die vibrierende Ruhe, die jetzt herrschte, war beruhigender als die Einsamkeit seiner Zelle. Er genoss die Gemeinschaft. Zum allerersten Mal, seitdem er in Deutschland war, hatte er das Gefühl, mit Deutschen als Gleicher unter Gleichen zu verkehren. In der Zelle schien es keine Unterschiede zu geben. Zumindest hustete und schniefte hier jeder. Egal, ob Franzose, Deutscher oder Pole.

*

Ihr Verdacht gegen Werner war zu einer Sackgasse geworden. Mit ihm kam sie nicht weiter. Sie musste sich auf jemand anderen konzentrieren. Wenn sie sich den Mörder aussuchen könnte, würde ihre Wahl auf Dr. Otto Burscher fallen, dachte Marie. Er hatte ihren Opa so zugerichtet, dass er nur noch mühsam laufen konnte, und die Staven gewürgt; anders vermochte sie sich die dunklen Male an ihrem Hals nicht zu erklären. Die stammten sicher nicht von einer ausgerutschten Hand.

Solange sie allerdings keine Beweise besaß, konnte sie nicht das Geringste tun. Als Polizist hätte sie jetzt all ihre Männer darangesetzt, Dr. Burscher zu überwachen. Sie dürften ihm keine Sekunde von der Seite weichen, um ihn aus der Ruhe zu bringen, bis er sich verriet. Doch das konnte sie auch, überlegte sie. Morgen würde sie ihn mit ihrem Verdacht konfrontieren, so wie sie es mit Werner gemacht hatte. Etwas ließ Marie dennoch zögern. Dr. Burscher schreckte womöglich nicht vor Mord zurück. Zwar glaubte sie nicht daran, dass er ihr am helllichten Tag etwas antun würde, trotzdem musste sie sich vor ihm in Acht nehmen. So ganz ohne Rückversicherung wollte sie nicht zu ihm gehen.

Die Winterbergstraße lag gleich um die Ecke zwischen dem Eigelstein und der Eintrachtstraße. Das Pflaster war vereist, und Marie hielt sich an Günthers Arm fest, damit sie nicht ausrutschte. Gerade, als sie auf Burschers Wohnhaus zusteuerten, fuhr eine Reichsbahn an ihnen vorbei. Marie wünschte sich in diesem Moment inständig, dass Kolja einen Zug nach Polen erwischt hätte. Alles wäre dann anders geworden.

»Warum musst du denn ausgerechnet jetzt fragen, ob die Kundin deiner Mutter Näharbeiten für sie hat?« Sie hatte Günther gegenüber eine Ausrede gebraucht.

»Weil in zwei Tagen Weihnachten ist, schon vergessen? Und das Geld reicht sonst nicht für ein anständiges Weihnachtsessen. Warte einfach hier. Es dauert nicht lang.«

Bevor sie die Haustür aufdrückte, drehte sie sich noch einmal um: »Falls ich in einer Stunde nicht wieder da bin, ruf die Polizei.« Sie versuchte, es wie einen Scherz klingen zu lassen. Ihre Hand fühlte nach Heinzis Fahrtenmesser, das in ihrer Manteltasche steckte.

Der Hausflur war ungewöhnlich prachtvoll. Die Wände waren bis über einen Meter über dem Boden mit Marmor verkleidet, roter Teppichboden lag auf den Stufen, und ein Lüster blinkte im Erdgeschoss an der Decke. Es fiel Marie nicht schwer, die Wohnung von Dr. Burscher auszumachen, denn ein blank gewienertes Messingschild mit seinem Namen prangte an der Tür im ersten Stock. Sie drückte den Knopf der Klingel. Eine rundliche Frau, die mit ihrer ausgeprägten Stupsnase und den kreisrunden blauen Augen wie ein rosa Marzipanschweinchen aussah, öffnete ihr die Tür. Nervös rieb Marie die Fingerspitzen aneinander: »Heil Hitler! Ich möchte zu Ihrem Mann.«

Die Frau, in einer Schürze und mit einem Schrubber in der Hand, starrte sie an. »Da muss ein Irrtum vorliegen. Du möchtest wohl zu Dr. Burscher.« Das klang herablassend. Marie begriff, dass es sich bei dem Schweinchen nicht um Dr. Burschers neue Ehefrau, sondern um seine Haushälterin handelte.

»Worum geht es denn?«

»Das ist persönlich.«

Die Haushälterin zog die Augenbrauen hoch: »Dr. Burscher ist nicht zu Hause.«

Sie vermutete, dass das nicht stimmte, denn es war Sonntagvormittag, und sie konnte frischen Zigarrenrauch riechen.

»Es ist aber wichtig.«

»Ich hab doch schon gesagt, Dr. Burscher ist nicht da.«

»Haben Sie einen Zettel und einen Stift für mich? Ich werde ihm eine Nachricht hinterlassen.«

Dem Gesichtsausdruck der Haushälterin war zu entnehmen, dass ihr Maries Anliegen nicht passte, dennoch ging sie in eines der angrenzenden Zimmer. Als das Marzipanschweinchen nicht sofort wiederkam, setzte Marie einen Fuß in den Flur. Schließlich stand sie ganz in der Wohnung und wagte einen Blick in einen Raum, dessen Tür offen stand. Es schien das Wohnzimmer zu sein und zeugte von ungeheurem Wohlstand. Eine weiße Katze räkelte sich auf dem cremefarbenen Sofa. Ansonsten war das Zimmer leer. Immer noch stach ihr der Zigarrenrauch in die Nase. Sie schlich zur nächsten Tür.

»Halt! Das geht nicht!« Das Schweinchen hatte sie entdeckt.

»Entschuldigung, aber Dr. Burscher ist sehr wohl zu Hause. Wieso wollen Sie mich nicht zu ihm lassen?«

Marie machte ein paar Schritte auf das Zimmer zu, in das sie einen Blick werfen wollte.

»Du unverschämte Person!«

Die Stimme des Schweinchens überschlug sich. Sie griff nach dem Schrubber und schlug damit in Maries Richtung. Das erste Mal konnte sie sich noch ducken, dann traf sie der Schrubber auf den Kopf.

»Au, hören Sie sofort damit auf!« Sie packte den Schrubber, an dem die Haushälterin wie eine Verrückte zu ziehen begann.

»Ich rufe die Polizei, wenn du nicht verschwindest!«

»Na und? Tun Sie das. Lassen Sie sich mit Kommissar Severin verbinden. Der wird sich sehr für das interessieren, was ich ihm mitzuteilen habe.«

In diesem Augenblick sagte jemand: »Das tue ich auch.«

Das Marzipanschweinchen ließ den Schrubber los. Mit der Bürste in der Hand stand Marie da. Dr. Burscher, in einen seidenen Morgenmantel mit gesticktem Monogramm auf der Brusttasche gekleidet, schlurfte in Hausschuhen auf sie zu. Verlegen sah sie zur Seite, als sie seine unbehaarten Beine bemerkte. Sie waren für seinen enormen Leibesumfang viel zu dünn und wirkten beinahe zerbrechlich.

»Also was ist? Warum bist du hier?«

Sie hatte alles völlig falsch angefangen.

»Tut mir Leid, das war ein Irrtum«, stammelte Marie und lehnte den Schrubber an die Wand. »Ich bin schon weg.«

Sie strebte der Tür zu, aber da hatte sich das Marzipanschweinchen postiert, das sie wütend anblitzte.

»Sag mal, kennen wir uns nicht?« Dr. Burscher griff nach ihrem Arm. Er war nicht grob, dennoch hielt er sie fest.

»Ich … nein.«

»Natürlich, du bist die kleine Kellnerin von der Feier. Ich möchte zu gerne wissen, was der Unsinn mit der Polizei soll.«

Marie machte sich von Dr. Burscher los.

»Warum veranstaltest du hier so ein Theater? Red schon.«

»Ich weiß Bescheid über Horst Janz und Ihre Frau«, stammelte sie. Sie schielte zur Tür. Die Haushälterin hatte sie endlich freigegeben.

»Was?«

»Ich weiß, dass sich Ihre Frau wegen dem Herrn Janz umgebracht hat.«

Sie hörte, wie das Schweinchen nach Luft schnappte, und fuhr fort: »Weil sie schwanger von ihm war und er sie nicht wollte.«

Dr. Burscher glotzte sie an: »Was geht dich das an?«

»Nichts. Überhaupt nichts.«

»Sag mal, bist du geistesgestört? Du wagst es, hier einfach aufzutauchen und ...« Er schien die Fassung zu verlieren. Heiser krächzte er: »Frau Scherbaum, bitte sorgen Sie dafür, dass diese ... diese Wahnsinnige hier sofort verschwindet.«

Er drehte seine massige Gestalt mit einer erstaunlichen Geschwindigkeit auf dem Absatz seiner Hausschuhe herum. Sie starrte auf den breiten Rücken Dr. Burschers. Warum war sie nicht schon früher darauf gekommen? Es war exakt der Rücken, den sie gesehen hatte, als sie den Unbekannten mit Janz am Tag vor seinem Tod streiten hörte. Der Unbekannte war Dr. Otto Burscher. Sie hatte doch Recht gehabt. Ihr Besuch war nicht umsonst gewesen.

21

In der kurzen Zeit, in der Kolja mit den anderen Häftlingen eine Zelle teilte, lernte er mehr deutsche Wörter als in all den Monaten in Köln zuvor. Bislang hatte sich kein Deutscher die Mühe gemacht, ihm die Bezeichnungen für verschiedene Dinge zu erklären. Die Befehle wurden auf Deutsch gebrüllt. Entweder er befolgte sie, oder es setzte Prügel. Sonst beachtete man ihn nicht oder nur mit Verachtung. Hier war es auf einmal egal, dass Deutschen der Verkehr mit Polen untersagt war. Die mit ihm die wenigen Meter dieses dunklen Lochs teilten, scherten sich nicht darum. Kolja war ihnen dankbar dafür.

Der Mann, von dem er wusste, dass er Meyer hieß, hockte sich neben ihn auf den kalten Boden. Er sah schlimm aus, fand Kolja, so als ob er an einer schweren Krankheit leide, aber eigentlich taten sie das ja alle. Ihre Krankheit hieß Gefängnis.

»Weißt du, trau nie einer Frau.«

Kolja schüttelte den Kopf. Das hatte er nicht verstanden.

»Trauen. Vertrauen. Dich mit Leib und Seele einer Frau ausliefern. Ich sag dir, da kommt nur Übel bei raus. Wenn dein Leben in den Händen eines Weibes liegt, kannst du dich gleich begraben lassen. Ende, aus.«

Er dachte an Marie: »Es gibt nette Frau.«

»Ach was, die haben zwei Brüste, mit denen sie uns den Kopf verdrehn. Das können sie. Aber wer ist nachher der Gelackmeierte, na, wer? Wir natürlich. Schau dir den Schäffer an.« Meyer wies auf den Riesen, der Probleme damit hatte, seine Beine in der Enge zu verstauen. Er hatte Kolja die Zigarette angeboten.

»Warum sitzt der wohl hier?« Meyer wartete nicht auf eine Antwort Koljas. »Weil seine Alte einem anderen schöne Augen gemacht hat, einem in Uniform. Hat die beiden im Schlafzimmer vorgefunden, als er von der Nachtschicht kam. Da hatte er sich nicht im Griff. Hat sein Messer rausgezogen und zugestochen. Hässliche Sache. Wenn der andere nicht überlebt hätte, hätten sie ihn an Ort und Stelle aufgeknüpft. Und der Hannes ist wegen Diebstahl hier. Aber warum hat er gestohlen, frag ich dich? Weil zu Hause seine Frau die ganze Kohle einsackt. Da hast du's. Und bei dir? Steckt doch bestimmt auch 'ne Frau dahinter.«

Kolja zögerte. Er wollte ihm nicht erzählen, dass er eines Mordes bezichtigt wurde.

»Weiß nich.« Er zuckte mit den Schultern.

*

Während sie die Makkaroni für das Mittagessen in das kochende Wasser schüttete, überlegte Marie, ob Severin jetzt Dr. Burscher verhaften und Kolja freilassen würde. Sie hatte dem Kommissar gestern einen anonymen Brief zukommen lassen. In dem Brief berichtete sie von dem Streit zwischen Dr. Burscher und Janz. Es war natürlich denkbar, dass der Kommissar einer namenlosen Botschaft vorerst keinen Glauben schenkte, sondern selber Nachforschungen anstellte. In dem Fall würde Zeit vergehen. Zeit, die Kolja nicht hatte. In fünf Tagen würde er hingerichtet werden, das hatte sie in Erfahrung gebracht. Dennoch blieb ihr nichts anderes übrig, als abzuwarten, was in den nächsten Tagen passierte. Marie hatte auch einen Brief an Hannah geschrieben. Die Kette mit dem Amulett hatte sie noch nicht beigelegt. Es gab weiterhin ein paar Puzzleteilchen, die sie nicht zusammenfügen konnte.

»Ich bring der Frau Esser die geänderten Röcke ihrer Töchter.« Die Mutter stand von der Nähmaschine auf und streckte sich.

»Das kann ich doch machen«, schlug Marie vor.

»Lass mal, du bist ja gerade erst von deiner Frühschicht zurückgekommen. Die Bewegung tut meinen Beinen gut. Bis gleich.«

Die Mutter verließ die Wohnung. Opa sah ihr von der Küchenbank aus nach, dann wandte er sich wieder seiner Laubsägearbeit zu. Er bastelte Heinzi ein Schiffsmodell als Geschenk für das morgige Weihnachtsfest.

Das Wasser im Topf blubberte vor sich hin. Um den Nudeln

ein wenig Geschmack zu verleihen, wollte Marie Zwiebeln hinzufügen. Sie konnte bloß das scharfe Küchenmesser nicht finden. Die anderen waren alle viel zu stumpf.

»Opa, hast du das Messer gesehen?«

Statt einer Antwort hörte sie draußen helle Kinderstimmen, die das Horst-Wessel-Lied sangen:

»Die Straße frei den braunen Bataillonen!
Die Straße frei dem Sturmabteilungsmann!
Es schaun aufs Hakenkreuz voll Hoffnung schon Millionen …«

»Möchtest du geschmorte Zwiebeln zu den Makkaroni?«, versuchte Marie den Opa abzulenken. Der riss das Fenster auf. Trotz der eisigen Kälte, die ihnen entgegenschlug, beugte er sich hinaus und starrte in den Hof. Etwas warnte sie. Sie legte den Kochlöffel zur Seite und trat hinter ihn. Unten stand Heinzi mit seinem Jungvolk.

»Ruhe!« Opas Ruf schallte durch den Innenhof. Die Jungen blickte auf.

»Ist das nicht dein Großvater da oben, Heinz?«

»Nein! Den Alten kenne ich nicht.«

Opa zuckte zusammen.

»Komm, mach das Fenster wieder zu. Lass die Kinder doch«, bat Marie.

Schon schien der Opa ihren Rat befolgen zu wollen, da kommandierte Heinzi: »Wir singen weiter. Von einem Alten lassen wir uns nichts verbieten.«

Sie stimmten wieder ein:

»… wird nun Appell geblasen!
Zum Kampf stehn wir alle schon bereit …«

»Aufhören!« Der Opa war im Gesicht purpurrot angelaufen.

»Bitte, mach das Fenster zu.«

»Du redest wie deine Mutter.«

Verletzt schwieg sie.

»Sofort aufhören!« Das letzte Wort ging in einem Hustenanfall unter. Offensichtlich angestachelt von dem Protest sangen die Hitlerjungen lauter.

»Ihr Hakenkreuzbanditen!«, schrie der Opa. Die Kinder lachten.

»Den hat man wohl vergessen, ins Lager zu stecken«, höhnte Heinzi.

Während Marie überlegte, was sie tun sollte, fing der Opa an zu singen. Was er da sang, war ein kommunistisches, ein volksverhetzendes Lied:

»Schwarzer, Weißer, Brauner, Gelber!
Endet Eure Schlächterein!
Reden erst die Völker selber,
werden sie schnell einig sein.
Vorwärts, und nicht vergessen ...«

Die Worte hallten von den Mauern der umliegenden Häuser wider. Jeder, der um diese Zeit zu Hause war, musste sie gehört haben. Marie zerrte den Opa in die Stube. Mit einem Knall schloss sie das Fenster und lehnte sich dagegen. Hoffentlich hatte niemand mitbekommen, aus welcher Wohnung das Lied gekommen war. Der Opa sackte auf der Küchenbank zusammen. Seine Schultern hingen schlaff hinab; auf dem Hinterkopf war viel Haut zwischen den schlohweißen Haaren zu sehen. Sie erinnerte sich daran, wie er früher immerzu geredet hatte. Es hatte ihr Spaß gemacht, seiner tiefen Stimme zuzuhören, die wie das Brummen eines Bären war. Als die Nazis an die Macht kamen, war Opa jedoch mehr und mehr verstummt. Mittlerweile redete er nur selten, und wenn, dann hatten seine Worte keine Kraft mehr. Aus dem Brummen des Bären war ein Wispern geworden. Heute hatte der Bär ein letztes Mal gebrüllt. Sie trat zu ihm und streichelte dem Opa über den Kopf. Er schlang die Arme um ihre Hüfte. Ein leises Wimmern gab er dabei von sich.

Es war viel zu kalt, um die Wäsche, die die Mutter für Weihnachten gewaschen hatte, draußen zu trocknen, aber in der Stube färbte der Ruß die Kleider schwarz, und sie nahmen den strengen Geruch von Rauch an. Deshalb schleppte Marie die saubere Wäsche in den Hof. Auch die Nachbarn bevorzugten es, die quer gespannten Leinen zu nutzen. Daran hingen nur wenige Männerhosen. Vor allem Frauenkleider, Hitlerjugend- und BDM-Uniformen baumelten in Reih und Glied zum Trocknen an der Luft. Als Wind aufkam, schienen die Hosenbeine und Rockzipfel zu marschieren.

Marie stellte den schweren Korb ab, griff in den Beutel mit den Wäscheklammern und hängte die Kleider auf. Sie ging zur nächsten Leine, auf der bereits ein paar Wäschestücke hingen. Während sie Heinzis Hose ausschlug, fiel ihr Blick auf eine Miederhose. Sie war das Gegenstück zu dem Büstenhalter, den sie in Janz' Wohnung gefunden hatte.

*

Einer von ihnen, ein Krimineller, wurde heute entlassen. Er würde seine Familie wiedersehen, sie würden um den Christbaum sitzen, köstlich riechenden Braten essen und gemeinsam das neue Jahr erleben. Es fiel Kolja schwer, ihm alles Gute zu wünschen. Er selbst, das wusste er, würde aus diesem Keller nur herauskommen, um zu sterben.

Als die Zellentür aufgeschlossen und dem Mann befohlen wurde, rauszutreten, verließ Kolja in Gedanken mit ihm die Zelle, betrat mit ihm die Straße, sog die frische, kalte Luft ein und blickte hinauf in den freien Himmel über seinem Kopf. Ein Windstoß riss die graue Wolkendecke auf. Im nächsten Augenblick war der Moment der Hoffnung vorbei. Kolja befand sich wieder in der Zelle. Den anderen ging es wohl ähnlich. Sie umarmten sich. Einer legte den Arm um ihn. Ihr Trost, der Trost von Verbrechern, war der einzige, der ihm blieb.

*

Marie lag auf der Lauer. Mit Speck fängt man Mäuse, dachte sie. Sie hatte den Büstenhalter aus der Wohnung geholt und neben die dazugehörige Unterhose gehängt. Jetzt verbarg sie sich hinter dem Unrat, der sich im Hof türmte. Wenigstens stank es durch die Kälte nicht so wie sonst. Sie atmete aus und versuchte zu zählen, wie viele Sekunden der weiße Atem in der Luft zu sehen war. Eine Ratte huschte über den Hof. Marie nahm einen Kieselstein auf und warf ihn nach ihr. Die Ratte entwischte in den Keller. Es wurde langweilig. Sie überlegte, alles wieder abzublasen, als sich die Tür zum Hof öffnete. Leider war es nur die Blockwartin, die mit einem leeren Wäschekorb herauskam.

Marie hoffte, sie würde bald wieder verschwinden. Stattdessen fing die Brand am äußersten Ende der Wäscheleine an, die Wäschestücke abzunehmen und sie sorgfältig im Korb zu verstauen. Dann war sie bei der Unterhose angelangt. Sie nahm die erste Wäscheklammer ab und hielt inne. Ihr Blick war offensichtlich auf den Büstenhalter gefallen. Maries Herz klopfte wie bei einem Trommelwirbel. Die Brand fasste den Büstenhalter an.

»Haben Sie den etwa vermisst?« Sie näherte sich der Blockwartin.

»Wie kommst du denn darauf?«

»Weil ich ihn gefunden habe.«

Ganz langsam und gemächlich holte sie die lange Leine ein, die sie geworfen hatte. Wider Erwarten zappelte nicht die Staven am Haken.

»So? Na, da bin ich ja froh, dass ich ihn wiederhabe.«

»Wollen Sie gar nicht wissen, woher ich ihn habe?« Es bereitete Marie großes Vergnügen, die Brand nach Luft schnappen zu sehen.

»Was hat Ihr Büstenhalter eigentlich in der Wohnung von Horst Janz gemacht?«

Ein seltenes Mal in ihrem Leben schien die Blockwartin nicht zu wissen, was sie sagen sollte. Sie wand sich wie ein Aal auf dem Trockenen und startete einen kläglichen Versuch, sich aus der Situation zu retten: »Wie kommt er denn da hin?«

»Das habe ich mich auch gefragt. Mir fiel ein, dass Sie und der Herr Janz sich so gut verstanden haben. Da hab ich eins und eins zusammengezählt.«

Die Blockwartin starrte sie an wie ein Kaninchen den Fuchs: »Was hast du zusammengezählt?«

»Das liegt ja wohl auf der Hand. Der Büstenhalter gehört Ihnen; er befindet sich in der Wohnung von Janz; Janz wird ermordet, und später ist das polizeiliche Siegel seiner Wohnung gebrochen. Selbst ein Blinder könnte den Zusammenhang sehen. Geben Sie schon zu, dass Sie den hier in der Wohnung von Janz gesucht haben.«

Mit diesen Worten gab Marie dem Büstenhalter auf der Leine einen kleinen Schubs. Das Gesicht der Brand war verzerrt, als hätte sie Schmerzen.

»Ja, ich habe den Büstenhalter gesucht, weil ich nicht wollte, dass ihn jemand findet. Ich bin eine verheiratete Frau. Wenn mein Mann das erfährt. Du sagst doch nichts, das musst du mir schwören. Ich habe aber mit dem Tod vom Horst nichts zu tun. Gar nichts.«

»Wie ist der Büstenhalter in die Wohnung gekommen?«

»Ich war an dem Abend vor dem Mord da. Verstehst du? Ich war die Letzte, die den Horst noch lebend gesehen hat. Außer dem Mörder natürlich. Wir haben Wein getrunken, uns einen schönen Abend gemacht. Ich habe nicht bei ihm übernachtet. Ich wollte nicht, dass die Nachbarn reden. Da bin ich in meine Wohnung zurück.«

Die Brand schluchzte auf. Marie versuchte, kein Mitleid mit ihr aufkommen zu lassen.

»Das sagen Sie. Na und? Keiner kann überprüfen, ob Sie die Wahrheit sagen oder nicht. Vielleicht sind Sie tatsächlich die Letzte, die Herrn Janz lebend gesehen hat, weil Sie die Mörderin sind.«

»Kind, Kind, was redest du da? Ja, ich war es, die das polizeiliche Siegel gebrochen hat. Was habe ich mich erschrocken, als du mich darauf angesprochen hast. Ich war sogar ein zweites Mal in der Wohnung nach seinem Tod, stell dir vor, denn ich konnte den Büstenhalter einfach nicht finden. Das ist alles wahr. Aber Horst umgebracht? Nein! Ich hab ihn geliebt. Der Mörder sitzt doch im Gefängnis.«

»Das ist nicht der Mörder. Der Pole hat Janz nicht getötet. Es muss ein anderer gewesen sein.«

»Dann kehr mal als Erstes vor deiner eigenen Tür. Dein Opa hätte allen Grund gehabt, den Horst umzubringen.«

Marie zuckte zusammen, als wäre sie soeben geschlagen worden. Auf dem Gesicht der Brand zeichnete sich ein Anflug von Genugtuung ab. Wenn das, was sie gesagt hatte, nur nicht so einleuchtend geklungen hätte. Marie dachte an die Mordnacht. Als sie wach geworden war, hatte sie den Opa in der Küche getroffen. Im Mantel und mit Schuhen an den Füßen. Eine schreckliche Ahnung ergriff sie.

22

Wie eine Verrückte suchte sie in der Küche nach dem fehlenden Messer, fand es jedoch nicht. Heftig atmend stützte sich Marie auf dem Tisch auf. Das durfte nicht wahr sein. Sie wollte nicht weiterforschen und nachher ihren eigenen Opa als Mörder entlarven. Um nichts in der Welt würde sie den Opa der Polizei ausliefern. Sie sah Kolja vor sich, wie er in der Zelle hockte. Den Gedanken an ihn schüttelte sie ab. Sie konnte ihm nicht helfen. Nicht, wenn ihr Opa der Preis dafür wäre.

Beim Abendessen grübelte Marie vor sich hin. Janz musste herausbekommen haben, dass der Opa zu seinen ehemaligen Genossen mit den Tauben immer noch Kontakt hielt; dass er sogar Flugblätter abholte. Bestimmt hatte er ihm gedroht, ihn anzuzeigen. Den Opa hatte die Angst gepackt. Er wusste nur zu gut, was Gefängnis für ihn bedeutete. Deshalb griff er sich das Messer, das auf dem Küchentisch lag. Bestimmt hatte er sich nicht anders zu helfen gewusst. Aber so oder so war er ein Mörder.

»Was starrst du mich an, Mariechen? Hab ich ‘ne Warze auf der Nase?« Der Opa sah sie fragend an.

»Quatsch. Was soll sein?«

»Du hast doch was. Ich kenn dich lange genug. Hat es mit mir zu tun?«

In diesem Moment flog die Tür mit einem Knall auf. Marie, ihre Mutter und Heinzi schrien vor Schreck. Der Opa wirkte wie erstarrt. Vier Männer in langen Staubmänteln und mit Hüten stürmten herein. Sie waren eindeutig von der Gestapo.

»Rührt euch nicht von der Stelle«, kommandierte einer der Männer, der von massiger, gedrungener Gestalt war und eine Nase wie ein Preisboxer vom Jahrmarkt hatte. Während er den Weg nach draußen versperrte, gingen die anderen drei ins Schlafzimmer. Durch die Tür beobachtete Marie, wie sie die Betten durchwühlten, die Schubläden der Kommode aufrissen und mutwillig Sachen zu Boden schmissen. In Sekundenschnelle sah das Schlafzimmer aus wie nach einem Bombenangriff.

Der Opa stand auf: »Was soll das?«

»Hinsetzen!« Die Stimme ihres Bewachers duldete keinen Widerspruch. Marie war klar, notfalls würde er Gewalt anwenden. Zu ihrem Entsetzten ließ der Opa sich nicht einschüchtern: »Sie können hier nicht so einfach reinmarschieren!«

»Und ob wir können!«

Einer der drei anderen Männer kam zurück in die Küche. In der Hand hielt er ein Buch. Ein Blick genügte Marie, um zu erkennen, dass es die »50 Eintopfgerichte« waren. Die Gestapo nahm den Opa fest. Tränen brannten in Maries Augen. Sie stürzte sich auf den Plattnasigen. Mit den Fäusten trommelte sie auf seine Brust. Er stieß sie einfach von sich. Die Mutter fing sie auf und hielt sie fest: »Bleib doch um Gottes willen ruhig.«

»Lebwohl, mein Mädchen.« Der Opa blickte ihr noch einmal in die Augen, bevor die Gestapo ihn zur Tür hinauszerrte. Sie polterten die Treppenstufen hinunter. Marie taumelte ins Schlafzimmer und riss das Fenster auf. Auf dem Gehsteig parkten zwei Automobile. Nach kurzer Zeit erschienen die Männer mit dem Opa. Einer öffnete die Autotür, während ein anderer Opas Kopf herunterdrückte und ihn in das Auto bugsierte.

»Nein!«, schrie sie ihnen nach. »Nein!« Ihr Rufen verhallte. Die Wagen bogen um die Straßenecke.

Opa musste denunziert worden sein. Sie wusste, dass sie dafür verantwortlich war. Sie hatte die Blockwartin mit dem Büstenhalter und ihren Unterstellungen gereizt. Es hätte ihr klar sein müssen, dass die sich an ihr rächen würde.

»Wo willst du hin? Du bleibst hier!« Der Tonfall ihrer Mutter klang panisch, doch Marie achtete nicht darauf. Stufe für Stufe schwoll ihr Hass an, bis sie einen Stock tiefer vor der Wohnungstür der Brand stand.

»Mach auf!«

Sie fing an, stärker zu klopfen und immer stärker. Dumpf klangen die Schläge ihrer Fäuste auf der Holztür.

»Mach auf, du Sau. Du mieses Schwein. Ich mach dich fertig.«

Hinter der Tür tat sich nichts. Ihr Schreien ging in Weinen über. Plötzlich hielt sie jemand fest. Sie schlug um sich. Blut floss. Sie hatte Sofie Stavens Nase getroffen. Trotzdem ließ die Staven nicht locker, sondern zog Marie von der Tür der Brand weg: »Pass bloß auf, sonst nehmen sie dich auch noch mit.«

»Na und? Sollen sie doch. Sie hat meinen Opa angezeigt. Er wird das Gefängnis nicht überleben.«

Sanft strich die Staven über Maries Haare. Die Berührung tat ihr gut.

»Gegen Leute wie die Brand ist einfach kein Kraut gewachsen. Kann ich irgendwas für dich tun?«

Sie schüttelte nur den Kopf und rannte nach oben. Die Tauben gurrten friedlich, als sie hereinkam. Ihr Blick wanderte durch den Verschlag bis zu einem kleinen Schränkchen. Ein Schloss hing daran. Mit beiden Händen packte sie es und zerrte an ihm. Die Schranktür gab kaum einen Zentimeter nach. Fluchend suchte Marie nach einem geeigneten Werkzeug, um die Tür aufzuhebeln. Während sie zwischen Besen und Eimern herumwühlte, trat sie mit dem Fuß gegen den Futtersack. Er fiel um. Die Körner verstreuten sich quer über den Boden. Mit einem Handfeger mühte sich Marie, so viel wie möglich von dem Futter zu retten. Die Tauben, die sich über den plötzlichen Körnersegen hermachten, kamen ihr in die Quere. Energisch kehrte sie mit der einen Hand unter den Nistkästen, während sie mit der anderen eine Taube davon abhielt, zwischen ihren Füßen herumzupicken. Dabei stieß sie mit dem Feger gegen etwas Hartes. Sie angelte den Gegenstand hervor. Ein mit Staub und Taubendreck beschmutztes Messer kam zum Vorschein. Als sie es an ihrem Rock abwischte, erkannte Marie, dass es das verschwundene Küchenmesser war, von dem sie vermutet hatte, es könnte die Mordwaffe sein. Doch wenn sie es hier wiederfand, war es unmöglich die Tatwaffe, mit der Janz erstochen worden war. Die hatte bei der Verhandlung als Beweismittel gegen Kolja vorgelegen, das wusste sie von der Brand. Blut schoss ihr ins Gesicht. Niemals hätte sie ihrem Opa zutrauen dürfen, einen Menschen zu ermorden. Sie wollte ihn um Verzeihung anflehen und sank auf die Knie.

Nach einer Weile richtete sie sich auf und wischte sich mit dem Handrücken die Tränen weg. Mit dem Messer gelang es ihr, die Schranktür zu öffnen. Innen entdeckte sie das kleine Röhrchen. Sie fand auch einen Zettel und einen Stift.

»Er ist verhaftet worden«, schrieb sie. Ganz eng rollte sie das Papier zusammen und steckte es in das Röhrchen. Mit den Augen suchte sie die fremde, silbern schimmernde Taube, die ihr schon öfter im Schlag aufgefallen war und die nicht zur Zucht des Opas gehörte. Das Tier ließ sich von Marie ohne Probleme einfangen, so dass sie ihm die Botschaft an den kleinen Fuß binden konnte. Liebevoll strich sie dem Vogel über die Flügel, wie sie es sich beim Opa abgeschaut hatte. Sie öffnete die Dachluke. Mit Schwung warf sie die Taube in die Luft. Der Vogel breitete seine Flügel aus und schwang sich empor.

In der Küche hatte die Mutter den Kopf in den Armen vergraben. Verstört hockte Heinzi daneben und streichelte ihr über den Rücken. Marie ging zu ihnen. Sie nahm die schwielige Hand ihrer Mutter. So sehr sie sich auch bemühte, sie konnte die Tränen nicht zurückhalten, die ihr kamen: »Die hat nur drauf gewartet, den Opa anschwärzen zu können. Aber das wird die Brand bereuen, das schwöre ich euch.«

»Es war nicht die Brand.« Die Mutter sah mit rot geäderten Augen auf. »Die hat den Opa nicht angezeigt.«

»Wer war es dann?«

Die Mutter atmete tief durch: »Heinzi war's. Er hat den Opa angezeigt, weil der ein kommunistisches Lied gesungen hat.«

»Nein!« Marie schüttelte den Kopf. Es war ganz bestimmt nicht ihr Heinzi gewesen. Sie sah zu ihm. Er starrte auf den Boden zu seinen Füßen. Sie packte ihn bei der Schulter und schüttelte ihn: »Sag, dass das nicht wahr ist. Sag es!«

Er schwieg. Also doch.

»Du Verräter!« Sie verpasste Heinzi eine Ohrfeige. Er gab einen jammernden Laut von sich und hielt sich die Wange, aber das war ihr egal. Erneut schlug sie zu.

»Hör auf, Marie, hör bitte auf«, flehte Heinzi und reizte sie damit nur umso mehr. Für das, was er Opa angetan hatte, musste er bestraft werden. Dann warf sich die Mutter dazwischen und schützte Heinzi mit ihrem Körper. Marie hielt inne.

»Es tut ihm doch Leid, was er getan hat.«

»Selbst wenn es ihm Leid tut, das holt Opa auch nicht mehr aus dem Knast. Opa hält das im Gefängnis nicht aus. Das weißt du ganz genau.«

»Bitte verzeih ihm! Er ist immer noch dein Bruder.«

23

In der Küche roch es weihnachtlich nach Tannenzweigen und dem Braten im Ofen. Mit geschlossenen Augen atmete Marie ein. Der Geruch erinnerte sie an den Heiligen Abend längst vergangener Jahre, als die ganze Familie, damals noch mit dem Vater und dem Opa, gemeinsam um den Christbaum gesessen hatte. Wie schön Weihnachten gewesen war. Sie kämpfte mit den Tränen. Sie wollte nicht weinen. Die Mutter hatte sich solche Mühe gemacht. Trotz der notdürftig reparierten Wohnungstür war es angenehm warm in der Küche. Anstelle eines Baums steckten ein paar Tannenzweige in einer Emaillekanne, die an einigen Stellen bereits abgeschlagen war. Das dunkle Grün war mit Strohsternen geschmückt. Marie war ohnehin nicht so versessen auf Christbäume, seitdem die Leuchtkugel-Kaskaden so genannt wurden, die die gegnerischen Aufklärungsflugzeuge in der Nacht abwarfen, um das Gebiet für die nachfolgenden Bomber zu markieren.

Mit einem Streichholz zündete sie die Kerzen in dem Ständer an, den Heinzi bei den HJ-Heimabenden aus Holz gebastelt hatte. Der Ständer hatte die Ypsilon-Form einer Lebensrune. Das billige Wachs brannte viel zu schnell ab, aber es verströmte ein gemütliches Licht. Am Tisch saß Heinzi und spielte mit Zinnfiguren von Hitler, Göring und Goebbels, während er darauf wartete, dass der Braten im Ofen endlich fertig wurde. Obwohl sie wusste, dass es zwei Tauben von Opa waren, denen die Mutter den Hals umgedreht hatte, lief Marie das Wasser im Mund zusammen. Sie ärgerte sich darüber. Opa würde kein Weihnachtsessen bekommen. Er saß ganz allein in einer feuchten Zelle. Kein Ofen würde ihn wärmen. Sie fühlte sich schuldig, dabei konnte sie gar nichts dafür. Wenn einer schuld war, dann Heinzi.

Die Bescherung war vorüber. Für die Mutter hatte Marie eine Matt-Creme von 4711 aus dem Kaufhof ergattern können. Am liebsten hätte sie ihr einen dieser automatischen Waschapparate geschenkt, doch der Waschfix kostete ganze siebenundzwanzig Reichsmark. Die Gummiwärmflasche, die zwei Liter fassen konnte und den Opa in den kalten Nachtstunden wärmen sollte, lag eingepackt auf der Küchenbank. Während sie zusammen mit der Mutter das Geschirr abwusch, sah sie zu ihrem Bruder. Heinzi lümmelte auf der Küchenbank und las in dem Bertelsmann-Buch »Panzerschütze Steffen«, das Marie ihm zu Weihnachten geschenkt hatte. Sie fand das Bild mit dem Panzer, der über einen Baum und feindliche Soldaten einfach hinüberrollt, zwar ein wenig gruselig, aber sie hatte gewusst, wie begeistert Heinzi es verschlingen würde. Noch vor wenigen Tagen hatte sie sich darauf gefreut. Jetzt hasste sie ihn. Sie spürte ebenfalls Hass auf die Mutter, die Heinzi in Schutz genommen hatte. Beide taten so, als wäre es ein ganz normaler Heiliger Abend. Ihr hingegen war es nicht gleichgültig, dass Opa Schläge ertragen musste und sie sich unterdessen den Bauch mit seinen Tauben voll schlug. Sie liebte ihren Opa. Bisher hatte sie auch geglaubt, Heinzi zu lieben.

»Wie kannst du dich über Weihnachten freuen, wenn Opa im Knast sitzt?«

»Marie, sei mir nicht mehr böse.«

»Denk nur daran, wie einsam er ohne uns ist. Kein Baum, kein Essen, keine Geschenke.«

»Das hätte er sich vorher überlegen müssen. Er ist ein Feind des Vaterlandes. Ein Verräter.«

Sie starrte ihn an. »Du redest von meinem Opa. Ich kann nicht Weihnachten feiern und so tun, als sei nichts gewesen.«

»Mein Lehrer hat gesagt, ich habe richtig gehandelt. Deutschland braucht Jungen wie mich. Das wirst du auch noch merken, dass ich das Richtige getan hab.«

»Du Monster.«

»Er ist ein Kind, Marie. Du musst ihm verzeihen«, flehte die Mutter.

»Verzeihen, verzeihen. Hör auf damit. Das wird Opa nicht überleben im Gefängnis. Das weißt du ganz genau. Ist dir das etwa egal?«

»Nein, es ist mir nicht egal. Ganz im Gegenteil. Ich liebe Karl. Ich kann nur nichts mehr an dem ändern, was geschehen ist. Was soll ich tun? Es ist nun einmal passiert. Wir müssen jetzt zusammenhalten.«

Marie konnte es nicht glauben. Ihre Mutter war bereit, die Augen vor dem zu verschließen, was Heinzi getan hatte.

»Begreifst du nicht, worum es hier geht? Im Grunde spielt es doch keine Rolle, dass er Opa verraten hat. Er hätte auch mich verraten können. Ja oder sogar dich.«

Die Mutter fing an zu weinen. Plötzlich fühlte Marie sich schuldig, ihr so wehgetan zu haben.

»Komm schon, wir vertragen uns wieder. Sei wieder gut mit mir.« Heinzi reichte ihr die Hand. Sie nahm sie nicht. Sie würde den Opa nicht auch noch verraten.

»Bitte!« Seine Stimme klang unglücklich.

»Nein.«

Jetzt weinte Heinzi ebenfalls. Die Mutter nahm ihn tröstend in den Arm. Wie zwei Welpen kuschelten sie sich aneinander. Marie stand außen vor und spürte nur Kälte, die selbst von dem warmen Ofen nicht vertrieben wurde.

*

Der Heilige Abend war die schlimmste Zeit, die Kolja bislang im Gefängnis verbracht hatte. Nicht nur ihm ging es so. Er sah es den anderen Männern an. Sie alle träumten von zu Hause, von dem Essen, dem weichen Schein der Kerzen und dem Lachen der Familie. Gerade eben noch saß Kolja mit seinen Schwestern am Esstisch und wartete auf den Braten, den die Mutter aus dem Ofen holte. Im nächsten Moment fand er sich auf dem nackten Boden der Zelle inmitten des Gestanks menschlicher Ausdünstungen wieder. Hunger quälte ihn. Kalte Feuchtigkeit war überall. Aber das Furchtbarste war das Wissen darum, dass er in vier Tagen hingerichtet werden würde. Er fragte sich, was von ihm übrig blieb, und gab sich selbst die Antwort: eine Mutter, die die Hoffnung nicht aufgeben würde, er käme eines Tages wieder aus Deutschland zurück zu ihr nach Polen. Es war ein schrecklicher Gedanke, dass die Mutter noch jahrelang auf ihn warten würde, wo er längst unter der Erde von den Würmern aufgefressen worden war. Mit einem Löffel begann Kolja, seinen Namen Buchstabe für Buchstabe in die Wand zu ritzen. Etwas von ihm sollte überdauern. Unter Umständen würde eines Tages jemand die paar Zeilen lesen und seiner Mutter davon berichten: »Liebe Mutter, die letzten Stunden sind nun angebrochen, dann stehe ich vor Gottes Gericht. Sei stark, Mutter, lebe wohl. Ein letzter Gruß von deinem Kolja.«

*

Schwer lag der Geruch nach verbranntem Holz und Kohle in der Luft, als Marie an der Ecke auf Günther traf. Sie merkte, wie sie sich danach sehnte, von jemandem in den Arm genommen zu werden.

»Fröhliche Weihnachten!« Seine Stimme klang gut gelaunt.

»Dir auch.« Tapfer lächelte sie ihn an.

»Was ziehst du für ein Gesicht? Hier, ich hab was für dich.«

Er holte ein kleines Päckchen heraus, das in rotes Papier eingewickelt war. Marie riss die Verpackung auf. Darin fand sie ein Taschentuch aus Seide mit Spitze an den Rändern. Sie breitete es aus. Ein Monogramm war darauf gestickt. Ein »G« und ein »T« für Günther Troller. Fragend sah sie ihn an.

»Damit du immer an mich denkst, wenn ich wieder weg bin.«

»Danke!«

Im nächsten Moment wurde ihr bewusst, dass sie kein Geschenk für ihn hatte. Sie schämte sich, es ihm zu sagen. Zum Glück fiel ihr ein, dass der Ring von Leah und Samuel in ihrer Manteltasche steckte.

»Entschuldige, dass ich dein Geschenk nicht eingepackt habe.«

Günther machte große Augen, als er den Ring sah: »Das ist dein Geschenk für mich?«

»Gefällt er dir nicht?«

»Doch, schon.«

»Aber?«

»Ist der echt?«

Irgendetwas stimmte nicht mit Günther. Er schien sich nicht wirklich zu freuen.

»Wenn es wegen der Gravur ist, tut es mir Leid. Er ist halt gebraucht.«

»Nein, das ist es nicht. Es geht nicht, dass du mir so ein teures Geschenk machst und ich dir nur ein Taschentuch zu Weihnachten schenke.«

»Na und? Das ist mir egal. Ich brauche keine teuren Geschenke von dir.« Sie drückte seinen Arm.

»Ich verspreche dir, eines Tages kriegst du ein riesiges Präsent von mir. Das bring ich dir von der Front mit. Ehrenwort.«

»Probierst du den Ring jetzt an?« Marie lächelte.

Leider passte er nur an seinen kleinen Finger.

»Wenn ich ihn ansehe, werde ich immer dein Bild vor Augen haben.«

»Lass uns ein Stück gehen.« Sie spürte den Drang, Günther alles zu erzählen: »Heinzi hat den Opa wegen Singen eines kommunistischen Liedes bei der Gestapo angezeigt.«

»Das musste ja mal passieren. Es war nur eine Frage der Zeit, bis jemand deinen Opa anzeigt.«

»Irgendjemand vielleicht. Aber doch nicht Heinzi. Der Blockwartin hätt ich das zugetraut, klar, aber meinem Bruder?« Marie blieb stehen.

»Jetzt ist es halt passiert. Was kannst du schon tun? Komm, ich kenn hier in der Nähe eine Wirtschaft.«

Marie stolperte neben Günther her bis zur Glockengasse, in der früher die Synagoge gestanden hatte. In der Straße befand sich die Frasquita-Bar. Bis vor kurzem war an dieser Stelle noch das jüdische Lokal Leo Silberbach gewesen.

Nachdem sie eingetreten waren, bugsierte Günther sie an einen leeren Tisch. Bei der Kellnerin bestellte er für Marie eine Fanta, eines dieser ganz neu auf den Markt gekommenen Brausegetränke. Für sich selbst nahm er ein Reissdorf.

»Willst du was essen? Die haben hier ein Stammgericht, das sie für nur eine Teigwarenmarke servieren.«

Sie schüttelte den Kopf. Ihre Kehle war wie zugeschnürt. Unbeweglich, noch immer in ihren Mantel gekleidet, saß sie da und beobachtete Günther, der das Bier in sich hineinschüttete und ein zweites bestellte. Die Kellnerin zwinkerte ihm zu und ging hüftschwenkend zur Theke. Es gab kaum noch männliche Bedienungen. An dem breiten schwarzen Haaransatz der ansonsten strohblonden Kellnerin konnte Marie erkennen, dass es »Extra-Blond« von Schwarzkopf für deutsche Mädels wohl auch nicht mehr so ohne weiteres zu kaufen gab.

Als ob er ihre Einsamkeit gespürt hätte, legte Günther seine Hand auf ihre: »Du bist ja ganz kalt.«

Die Berührung tat ihr gut. Die Kellnerin stellte das Bier vor sie auf den Tisch. Marie überkam das Bedürfnis zu trinken. Die Wärme des Alkohols breitete sich langsam in ihrem Körper aus. Plötzlich löste sich was in ihr. Sie fühlte die Tränen, die ihre kalten Wangen hinunterliefen, und spürte den Geschmack von Salz im Mund.

»Wein nicht, Marie. Hör doch auf.«

Aber es tat so gut zu weinen. Sie nahm das Taschentuch, das Günther ihr geschenkt hatte, und schnäuzte sich hinein. Anschließend winkte sie der Kellnerin und verlangte, mehr von dem Bier zu trinken. Das nächste Glas kippte sie in einem Zug herunter. Es machte ihre Zunge schwer, und sie fühlte sich ein wenig getröstet. Sie saß da, mit Günthers Hand in der ihren, und spürte, dass die Welt nicht ganz und gar in Scherben lag. Ein winzig kleines Stückchen war heil geblieben.

»Danke, dass du da bist.« Sie lächelte Günther an. Er erwiderte ihr Lächeln, strahlte sogar: »Ich wollte dich schon lange was fragen, Marie.«

Ihre Augenlider wurden schwer.

»Weißt du, ich muss doch bald wieder ins Feld und dann, wer weiß, was aus uns wird und so. Ich denke, es wäre gut, wenn wir …«

Ein kalter Luftzug unterbrach ihn. Sie blickte zur Tür, in

der der Streifendienst der HJ aufgetaucht war. Fünf zackige junge Männer in den Uniformen der Hitlerjugend sahen sich im Lokal um. Zielstrebig steuerte einer von ihnen auf ihren Tisch zu.

»Ausweis her!«, fuhr er Marie an. Sie erschrak. Wenn er herausfand, dass sie noch minderjährig war, würde sie Ärger bekommen. Jugendlichen war es strengstens verboten, in der Öffentlichkeit Alkohol und Zigaretten zu konsumieren. Vor ihr standen zwei Biergläser. Wahrscheinlich roch sie auch nach Bier. Sollte ihr der Hitlerjunge ganz übel gesonnen sein, konnte sie dafür im Wochenendkarzer landen. Sie wollte nicht ins Gefängnis.

»Ausweis her! Wird's bald!«, wiederholte der Junge. Da schob Günther seinen Stuhl zurück, stellte sich hin und nahm eine aufrechte Haltung an. Obwohl er den Soldatenmantel ausgezogen und über die Stuhllehne gehängt hatte, war zu erkennen, dass er Uniform trug.

»Heil Hitler, Kamerad«, begrüßte er den Hitlerjungen. »Ich kämpfe im Feld für Deutschland und bin nur für ein paar Tage auf Heimaturlaub hier. Ich denke, dass ich diese kurze Zeit nutzen kann, um mit meiner Verlobten ein bisschen Spaß zu haben, ohne dass wir dabei gestört werden.«

Sein herablassender Tonfall schien bei dem Hitlerjungen Wirkung zu zeigen.

»Selbstverständlich, Kamerad.« Er salutierte. »Ich bitte um Entschuldigung für die Störung und wünsche noch einen recht schönen Abend.«

Er riss den Arm nach vorn, drehte sich um, wobei er mit den Hacken knallte, und bedeutete seiner Schar, ihm zu folgen.

Marie atmete auf: »Du bist ja ein richtiger Held.«

»Nicht wahr? Wenn du willst, beschütze ich dich für immer.«

Ihr fiel ein, was Günther vorhin gesagt hatte: »Was meinst du mit ›Verlobte‹?«

In diesem Augenblick kniete er sich vor sie hin und nahm ihre Hand. Sie wollte kein Aufsehen erregen und zog an ihm, damit er wieder aufstand. Hartnäckig blieb er hocken. Obwohl er sich räusperte, klang seine Stimme heiser: »Willst du meine Frau werden, Marie?«

Das kam völlig überraschend für sie. Sie zögerte. Er sah ganz verletzlich aus.

»Ich muss bald zurück in den Krieg. Ich weiß nicht, ob ich jemals wiederkomme. Tu mir den Gefallen und heirate mich.«

24

Sie hatten noch ein bisschen mehr getrunken. Marie fühlte sich ziemlich beschwipst, als sie nach Hause gingen. Ohne zu wissen, was so lustig war, kicherte sie unaufhörlich. Auch Günther schien gut gelaunt zu sein. Zum ersten Mal, seit er wieder in Köln war, hörte sich seine Stimme richtig gelöst an: »Wenn ich aus dem Krieg zurück bin, suche ich mir eine gut bezahlte Arbeit. Wir ziehen in eine eigene Wohnung. Nur du und ich. Und unsere Kinder natürlich. Vier kräftige Burschen für Deutschland. Oder drei Jungs und ein Mädchen. Das soll aber aussehen wie du.«

Günther beugte sich zu Marie und küsste sie. Seine Lippen schmeckten nach Rauch und Alkohol: »Was hältst du davon?«

Sie wünschte sich, schnell von zu Hause auszuziehen, um Heinzi nicht mehr sehen zu müssen. Und sie könnte den Opa zu sich nehmen, wenn er frei kam. Sie würde ihn vor der ganzen Welt beschützen. In Gedanken sah sie die Zimmer schon vor sich. Sie könnten einen Kredit aufnehmen, um schöne Möbel zu kaufen.

»Die Wände …«, Marie bekam einen Schluckauf. Es fiel ihr schwer, ihren Satz zu Ende zu bringen, »… bespannen wir mit … Tapeten … wie bei der Staven.«

Günther lachte: »Alles, was du willst.«

Sie fiel ihm um den Hals. Er war wie der große Bruder, von dem sie so oft geträumt hatte.

Marie versuchte vergeblich, den Schlüssel ins Schloss zu stecken. Es schien sich irgendwie zu bewegen. Schließlich öffnete Günther die Tür für sie.

»Danke! Gute Nacht«, verabschiedete sie sich. Er ging noch nicht, sondern trat zu ihr in den dunklen Hausflur. Er zog sie näher an sich heran. Wieder küsste er sie. Diesmal drängte er mit der Zunge zwischen ihre Lippen. Es fühlte sich rau und pelzig an und kitzelte ihren Gaumen. Sie musste erneut kichern. Günther küsste weiter. Er presste seinen Körper gegen ihren. Sein Atem wurde schwerer. Seine Hand wanderte ihren Rücken hinunter und blieb auf ihrem Hintern liegen. Marie spürte sein hartes Glied. Im oberen Stockwerk klapperte eine Tür.

»Lass uns wohin, wo wir ungestört sind«, flüsterte Günther.

Sie ließ sich von ihm zur Kellertür ziehen. Beinahe wäre sie die Kellertreppe hinuntergestolpert. Gerade noch rechtzeitig machte Günther eine Taschenlampe an. Sie merkte, wie ihr schwindelig wurde. Unten setzte sie sich benommen auf eine der Bänke. Er hockte sich neben sie; die Lampe knipste er wieder aus. Sie lehnte ihren Kopf an seine Schulter und schloss die Augen. Er nahm ihre Hand und streichelte ihre Finger. Dann führte er die Hand zu seinem Schoß. Sein Atem ging stoßweise. Er fasste an ihren Busen und drückte sie mit seinem Gewicht auf die Bank. Marie war verwirrt. Sie war neugierig darauf, was zwischen Mann und Frau geschah, aber sie hatte es sich immer anders vorgestellt; schöner. Ihr Rücken schmerzte auf dem harten Holz. Sie fühlte, wie er ihren Rock hochschob, und verspannte sich. Fest presste sie die Oberschenkel zusammen. Günther hielt in der Bewegung inne: »Was hast du?« In seiner Stimme schwang Ungeduld.

»Ich hab noch nie …«

»Du brauchst keine Angst zu haben, Marie.«

»Aber …«

»Ich weiß, wie es geht. Lass mich nur machen.«

Plötzlich war sie nüchtern. Sie wollte das hier nicht. Nicht so. Sie löste sich von Günther und setzte sich auf: »Mach das Licht an.«

»Verdammt, was ist denn los?«

»Mach sofort das Licht wieder an.«

»Schon gut. Brauchst ja nicht gleich zu schreien.«

Marie hörte, wie Günther im Dunkeln nach der Taschenlampe tastete.

»Kannst du mir mal sagen, was das soll?« Im Licht der Lampe wirkte er enttäuscht.

»Ich weiß nicht … Wieso weißt du, wie's geht?«

»Bist du eifersüchtig, Marie?«

Schweigen war ihre Antwort.

»Es ärgert dich, dass ich schon mal mit 'ner Frau geschlafen habe? Das hat doch gar nichts zu bedeuten. Ich habe dabei nur an dich gedacht.«

»Wenn du nur an mich gedacht hast, wieso hast du es dann überhaupt getan?«

Sie war verletzt, und sie war wütend.

»Weil du Tausende von Kilometern weit weg warst. Weil der Krieg furchtbar ist und es gut tut, wenn dich jemand anlächelt, dich streichelt und dir Wärme schenkt.«

»Liebst du sie?«

»Unsinn.«

»Aber du hast mit ihr geschlafen.«

»Sie ist ein Polenmädchen.«

Günther lachte laut auf, als ob es vollkommen lächerlich wäre, dass sie eine Polin als Nebenbuhlerin empfinden konnte. Marie fühlte sich furchtbar. Er fing wieder an, ihr Knie zu streicheln: »Hör zu, ich mach aus meinem Herzen keine Mördergrube. Ich sag dir, wie's ist. Ich hab dabei nichts empfunden. Ich liebe nur dich.«

Seine Hand wanderte ihren Oberschenkel hinauf. Sie wollte nur noch ins Bett und allein sein.

Von einer Seite drehte sie sich auf die andere, weil sie keinen Schlaf fand. Sie musste an das denken, was Günther gesagt hatte. Er hatte mit einer Polin geschlafen. Es kränkte Marie. Nicht nur, weil er sich nicht für sie aufgehoben hatte. Er hatte sich versündigt. Trotzdem ließ man ihn auf Heimaturlaub gehen. Seiner Ehre tat das alles gar keinen Abbruch. Für ihn und die anderen Soldaten wäre es ganz normal, hatte er ihr erklärt. Er hatte ihr sogar ein Lied vorgesungen: »In einem Polenstädtchen mit einem Polenmädchen …«

Dabei war es doch verboten, mit einem fremdvölkischen Arbeiter zu verkehren. Wieso galt das nicht auch für die Soldaten? Ihnen wurde der Kopf nicht geschoren.

*

Kolja hockte neben den anderen Männern. Sie hatten Weihnachtslieder gesungen. Erst deutsche, dann französische und polnische. Die Stimmen der Deutschen, die versuchten, auf Polnisch zu singen, klangen komisch in Koljas Ohren. Wider Willen hatte er kichern müssen. Weil sie nicht schlafen konnten vor Kummer, erzählten sie sich alle von dem Weihnachtsessen, das es bei ihnen zu Hause wohl geben würde. Vergessen waren der Krieg und die Wirklichkeit. Unmengen von Lebensmitteln wurden in Gedanken aufgetischt: feinste Würste, heiße, sämige Suppen, zarter Braten mit appetitlicher Kruste, würzige Kartoffeln, süßer Brei …

*

Sie war wieder in der Küche. Die Mutter holte mit geröteten Wangen den Weihnachtsbraten aus dem Ofen. Marie und Heinzi saßen mit Messer und Gabel in den Händen am Tisch. Ihnen lief der Speichel in dicken Tropfen aus dem Mund, als der Braten vor sie hingestellt wurde. Er roch so köstlich. Mit großem Appetit machten sie sich über ihn her. Ein riesiges Stück schnitt Marie ab und verschlang es, als ob sie monatelang nichts gegessen hätte. Irgendwann konnte sie nicht mehr. Nur noch der Kopf des Tieres war übrig und das Herz. Heinzi und die Mutter balgten sich darum. In diesem Moment drehte sich der Kopf zu Marie. Es war der Opa. Blutige Tränen liefen über seine Wangen.

Als Marie am nächsten Morgen in aller Frühe aufwachte, pochte es heftig hinter ihren Schläfen. Sie hatte einen ekelhaften Geschmack im Mund. Sie fühlte sich krank und fürchtete schon, eine Grippe könnte im Anmarsch sein. Dann fiel ihr ein, dass die Janz nach ihren Alkoholausschweifungen über Übelkeit und Kopfschmerzen geklagt hatte. Das war also ein Kater, und er war schrecklich. Sie wunderte sich, warum um alles in der Welt ein vernünftiger Mensch so ein Gefühl zweimal in seinem Leben in Kauf nahm. Nie wieder, schwor sie sich, würde sie Alkohol trinken.

Obwohl ihre Mutter und Heinzi schon aufgestanden waren und in der Küche rumorten, blieb Marie liegen. Sie hatte keine Lust, ihnen zu begegnen, und in ihrem Zustand schon überhaupt nicht. Zum Glück musste sie am ersten Weihnachtstag nicht in die Fabrik. Hin und wieder döste sie ein. In den Phasen, in denen sie wegdämmerte, verfolgten sie Traumfetzen von ihrem Opa, der gefoltert wurde von einem lachenden Heinzi und der Mutter, deren Brust aufgeschnitten war und der das Herz fehlte.

Als sie nüchtern und wach genug war, dachte sie an den letzten Abend. Sie hatte Günthers Antrag angenommen. Das bedeutete, dass sie ihn heiraten würde. Ihr kam ihre Kollegin Karin in den Sinn, die im ganzen Geschäft ihren Verlobungsring gezeigt hatte und vor Stolz fast geplatzt wäre. Marie versuchte, eine Spur von Stolz zu empfinden darüber, dass sie bald Frau Günther Troller sein würde, doch so sehr sie sich auch bemühte, es gab nichts in ihr außer Leere.

Es war ein weiter Weg bis nach Sülz. Ihre Nasenspitze fühlte sich wie Eis an. Marie rieb mit ihrem Handschuh darüber. Sie lief am Horst-Wessel-Platz vorbei auf die Zülpicher Straße. Als sie endlich in die Marsiliusstraße einbog, hatte sie sich in ihren Schuhen, die ihr zu eng geworden waren, eine Blase gelaufen. Es brannte, aber sie biss die Zähne zusammen.

Sie hatte Kommissar Severins Adresse ausfindig gemacht. Er wohnte in einem frisch angestrichenen Wohnhaus. Es dauerte nur kurze Zeit, bis Schritte zu hören waren. Die Tür wurde geöffnet. Siegfried Severin höchstpersönlich stand ihr gegenüber. Mit einem fragenden Gesichtsausdruck sah er sie an. In seiner Hand hielt er eine Serviette. Wenn sie ihn vom Esstisch weggeholt hatte, würde er bestimmt ungehalten darüber sein. Ein Rückzieher kam jedoch nicht mehr in Frage.

»Heil Hitler, Herr Severin.«

»Heil Hitler!«

Bevor sie ihr Anliegen vorbringen konnte, erschien ein kleines, unglaublich hübsches Mädchen in einem rüschenbesetzten rosa Kleidchen im Flur. Die Kleine lief zu Severin, klammerte sich an seine Beine und guckte Marie neugierig an: »Hast du ein Geschenk für mich?«

Severin lachte und streichelte dem Kind zärtlich über den Kopf: »Meine Tochter Edda. Sie ist ganz verrückt nach Weihnachten und Geschenken. Also, Edda, man sagt erst mal ›Heil Hitler‹ zur Begrüßung.«

Edda, erinnerte sich Marie, so hießen auch Görings und Mussolinis Töchter. Severin hatte einen Namen ausgesucht, der an zwei der größten Staatsmänner anknüpfte. Er hielt seine Tochter wohl für etwas ganz Besonderes. Klein-Edda wiederum hielt allem Anschein nach wesentlich mehr von Geschenken als von Begrüßungen, denn sie schwieg beharrlich. Ihr Vater seufzte: »Entschuldige. Heute gibt's für sie nur ihre Geschenke.«

»Ich hab eine neue Puppe und ganz viele Kleider für sie und einen Puppenwagen und eine Küche für Puppenmuttis und …« Während Edda überlegte, was sie sonst noch alles geschenkt bekommen hatte, fühlte Marie, wie sich Traurigkeit in ihr breit machte. Es duftete durch den Flur nach Plätzchen und Kakao. Kinderlachen war aus einem der angrenzenden Zimmer zu hören.

»Was möchtest du denn?«, unterbrach Severin ihre Gedanken.

Ihr wurde klar, dass er annehmen musste, sie sei wegen des Mordes an Janz zu ihm gekommen. Ihr fiel der Brief ein, den sie ihm geschrieben und in dem sie Dr. Burscher beschuldigt hatte.

»Es tut mir Leid, dass ich Sie am ersten Weihnachtstag störe. Es geht um meinen Opa. Der ist von der Gestapo verhaftet worden, weil er ein kommunistisches Lied gesungen haben soll. Aber er ist ein so alter Mann. Seine Beine sind kaputt, und er tut wirklich nichts Böses.«

»Was habe ich damit zu tun?«

»Wo Sie der Inge Janz geholfen haben, da dachte ich …« Hilflos brach sie ab.

»… du könntest Kommissar Severin um Hilfe für deinen Opa bitten«, vervollständigte Severin.

Marie nickte. Ihre Kehle war wie zugeschnürt.

»Der Inge habe ich helfen können, weil sie eine alte Bekannte von mir ist und sie gerade Schreckliches durchleben musste. Da kann man an der geeigneten Stelle ein bisschen Verständnis erwarten. Dein Opa ist aber kein Unbekannter für die Politische Polizei. Er ist ein unverbesserlicher Kommunist. So Leid es mir für dich tut, also ich kann nichts für ihn tun.«

Sie versuchte, sich ihre Enttäuschung nicht allzu stark anmerken zu lassen. Severin legte ihr die Hand auf die Schulter und lächelte sie aufmunternd an: »Ich weiß, das ist hart für dich.«

»Spielst du mit mir Angriff auf England, Vati?«, quengelte Edda.

»Schon wieder?«

Der Kommissar lächelte Marie entschuldigend an. Mit einem höflichen Knicks bedankte sie sich. Tränen stiegen in ihre Augen.

»Warte einen Moment.« Severin hielt sie zurück. Er ging ins angrenzende Zimmer. Edda blieb im Flur und musterte Marie von oben bis unten. Sie spürte die Blicke der Kleinen auf ihren alten Schuhen, deren abgeschabte Stellen sie mit Schuhkreme bearbeitet hatte, und auf den Strümpfen mit der Laufmasche. Sie musste sie unbedingt ins Geschäft zum Aufnehmen bringen. Endlich kam Siegfried Severin wieder. Die Serviette hatte er nicht mehr dabei. Stattdessen trug er ein Päckchen, das er Marie in die Hand drückte. Dann fasste er seine Tochter am rechten Arm und rechten Bein und wirbelte sie durch die Luft. Edda lachte glücklich. Angefüllt von Neid und Traurigkeit beobachtete Marie Vater und Tochter.

»Der deutsche Flieger nähert sich London. Er wird vom Feind beschossen und muss ausweichen.« Severin drehte sich. Edda flog im Kreis und kreischte dabei vor Vergnügen. Marie erinnerte sich daran, dass ihr Vater auch mal so mit ihr getobt hatte.

»Der tollkühne deutsche Flieger findet sein Ziel. Bumm, bumm, bumm, macht er London dem Erdboden gleich.« Bei jedem »Bumm« ließ Severin Edda fallen, um sie den Bruchteil einer Sekunde später wieder aufzufangen. Sie lachte und lachte. Langsam ging Marie davon.

Ein Vater hätte gewusst, was sie jetzt tun sollte. Er hätte den Opa nicht nur aus dem Gefängnis geholt. Er hätte bereits verhindert, dass Heinzi den Opa überhaupt anzeigte. Sehnsucht stieg in Marie auf. Sie öffnete das Paket und fand darin ein paar Scheiben von einem Weihnachtsstollen. Gierig verschlang sie drei Stück Stollen. Zwei blieben übrig. Sie entschied sich, sie beim Klingelpütz abzugeben. Der Wärter versprach, sie ihrem Opa auszuhändigen, doch Marie war sich nicht sicher, ob er den Stollen nicht selber essen würde.

Vor ihrem Haus im Thürmchenswall traf sie auf ihre Mutter, der sie die Taschen mit den Kleidungsstücken abnahm, die die Mutter von Kunden abgeholt hatte, um sie zu ändern. Im Hausflur kam ihnen die Brand entgegen. Die letzte Begegnung, die Marie mit der Blockwartin gehabt hatte, war alles andere als glimpflich verlaufen, deshalb senkte sie den Kopf. Dieses Mal schien die Brand jedoch gut gelaunt zu sein: »Ich hab's gerade von Günthers Mutter erfahren. Herzlichen Glückwunsch, Marie. Ich hoffe, dein Zukünftiger treibt dir bald die Flausen aus. Sie müssen stolz auf Ihre Tochter sein, Frau Bimmermann. Mit dem Günther, da macht sie eine gute Partie, zumal nach dem, was in Ihrer Familie gerade passiert ist. Nach so einem Ehemann verdrehen sich ganz andere die Köpfe. Der könnte jede haben.«

Der Mutter war ihre Verwirrung deutlich anzumerken. »Günter? Und Marie?«

Die Blockwartin redete weiter: »Die Ehe und die Mutterschaft, das beides sind die größten Leistungen für die Volksgemeinschaft. Jede junge Frau tut gut daran, so früh wie möglich ihren Teil dazu beizutragen, dass Deutschland eine siegreiche Zukunft hat. Es ist eine hohe Aufgabe, Mutter zu werden, und eine heilige Verpflichtung.«

Marie wollte die Blockwartin zum Schweigen bringen: »Na

und? Wieso haben Sie eigentlich keine Kinder, Frau Brand? Wollen Sie Ihren Beitrag nicht endlich mal leisten?«

Als Marie die Küche betrat, war sie froh, dass Heinzi nicht da war. Stumm half sie der Mutter, die Kleider zu sortieren. Sie hatte auf eine günstige Gelegenheit warten wollen, die Mutter um ihr Einverständnis zur Hochzeit zu bitten. Schließlich erreichte sie erst mit einundzwanzig die Volljährigkeit. Jetzt war die Brand ihr zuvorgekommen.

»Günther ist wirklich ein Netter.« Die Mutter brach das Schweigen.

»Ja.«

»Wann wollt ihr heiraten?«

»Möglichst bald, bevor Günther wieder ins Feld muss. Du hast nichts dagegen?«

»Nein, wenn du glücklich damit bist. Habt ihr euch schon Gedanken darüber gemacht, ob ihr in der Kirche heiratet?«

»Günther will die Eheweihe.«

Die Mutter nickte, doch Marie wusste, wie enttäuscht sie wäre, wenn sie beide sich nicht kirchlich trauen lassen würden. Ihr selbst war die Eheweihe sehr recht, weil sie schnell ging. Es war schließlich ihre Hochzeit. Dafür gab es ohnehin noch viel zu tun. Sie und Günther mussten sich einer ärztlichen Untersuchung unterziehen, um feststellen zu lassen, ob sie sich fortpflanzen durften. Schon damit sie das Ehestandsdarlehen bekamen, war diese Untersuchung wichtig. Es würde ihnen ermöglichen, in eine eigene Wohnung zu ziehen. Dann würde sie den Opa zu sich holen, wenn er endlich aus dem Gefängnis kam.

Als sie Ursel am nächsten Morgen von ihrer Hochzeit erzählen wollte, fehlte die Arbeitskameradin, und niemand schien zu wissen, was los war. In der Pause, während sie ihr Brot kauten, kam der Betriebsobmann auf die Arbeiterinnen zugerollt wie ein deutscher Panzer. Durch Greiners ernste Miene alarmiert, befürchtete Marie, sie könnte Ärger wegen ihres häufigen Fehlens bekommen.

Der Betriebsobmann räusperte sich und sprach salbungsvoll davon, dass der einzige Sohn von Ursel an der Front gestorben war.

»Er fiel im festen Glauben an seinen Führer«, endete er seine kurze Rede und setzte abschließend noch hinzu: »Für Führer, Volk und Vaterland.«

Danach herrschte Schweigen. Marie wusste, wie sehr Ursel an ihrem Friedrich gehangen hatte. Er würde ihr keine Enkelkinder mehr schenken. Ihre Augen brannten. Überall waren bedrückte Gesichter. Jede dachte jetzt wohl an ihren Ehemann, ihren Bruder, ihren Verlobten, ihren Schwager, ihren Onkel oder Vater. Was wäre, wenn Günther starb?

25

Wind kam auf und wehte die Asche, die in den Rinnstein geschüttet wurde, über die Straße. Grau legte sie sich auf Maries Kleider. Bevor sie die Wohnung betrat, klopfte sie sie aus. Ein Rumoren in ihrem Magen erinnerte sie daran, dass sie kochen wollte.

Sie schabte die Möhren mit einem Messer ab. Die orangebraune Schale kringelte sich auf dem Westdeutschen Beobachter, in den das Gemüse eingewickelt gewesen war. Eine Werbung für Camelia Damenbinden prangte auf der Zeitungsseite: »Stets einsatzbereit meistert die Deutsche Frau auch schwerste Pflichten. Man wird ihr nicht anmerken, wenn sie einmal nicht voll auf der Höhe ist …«

Was für ein Witz, dachte Marie. Binden waren seit Beginn des Krieges nur schwer zu bekommen. Sie zerknüllte die Zeitung, um den Ofen damit zu befeuern. Bevor sie das Papier der lodernden Glut überließ, sprang ihr ein Name entgegen. Sie rettete diesen Teil des Westdeutschen Beobachters vor den Flammen und strich ihn mit der Hand wieder glatt. Dabei las sie, dass Dr. Otto Burscher verhaftet worden war, weil er Unterschlagungen begangen hatte. Ihre Augen suchten das Datum. Donnerstag, der 26. Dezember 1940. Die Zeitung war von heute. Sie begriff nicht, wieso in dem Artikel nichts von dem Mordfall stand, in dem gegen Dr. Burscher ermittelt wurde.

Ein Poltern und eine singende Jungenstimme im Treppenhaus rissen sie aus ihren Gedanken: »Lumpen, Flaschen, Eisen und Papier, ausgeschlag'ne Zähne sammeln wir …«

Das war Heinzi. Mit Eifer durchstöberten er und sein Jungvolk die Keller und Hinterhöfe in der Nachbarschaft auf der Suche nach rostigen Nägeln, Spinnstoffresten und leeren Glasflaschen. Es war ihr Beitrag zum Krieg, und alles, wirklich alles konnte Deutschland gebrauchen. Es musste schlecht um Deutschland stehen, wenn es alte Zeitungen und anderen Abfall benötigte, überlegte Marie.

Jetzt schleppte Heinzi seinen prall gefüllten Sack in die Bimmermannsche Küche und leerte ihn mitten auf dem Boden aus. Flaschen und Dosen rollten umher, Papier und Stanniolabfälle überfluteten den Raum. Diesmal war er besonders erfolgreich gewesen.

»Räum den Dreck weg!«, fuhr sie ihn an.

»Ich dachte, du und Mutti, ihr wollt was davon.«

»Kannst deinen Krempel behalten.«

Er kramte in dem Haufen Schrott herum und förderte eine hübsch bedruckte Dose hervor: »Wie findest du die?«

»Doof.«

»Nimm sie doch.«

Widerwillig tat sie es. In der Stollwerck-Dose rappelte es leicht. Irgendwann musste Schokolade darin gewesen sein. Womöglich war noch ein winziges Stückchen von der Leckerei übrig. Marie öffnete den Deckel. Nur ein paar Papiere befanden sich im Inneren. Ein Blick darauf genügte, um zu sehen, dass es langweilige Formulare einer Behörde waren. Wenn Heinzi sich damit wieder bei ihr einschmeicheln wollte, dann gute Nacht. So leicht würde sie ihm nicht verzeihen.

Sie warf ihm das Bündel Papiere vor die Füße: »Hier! Für deine Sammlung.«

Heinzi schien enttäuscht zu sein. Das war ihr egal. Auch mit seinem Hundewelpenblick würde er sie nicht erweichen können. Sie beobachtete abfällig, wie ihr Bruder aus dem Haufen ein paar Löffel hervorsuchte und ein zerfleddertes Buch. Seine Schätze schichtete er auf dem Küchentisch direkt neben den Möhren auf.

»Hab ich nicht ein paar schöne Sachen gefunden? Guck mal, Marie, die Löffel sind noch eins a.«

Sie gab nur ein grollendes Geräusch von sich.

»Wir haben Glück gehabt, weil uns die Brand für die Sammlung den Schlüssel zum Nachbarkeller gegeben hat. Das macht sie sonst nie. Aber mir vertraut sie, hat sie gesagt.«

War ja klar, dass die Brand einem Denunzianten vertraute. Gleich und Gleich gesellt sich gern.

»Na und? Da kannst du dir richtig was drauf einbilden.« Sie bemühte sich, Hohn in ihre Stimme zu legen. Leider schien sie ihre Bemühungen an Heinzi komplett zu verschwenden, denn er nickte eifrig.

»Im Nachbarkeller hab ich die Löffel und die Dose gefunden. Das hat sich gelohnt, auch wenn ich ganz schön danach gewühlt habe. Ich muss der Brand nachher noch den Schlüssel zurückgeben.«

Sie sah zu, wie er die Sachen zurück in den Sack stopfte, ihn schulterte und aus der Küche ging. Gedankenverloren blickte sie auf die Schmuckdose in ihrer Hand. Plötzlich kam ihr eine Idee.

Am Tag vor seinem Tod hatte sie Janz im Keller an der Verbindungstür getroffen. Er hatte den Schlüssel der Brand in der Hand gehalten. Ganz deutlich erinnerte sie sich daran, wie er mit der silbernen Kette gespielt hatte.

»Halt! Warte! Heinzi, bleib stehen!« Atemlos rannte Marie ihrem Bruder und den anderen Jungen auf der Straße nach.

»Was iss'n?«

»Die Dose, wo hast du die gefunden?«

»Im Nachbarkeller. Hab ich doch gesagt. Die steckte ganz hinten in einem dunklen Winkel. Ich hab sie nur entdeckt, weil mir einer der Löffel runtergefallen ist. Und als ich ihn wiederholen wollte, war da die Dose.«

Marie spürte, wie der Verdacht in ihr allmählich zur Gewissheit wurde. Sie nahm Heinzi den Sack ab, und unter seinen und den verwunderten Blicken seiner Schar schüttete sie den Inhalt einfach auf die Straße. Als ein paar Flaschen auf dem Trottoir zerbarsten, schimpfte Heinzi: »Spinnst du? Du machst ja alles kaputt!«

Sie kümmerte sich nicht um seinen Protest, sondern wühlte in den Sachen herum. Dabei schnitt sie sich an einer Scherbe. Den blutenden Finger steckte sie in den Mund und suchte weiter. Endlich fand sie das Bündel Papiere, das sie vorhin aus der Dose geholt hatte. Mit einem zufriedenen Seufzer richtete sie sich auf. Sie bemerkte die abfälligen Blicke, die die anderen sich zuwarfen, aber es war ihr egal. Sie brannte darauf zu erfahren, was Horst Janz für so wichtig gehalten hatte, dass er es im Nachbarkeller versteckte.

26

Der einzige Ort, an dem sie ungestört lesen konnte, war das Klo im Treppenhaus. Marie verriegelte die Tür und setzte sich auf die Schüssel. Während sie das Bündel Papiere auseinander nahm, hielt sie die Luft an. Es waren der Stammbaum der Familie Severin und das Ahnenschatzkästlein, eine Sammlung von Vordrucken, die mit belegbaren Daten zur Abstammung und Familiengeschichte ausgefüllt werden mussten. Hektisch kramte sie den Zettel hervor, den sie in Janz' Jackentasche gefunden hatte. Sie hielt ihn neben das Formular, das Kommissar Severin eigenhändig unterschrieben hatte. Die Schrift auf dem Formular war mit der auf dem Zettel identisch.

Schlagartig wurde ihr klar, wer Horst Janz getötet hatte und warum: Marie wusste aus der Schule, dass Nazigrößen wie Severin den großen Abstammungsnachweis brauchten, mit dem sie belegen konnten, dass bis zurück zum Jahr 1750 nur deutsches Blut in den Adern ihrer Vorfahren floss. Hier stand schwarz auf weiß, dass Siegfried Severins Urgroßmutter jüdischer Abstammung war. Mit seinem verwandtschaftlichen Hintergrund hätte Severin seine Laufbahn bei der Gestapo an den Nagel hängen können. Er musste seiner Arbeitsstelle einen gefälschten Nachweis vorgelegt haben. Horst Janz war an die richtigen Unterlagen gekommen und hatte Severin erpresst. Damit hatte er sein Todesurteil unterschrieben.

Sie musste unbedingt zu ihrem Opa. Es würde nicht leicht werden, zu ihm zu gelangen. Für das, was sie dafür tat, schämte sie sich enorm, doch sie hoffte, dass der Zweck ihre Tat wieder gutmachen würde. Marie klaute Günther heimlich die Rauchmarken aus seiner Manteltasche, nachdem sie ihn unter dem Vorwand, über die Hochzeit reden zu wollen, zu Hause aufgesucht hatte. Sie konnte ihm anschließend nicht mehr in die Augen sehen. Allerdings war sie sich nicht sicher, ob er ihr die Rauchmarken freiwillig gegeben hätte. Außerdem wollte sie nicht riskieren, dass er versuchte, sie von ihrem Vorhaben abzuhalten.

Der Wärter öffnete eine Zellentür für Marie. Angst überkam sie, die Tür könnte sich für immer hinter ihr schließen. Mit klopfendem Herzen trat sie über die Schwelle. Nachdem sich ihre Augen an das düstere Licht gewöhnt hatten, erkannte sie in einer Ecke einen zusammengerollten Menschen.

»Opa!« Sie kniete sich hin. Es war tatsächlich ihr Opa. Man hatte ihn übel zugerichtet. Das Gesicht war mit einer Kruste aus Blut und Dreck überzogen, die Augen waren angeschwollen, und seine Haut glich mehr der einer Echse aus dem Zoologischen Garten als der eines Menschen, so grün und blau und violett war er geschlagen worden.

»Marie.« Opas Stimme war ganz schwach, aber wenigstens erkannte er sie. Sie musste ihn wach halten. In ihrer Not fing Marie an zu reden: »Ich weiß, wer den Janz umgebracht hat. Es ist unglaublich. Der Kommissar war es, Siegfried Severin. Weil er seinen Ariernachweis gefälscht hat und Janz das wusste. Jetzt habe ich ihn in der Hand. Ich setz den unter Druck. Mit seiner Hilfe schaff ich dich hier raus.«

Sie schluchzte. Wenn es doch nur stimmte, was sie ihrem Opa versprach. Er wiederholte ihren Namen: »Marie.«

»Ich bin hier, Opa. Weißt du, Severin muss spät nachts gekommen sein, als die Blockwartin schon in ihre Wohnung gegangen war. Keiner hat ihn gesehen. Natürlich hat Janz ihm aufgemacht. Die beiden waren ja Freunde und Kollegen. Severin wird die Papiere gefordert haben, und als Janz sich weigerte, hat er ein Messer genommen und zugestochen.«

Deutlich sah sie vor sich, wie Janz über Severins Forderung lachte: Wenn Severin ihm das Geld geben würde, dann bekäme er auch die Unterlagen. So einfach sei das. Immer noch lachend drehte Janz sich um, um sich ein Glas Wein einzuschenken. In diesem Moment stach Severin zu.

»Am nächsten Morgen tauchte er als ermittelnder Kommissar wieder bei Janz auf. Er konnte alles durchsuchen. Doch die Papiere, auf die er so scharf war, die hat er nicht gefunden, weil er nichts von dem Nachbarkeller wusste. Deshalb hat er auch der Inge Janz die ganzen Sachen vom Horst abgekauft in der Hoffnung, er würde die Papiere darunter finden. Und er hat die Gelegenheit genutzt, ihre Wohnung zu durchwühlen.«

Es tat so gut, sich endlich einmal jemandem anvertrauen zu können.

»Er musste einen Mörder präsentieren, schon um den Verdacht von sich abzulenken. Da kam ihm die Flucht der Fremdarbeiter nur recht. Vor allem als Kolja gefangen wurde, der Kleider des Ermordeten trug. Und überall waren seine Fingerabdrücke in der Wohnung von Janz. Severin hat ihn von mir auf dem Tablett serviert bekommen. Aber jetzt kenne ich die Wahrheit.«

Sie strich dem Opa über das Haar. »Damit hol ich dich hier raus. Du brauchst nicht länger hier zu bleiben.«

Plötzlich beschlich Marie ein schrecklicher Verdacht. Der Opa hatte sich nicht mehr bewegt. Sie schüttelte ihn. Nichts tat sich. Der Opa war in ihren Armen gestorben.

Es war Marie egal, dass sie auf der Straße mit einer Passantin zusammenstieß. Opa war tot. Er war tot, und sie konnte nichts dagegen tun. Sie liebte ihn so sehr. Ein unerträglicher Schmerz breitete sich in ihr aus. Sie hatte das Gefühl, von innen zerfressen zu werden.

Zu Hause traf sie auf Heinzi. Im allerersten Moment verspürte sie den Wunsch, ihn mit dem Kopf gegen die Wand zu knallen, bis Blut floss. Immer wieder und wieder. Sie wollte ihm die Zähne einzeln aus dem Mund schlagen, so einen immensen Hass fühlte sie.

»Was ist los? Was ist um Gottes willen passiert? Du siehst ganz bleich aus.« Besorgnis schwang in der Stimme der Mutter.

»Opa ist tot. Er ist im Gefängnis an den Schlägen krepiert.« Marie spuckte ihr die Worte ins Gesicht.

»Nein!«

Die Mutter schrie auf. Auch Heinzi liefen Tränen über die Wangen. Marie wandte sich ab.

Oben bei den Tauben konnte sie besser nachdenken. Hier störte sie niemand. Seit sie den Opa festgenommen hatten, kümmerte sie sich um seine Tiere. Marie hatte von ihm genug über die Zucht gelernt, um die Vögel versorgen zu können. Während sie beobachtete, wie die Tauben mit ihren kleinen Schnäbeln die Körner aufpickten, fiel ihr ein, was ihr der Opa über seine Lieblinge erzählt hatte. Sie wusste, dass die Taube nur mit einem Partner eine richtige Verbindung einging. Wenn Opa sie im Frühjahr mit einem anderen Täuberich zu paaren versuchte, weigerte sich der Vogel und unternahm alles, um zu seinem Schatz zu gelangen. Das ganze Leben lang.

Es war kein ausgefeilter Plan, den sie hatte, das wusste sie. Aber es blieb ihr keine Zeit, um wohl überlegte Entscheidungen zu treffen. All das, was sie in den letzten Wochen getan hatte, musste einen Zweck haben. Sie ging in eine Gaststätte mit Telefon und ließ sich verbinden.

»Heil Hitler!«, tönte es aus dem Hörer.

Das war Edda. Marie verstellte ihre Stimme, indem sie ein Taschentuch über die Sprechmuschel legte, und hoffte, dass sie möglichst erwachsen klang: »Ich will deinen Vater sprechen. Sofort.«

Die Kleine legte den Hörer zur Seite. Marie konnte ihre Schritte im Flur hören. Leise vernahm sie ihre »Vati, Vati!«-Rufe und war erleichtert, dass Severin zu Hause war. Dann wurde der Telefonhörer wieder aufgenommen.

»Kommissar Siegfried Severin am Apparat. Ich höre.«

»Ich habe etwas in meinem Besitz, das Ihnen gehört.«

Am anderen Ende des Hörers atmete es schwer. Ein Moment des Schweigens folgte, in dem Marie schon Angst hatte, Severin könnte einfach auflegen.

»Was haben Sie?«

»Sagen wir mal Papiere über Ihre Familie. Sehr aufschlussreich.«

»Wer sind Sie?«

»Das tut nichts zur Sache.«

»Also kenne ich Sie?«

Sie entschied sich dafür, nichts zu sagen.

»Was wollen Sie?« Severins Stimme war nur noch ein Krächzen.

»Tauschen. Die Papiere gegen etwas, das Sie haben.«

»Wollen Sie Geld?«

»Nein. Was ganz anderes.«

Sie erklärte ihr Anliegen und nannte ihm Ort und Zeit für den Tausch. Als sie schließlich auflegte, zitterten ihre Hände und feuchte Ränder hatten sich unter ihren Achseln gebildet.

27

Übelkeit stieg in ihr auf, sobald sie aus dem Bett aufgestanden war. Die Nacht hatte sie kaum geschlafen. Noch blieb ihr die Möglichkeit, alles beim Alten zu lassen. Sie konnte an diesem Freitagmorgen zur Arbeit gehen, als ob nichts gewesen wäre. Sie konnte Günther heiraten und schwanger werden und bald mit der elenden Fabrikarbeit aufhören. Noch stand ihr alles offen. Severin würde nie erfahren, wer ihn angerufen hatte.

Marie ging hinunter in den ersten Stock und klopfte ein, zwei Mal. Endlich tat sich etwas hinter der Tür. Sofie Staven öffnete in einem Morgenmantel. Darunter trug sie offensichtlich nichts.

»Was willst du in dieser Herrgottsfrühe? Ich bin gerade beschäftigt.« Sie wirkte ungehalten über die Störung. Vorsichtshalber stellte Marie ihren Fuß auf die Schwelle, wofür sie von der Staven einen verblüfften Blick erntete.

»Ich brauche Hilfe.«

»Komm ein anderes Mal wieder. Ich habe jetzt keine Zeit.«

»Sie werden mir zuhören, denn ich weiß, dass sie hier Juden verstecken.«

Schlagartig wich alle Farbe aus dem Gesicht der Staven, doch Marie hatte kein Mitleid mit ihr: »Das dritte Zimmer. Dort bringen Sie sie unter.«

»Sei still.« Die Staven sah sich mit dem deutschen Blick um und vergewisserte sich, dass sich niemand außer ihnen im Hausflur befand: »Was ist, wenn dich die Brand hört?«

»Na und? Helfen Sie mir jetzt, ja oder nein? Oder muss ich's durch den ganzen Hausflur brüllen?«

»Setz dich ins Wohnzimmer. Ich muss erst einmal jemanden loswerden.«

Sofie Staven zog sie in die Wohnung und verschwand im Schlafzimmer. Marie war zu nervös, um sich hinzusetzen. Stattdessen ging sie im Raum auf und ab und hoffte inständig, dass es das Richtige war, was sie tat. Was, wenn die Staven sie bei der Gestapo anzeigte, um ihre eigene Haut zu retten? Vielleicht war einer von der Polizei gerade in diesem Moment bei ihr.

Nach einer Zeit, die Marie wie Stunden vorkam, hörte sie das Klappern der Wohnungstür. Die Staven kam herein und setzte sich auf das Sofa. Jetzt trug sie ein schlichtes Kleid und flache Schuhe. Ihre Finger zitterten merklich, als sie sich eine Zigarette anzündete. Sie bot Marie keine an. Mit einem finsteren Blick sah sie sie an.

»Was willst du von mir?«

»Hab ich doch schon gesagt.«

Die Staven nahm einen tiefen Zug.

»Ich muss einen Freund aus Deutschland rausbringen.«

»Ist er Jude?«

»Nein, Fremdarbeiter.«

»Wo ist er?«

Sie war auf der Hut. Marie wusste nicht, ob sie der Staven trauen konnte, und entschied sich, dass es besser war, nur so wenig wie nötig zu erzählen.

»Er muss noch heute verschwinden.«

»Wie stellst du dir das vor? So was erfordert gründliche Vorbereitung. Das ist viel zu knapp.«

»Helfen Sie mir?«

Unruhig wartete Marie auf eine Antwort. Sofie Staven lehnte sich vor, drückte ihre Zigarette auf einer Untertasse aus, die auf dem Beistelltisch stand, und blickte ihr in die Augen: »Das wird nicht billig. Ohne Geld läuft da nichts.«

Marie zog die Kette mit dem Amulett von Hannahs Mutter hervor: »Ich hab nicht viel. Nur die paar Reichsmark, die Sie mir für das Kellnern gegeben haben, und das hier.«

»Wo hast du denn das wertlose Ding ausgegraben?« Die Staven lachte: »Das hat mir doch die Frau Goldfisch schon mal angedreht, als ich denen zur Flucht verholfen hab.«

Dann gehörte der Karton, den sie im Keller gefunden hatte, gar nicht Werner, sondern der Staven. Allmählich fügte sich für Marie alles zusammen.

»Ich hab leider nicht mehr.«

Sofie Staven lehnte sich auf dem Sofa zurück: »Dein Problem. Ich bin ja nicht die Wohlfahrt. Ohne Geld keine Hilfe.«

»Aber ich weiß was, das Ihren Kopf kosten könnte. Ich kann Sie bei der Gestapo anzeigen.«

»So? Kannst du das? Mach das doch. Rat mal, wem sie mehr glauben werden? Mir, die ich den Josef Grohé persönlich kenne, oder dir? Die Aussage eines Fremdarbeiter-Liebchens ist nicht so viel wert.« Sofie Staven drückte Zeigefinger und Daumen zusammen. »Denk mal drüber nach, Mädchen. Es wird deinen Kopf kosten. Nicht meinen. Zeig mich an, und du wanderst geradewegs ins Lager, das garantier ich dir.«

Mit einem Mal wusste Marie, dass die Staven Recht hatte. Die konnte sich mit ihren Beziehungen alles erlauben.

Die Zeit drängte. Ihr blieb nur eine Stunde, bis sie mit Severin verabredet war. Marie zog den Mantel an und nahm einen kleinen Koffer in die Hand. Ihre Augen wanderten im Raum umher. Sie blieben an Heinzis Fahrtenmesser hängen. Auf der glänzend polierten Klinge waren die Wörter »Blut und Ehre« eingraviert, und auf dem Griff prangte ein Hakenkreuz. Für Dr. Burscher hätte sie es nicht benötigt, aber vielleicht brauchte sie es diesmal.

»Wo willst du hin?« Die Mutter sah von ihren Näharbeiten auf. Marie beachtete sie nicht. Sie hatte mit ihr und Heinzi kein Wort mehr gewechselt, seit sie ihnen von Opas Tod erzählt hatte.

*

Kolja saß mit den anderen in der Zelle, die darüber redeten, ob sie das neue Jahr in Freiheit verbringen würden, und fühlte sich fremd. Für ihn würde es kein neues Jahr geben. Er beobachtete die Männer. Der Kleine mit dem spitzen Kinn weinte vor sich hin. Kolja wusste, dass seine Tochter geboren worden war, während er in dieser Zelle saß. Der Mann hatte den Säugling nicht einmal zu Gesicht bekommen.

Sie hörten Schritte. Jemand kam den Gang entlang. Kolja sah, wie sich alle fragten, wen es diesmal treffen würde.

»Raustreten! Aber zackig!«

Zum Glück traf es keinen. Sie wurden zum Waschen geholt. Die Männer drängten sich an der Tür. Kolja kämpfte sich durch. Wer als Erster an der Waschrinne ankam, konnte sich in Ruhe säubern. Diesmal gelang es ihm, sich einen Platz zu sichern. Der Wärter teilte eine Rasierklinge an ihn aus. Sie war scharf. Koljas Blick wanderte zu seinen Handgelenken. Blau hoben sich die Adern von seiner weißen Haut ab. Ein Schnitt würde genügen.

28

»Es … das mit Friedrich … ich …« stammelte Marie. Ihr fehlten die richtigen Worte.

Ursel lächelte schwach. Ihren geschwollenen Augen sah Marie an, dass sie geweint hatte.

»Ich wusste, dass es so kommen würde, Marie. Ich wusste es. Was haben uns denn die Polen getan, dass wir in ihr Land einmarschieren? Mein Friedrich musste sterben, weil so ein Halunke den Hals nicht voll bekommt.«

Marie schwieg. Auch sie wollte nicht mehr, dass Deutschland mit Polen oder sonst einem Land Krieg führte.

»Was hast du eigentlich an?« Verwundert betrachtete Ursel die BDM-Uniform, die Marie unter dem Mantel trug, und die Zöpfe, die sie links und rechts vom Kopf zu zwei Schnecken aufgerollt hatte. »Das sieht ja furchtbar aus.«

»Ursel, was ich dir jetzt sage, musst du für dich behalten, ja?«

»Klar!«

»Das wär jetzt alles zu viel, dir zu erklären, warum. Ich werde einem Polen dabei helfen, aus Köln zu fliehen.«

Verblüffung war Ursels Gesicht abzulesen.

»Er soll hingerichtet werden für ‘nen Mord, obwohl er nichts getan hat. Das weiß ich. Er heißt Kolja und ist wirklich nett. Du würdest ihn auch mögen. Ich wollte dich fragen, ob du mir Geld leihen kannst. Ich weiß noch nicht, wann, aber irgendwann werde ich's dir zurückgeben. Das verspreche ich.«

Unsicher wartete Marie auf eine Reaktion von Ursel. Die brauchte einen Augenblick, bevor sie antwortete: »Da hast du dich aber in was reingebracht. Ich würde dir ja gern helfen, aber viel Geld habe ich nicht.« Ursel griff zu einer Dose, die auf dem Regal über dem Herd stand, und holte ein paar Geldstücke heraus.

»Hier!«

Marie zählte elf Reichsmark. Das würde zusammen mit ihrem Geld für zwei Fahrkarten reichen. Auf die Hilfe der Staven musste sie eben verzichten.

»Danke. Ich brauch noch was. Einen Ausweis deiner jüngsten Tochter und eine BDM-Uniform. Geht das?«

Die Arbeitskameradin sah sie mit einem eigentümlichen Blick an, von dem Marie glaubte, dass er Trauer ausdrückte, dann ging Ursel ins Schlafzimmer, kramte in einer Kommode herum und drückte Marie nacheinander die Uniform und den Pass in die Hand. Sie stellte keine Fragen.

»Tausend Dank! Irgendwann mach ich's wieder gut. Ganz bestimmt.«

»Ist schon gut. Aber pass auf dich auf, ja? Und auf, wie hieß er noch?«

»Kolja.«

»Und auf Kolja.«

Daraufhin nahm Ursel Marie ganz fest in den Arm. Schwach roch Marie den Duft nach Maiglöckchen.

*

Die Klinge ritzte an seiner Haut. Kolja hatte Hemmungen, zu schneiden und sich Schmerzen zuzufügen. Aber es war besser als alles, was ihm die Nazis antun würden. Ihm wurde schlecht bei dem Gedanken daran, was für Schmerzen er durchleiden musste, wenn sie ihn mit dem Fallbeil um einen Kopf kürzer machten. Erneut setzte er die Klinge an und schloss die Augen, um das Blut nicht zu sehen. In diesem Moment veranlassten ihn schwere Schritte dazu, aufzublicken. Jemand kam. Es war Severin, der mit dem Wächter sprach. Kolja ließ die Rasierklinge sinken. War es jetzt schon so weit? Tatsächlich deutete der Kommissar auf ihn. Die anderen blickten Kolja an. Er spürte ihr Mitleid und zugleich ihre Erleichterung.

»Kolja Beza! Hergetreten!«

Trotz seiner Panik brachte er es zustande, einen Fuß vor den anderen zu setzen und auf den Kommissar zuzugehen. Ob er wohl noch etwas zu essen bekommen würde, eine Zigarette, irgendwas, das ihn wie einen letzten Gruß von dieser Welt hinüber in eine andere begleiten würde?

Mit auf dem Rücken gefesselten Händen folgte er Severin die Treppe hinauf. Kolja wunderte sich, dass kein anderer Wärter sie begleitete, als sie auf die Straße traten. Direkt vor ihm parkte ein Polizeiauto. Wahrscheinlich brachte ihn der Kommissar zum Klingelpütz, wo man hingerichtet wurde, das hatten die anderen Gefangenen erzählt. Severin öffnete die Autotür. Kolja überlegte davonzulaufen, doch es war helllichter Tag. Folgsam setzte er sich in den Wagen. Der Kommissar stieg vorne ein, ließ den Motor aufheulen und fuhr los. Dem Ende entgegen, dachte Kolja.

*

Als sie am vereinbarten Treffpunkt hinter dem Restaurant an der Venloer Straße ankam, war Severin noch nicht da. Der Park war menschenleer. Schnee lag auf der Wiese des Stadtgartens. Hier und da blickte Wintergras erschöpft aus einer freien Stelle hervor. Die Äste der schwarzen Bäume streckten sich wie Gerippe empor. Marie spürte den Drang zu pinkeln. Reine Nervensache, das wusste sie. Sie steckte eine Hand in die rechte Manteltasche und umschloss den Griff des Fahrtenmessers. Wenigstens war sie nicht völlig unvorbereitet. Durch die Büsche hindurch sah sie, wie sich ein Polizeiauto in einem rasanten Tempo näherte und mit quietschenden Reifen abbremste. Sie konnte Severin erkennen, der sitzen blieb. Widerwillig trat sie aus ihrem Versteck. Er starrte sie an. Ein paar Sekunden vergingen, in denen er den Blick nicht von ihr nahm. Endlich stieg er aus dem Wagen. Ihr Herz pochte schneller. Sie redete sich beruhigend zu, als sie erkennen konnte, dass jemand auf dem Rücksitz saß. Severin würde sich bestimmt an die Absprachen halten. Er kam näher.

»Du …? Hast du mich angerufen?«

Marie konnte die Fassungslosigkeit aus der Stimme des Kommissars heraushören.

»Ja. Sie haben den Polen dabei?«

Mit dem Kopf deutete Severin nach hinten.

»Bringen Sie ihn her.«

Tatsächlich folgte der Kommissar ihrer Forderung, ging zum Wagen und holte Kolja heraus. Marie erschrak, als sie ihn sah. Er war noch dünner als zuvor. Die Spuren von Schlägen zeichneten sein Gesicht. Jetzt bemerkte sie die Fesseln an seinen Händen. Sie wartete, bis Severin mit ihm hinter die Büsche gekommen war.

»Binden Sie ihn los.«

»Moment mal! Also erst will ich was im Austausch dafür haben.«

Er schien in dem Polen eine Ware zu sehen, mit der er handelte. Sie holte die Papiere hervor.

»Gib sie mir!«

Marie ging auf ihn zu. In diesem Augenblick schnappte sich Severin die Papiere und zog eine Pistole hervor.

Koljas Angst war größer geworden, je weiter sie sich von der Elisenstraße entfernten. Als sie zu dem Park gekommen waren, hatte er Marie an ihrem roten Mantel erkannt. Er begriff nicht, wie sie es geschafft hatte, dass der Polizist ihn aus dem Gefängnis holte und hierher brachte, und vor allem warum. Sie hatte etwas, was der Kommissar haben wollte, so viel war ihm klar geworden, während die beiden redeten. Die Waffe in Severins Händen und Maries erschreckter Blick sprachen Bände. Er dachte nicht nach, er trat einfach zu. Weil seine Handgelenke zusammengebunden waren, verpasste er dem Polizisten einen heftigen Tritt in den Hintern. Dieser fiel nicht der Länge nach hin, wie Kolja gehofft hatte, sondern wirbelte auf dem Absatz herum. Jetzt richtete er die Pistole auf Kolja. Schweiß trat auf seine Stirn, als er in Severins geweitete Pupillen sah. Er würde keine Gnade kennen.

Aus den Augenwinkeln beobachtete Kolja, dass Marie sich bewegte. Ungläubig sah er mit an, wie sie mit einem Messer in Severins rechten Arm stach. Ein Knall ertönte. Der Kommissar hatte geschossen. Kolja spürte einen heftigen Schmerz an seinem Kopf und die darauf folgende Hitze des Blutes. Severin ließ die Pistole fallen und presste die Hand auf den Arm, das sah Kolja noch. Grauschwarze Punkte begannen vor seinen Augen zu tanzen. Ihm schwindelte. Etwas Warmes lief seinen Hals hinab. Er zwang sich dazu, die Augen offen zu halten, und bekam mit, wie Marie die Pistole mit dem Fuß zur Seite stieß. Severin brüllte vor Wut auf und wollte nach der Pistole greifen. Kolja warf sich auf ihn. Ein Schmerz durchzuckte ihn. Viel Widerstand hatte er in seinem Zustand nicht zu bieten; es reichte dennoch aus, um Marie die Zeit zu geben, die Pistole an sich zu nehmen. Anschließend sackte er zu Boden.

Marie keuchte vor Anstrengung. Mit der Pistole in ihrer Hand konnte sie nicht umgehen. Am liebsten hätte sie sie fallen gelassen wie glühende Kohle. Zum Glück wusste Severin das nicht, der regungslos auf dem Boden verharrte. Marie spürte, wie die Macht, die von dem Ding aus Eisen ausging, den Arm hinaufwanderte und sich in ihr ausbreitete.

»Hinlegen. Auf den Bauch. Beine und Arme ausgestreckt«, befahl sie und wunderte sich, dass ihre Stimme kaum zitterte. Sie durfte sich keine Schwäche anmerken lassen. Während sie Severin nicht aus den Augen ließ, kniete sie sich neben den verletzten Kolja und machte sich daran, seine Fessel zu lösen. Als sich der Kommissar kurz bewegte, richtete sie die Waffe geradewegs auf seinen Kopf: »Rühr dich nicht vom Fleck.«

Endlich hatte sie den Knoten gelöst und hielt ein Stück festes Seil in der Hand. Sie wollte Severin fesseln, doch sie hatte Angst, dass er es für sich ausnutzen würde, wenn sie die Waffe auch nur für einen kurzen Augenblick aus der Hand legte.

»Kolja, verstehst du mich? Du musst die Waffe halten.«

Kolja nickte. Sie gab ihm die Pistole.

Die eine Hand presste Kolja an sein Ohr, das heftig blutete, mit der anderen hielt er die Waffe. Er fühlte die Wärme des Metalls. Wieder spürte er das Rohr aus Stahl, das sich in seinen Rücken gedrückt hatte; er sah die Gewehröffnung vor sich, die auf ihn gerichtet war; er konnte den Schuss hören, von dem Wladyslaw getroffen zu Boden sank. Koljas Finger krümmten sich um den Abzug. Seine Hand zitterte, dann ließ er die Pistole sinken.

Während sie sich Severin näherte, vergewisserte sich Marie, ob Kolja die Waffe immer noch auf den Kommissar gerichtet hielt. Entsetzt stellte sie fest, dass er es nicht tat. Wenn Severin mitbekam, dass keine Waffe mehr auf ihn zielte, würde er bestimmt angreifen. Obwohl er verletzt war, schien er immer noch gefährlich. Lebensgefährlich. Sie musste handeln. Ihr Blick fiel auf einen Ast, der in der Nähe im Gras lag. Sie nahm ihn auf, um ihn dem Kommissar über den Schädel ziehen, brachte es aber nicht fertig. In diesem Moment sah sie, wie Severin sich mit den Händen vom gefrorenen Boden abdrückte. Sie schlug zu. Nur den Bruchteil einer Sekunde später warf sie den Knüppel weit von sich. Sie packte die Arme des Kommissars und fesselte ihn. Besorgt wandte sie sich Kolja zu: »Wie geht's? Was ist mit deinem Ohr?«

»Geht.«

»Lass mal sehen.«

Er nahm die Hand von der linken Gesichtshälfte. Blut strömte hervor. Mit seinem verletzten Arm hatte Severin nicht mehr richtig zielen können. Die Kugel hatte Koljas Ohr nur gestreift und ein Stück davon abgerissen, so dass es wie angenagt aussah. Marie holte das Taschentuch hervor, das sie von Günther zu Weihnachten bekommen hatte, und riss es entzwei. Notdürftig verband sie Koljas Wunde. Er nahm ihre Hand: »Danke!«

Es gab ihr ein warmes Gefühl, wie er es sagte.

Sie öffnete den kleinen Koffer, den sie mitgebracht hatte, und holte ein paar Kleidungsstücke hervor.

»Zieh das an!«

Mit einem fragenden Gesichtsausdruck hielt Kolja einen Rock und eine Bluse in den Händen, die zu der BDM-Uniform von Ursels Tochter gehörten.

»Bitte, zieh das an. Ich weiß, dass es Frauenkleider sind. Das ist die beste Tarnung. Sonst kriegen wir dich nicht so leicht aus Deutschland raus.«

Als Kolja in die Mädchenkleider schlüpfte und seine verdreckte, übel riechende Hose fallen ließ, erschrak Marie beim Anblick seiner grüngelblichen Haut und den kaum verheilten Wunden. Auch er war geschlagen worden. Wie Opa. Wie konnte der Führer zulassen, dass solche Brutalität in seinem Namen geschah? Ob er davon wusste und es sogar unterstützte? Noch vor einer Woche hätte Marie dies für unmöglich gehalten, jetzt schien ihr alles denkbar.

Bei der Bluse half sie Kolja, der mit den kleinen Knöpfen nicht zurechtkam. Weil er so dünn und schmächtig war, gab er ein ganz passables Mädchen ab. Nur das kurze Haar passte nicht zum Rock. Auch dafür hatte sie gesorgt. Im Keller hatte sie aus einer der Kisten der Staven zwei Perücken genommen. Eine mit langen blonden Locken, eine andere mit braunen Zöpfen. Sie holte den Ausweis von Ursels Tochter hervor und entschied, dass die blonde Perücke der Frisur des Mädchens auf dem Passfoto am nächsten kam. Die stank zwar nach Muff und Mottenpulver, doch Marie hoffte, niemand würde Kolja nah genug kommen, um es zu riechen. Die Echthaarperücke stand ihm gut und verbarg das blutende Ohr. Mit ein bisschen Glück würde keiner vermuten, dass das schlanke, harmlose junge Mädchen nicht das war, was es zu sein schien. Obwohl ihr eigentlich nicht danach war, entschlüpfte es Marie: »Wenn ich ein Mann wär, würd ich mich glatt in dich verlieben.«

Als Kolja lächelte, sah sie die fehlenden Zähne in seinem Gebiss.

Sie legte die Papiere, die Severins jüdische Herkunft bewiesen, neben den bewusstlosen Kommissar. Wenn man ihn so hinter den Büschen fand, würde er eine Menge zu erklären haben.

»Warum?«

»Warum ich dir geholfen habe?«

Er blickte in ihre Augen.

»Weil es meine Schuld war, dass du als Mörder verurteilt worden bist. Ich habe dir die Kleider von Janz gegeben und dich in die Wohnung gelassen. Und der Polizei dadurch Beweise gegen dich geliefert. Darum habe ich nach dem wirklichen Mörder gesucht. Es ist Severin, der Janz umgebracht hat. Janz hat ihn mit den Papieren erpresst, weil Severin von einer Jüdin abstammt.«

Allmählich begriff er, warum Severin ihn bei den Verhören so oft und brutal danach gefragt hatte, ob er etwas von dem Toten mitgenommen hatte. Der Kommissar hatte natürlich nicht eine Minute lang geglaubt, dass Kolja der Mörder war, sondern befürchtet, er könnte die entlarvenden Papiere in seinen Besitz gebracht haben.

Er lächelte Marie an, die mit schnellen Schritten neben ihm herging. Es kostete ihn Mühe, mitzuhalten. Sein Ohr pochte, außerdem fand er es ungewohnt, in einem Rock herumzulaufen, dennoch fühlte er sich so lebendig wie nie zuvor. Es schneite wieder. Über Köln lag eine dünne weiße Schicht, die den Dreck übertünchte. Es war irgendwie feierlich, fand Kolja. Als er die Kälte der weißen Kristalle spürte, die auf ihn fielen und sein falsches Haar, seine Haut und seine Mädchenkleider benetzten, fühlte er sich seit langer Zeit wieder frei. Er streckte die Zunge aus. In seinem Mund verschmolzen die Schneeflocken mit seinem Speichel. Er lebte. Ein Lachen stieg in ihm auf.

Endlich lag der Bahnhof vor ihnen. Der Koffer in ihrer Hand schlug schmerzhaft gegen Maries Oberschenkel.

»Halt! Stehen bleiben!«

Gerade, als sie den Bahnhofsvorplatz erreicht hatten, versperrte ihnen ein Streifendienst der Hitlerjugend den Weg. Für einen Moment setzte Maries Herzschlag aus. Auch wenn der wirkliche Mörder entlarvt worden war, blieb immer noch das Verbrechen des Kontaktes einer Deutschen mit einem Fremdarbeiter bestehen.

»Heil Hitler!« Fast brüllte sie die zwei Worte, riss den rechten Arm hoch, gleichzeitig stieß sie mit dem linken Kolja an. Er schien sie zunächst nicht zu verstehen, endlich hob auch er den Arm und grüßte. Seine Stimme klang viel zu tief in Maries Ohren. Hoffentlich hatte der Scharführer das nicht bemerkt.

»Entschuldigung, wir haben es eilig. Unser Zug kommt gleich.«

Sie wollte sich so schnell wie möglich verdrücken und machte einen Schritt in Richtung Bahnhof.

»Hier geblieben«, krächzte der Scharführer, der sich gerade im Stimmbruch befand.

»Was ist denn?«

»Dein Rock ist total zerknittert.« Er wies auf Maries Uniform. Das musste in der Hitze des Gefechts mit Severin passiert sein.

»So eine schlampige Aufmachung ziemt sich nicht für ein deutsches Mädel.«

»Entschuldigung, ich –«

»Ruhe! Du redest erst, wenn du gefragt wirst. Ausweise her!«

Mit zitternden Fingern holte Marie ihren Pass und den von Ursels Tochter hervor. Der Streifenführer kontrollierte zunächst ihren Ausweis und gab ihn ihr mit einem strengen Blick zurück. Dann wandte er sich an Kolja und musterte ihn von oben bis unten. Marie bekam Angst. In diesem Augenblick bemerkte sie, dass sich Heinzi unter den Hitlerjungen befand und ihren Koffer anstarrte. Ihre Augen begegneten sich. Reglos sah er sie an.

»Unser Zug fährt in wenigen Minuten. Ich verspreche, es wird nicht wieder vorkommen.« Ein Gefühl von Panik breitete sich in ihr aus.

»Hier, Klara.« Der Scharführer lächelte Kolja an und klappte den Pass von Ursels Tochter zu. »Einem so hübschen Mädel und seiner Kameradin will ich mal keinen Ärger machen.«

Erleichterung erfasste Marie. Sie konnte es kaum glauben, als er seiner Gruppe endlich den Befehl gab, weiterzumarschieren. Heinzi ging nur Millimeter von ihr entfernt an ihr vorüber. Mit den Lippen formte sie ein Wort: »Danke.«

Heinzis Lider zuckten. Dann war er an ihr vorbei.

Auf dem zugigen Gleis trat Marie von einem Fuß auf den anderen. Jede Minute des Wartens kam ihr unerträglich vor. In diesem Augenblick fuhr der Zug ein. Mit viel Glück fanden sie sogar ein leeres Abteil. Sie schaffte es kaum, den Koffer ins Gepäcknetz zu bugsieren. Erschöpft ließ sie sich auf die Holzbank fallen. Auch Kolja wirkte müde. Sein Ohr hatte wieder zu bluten begonnen. Ein kleiner Blutstropfen lief seinen Hals hinab.

Marie dachte an Heinzi. War er froh, dass sie weg war? Vielleicht. Ihr fielen die Mutter und Günther ein. Sie hatte sich nicht einmal von ihnen verabschiedet. Jetzt war es zu spät. Mit dem Pass von Ursels Tochter würde Kolja hoffentlich unbehelligt über die deutsch-holländische Grenze kommen. Sie wollte mit ihm nach Amsterdam zu Hannah. Ihre Adresse hatte sie in der Rocktasche. Sie war zuversichtlich, dass sie sich bei ihr verstecken konnten. Sonst bot sich gewiss eine andere Möglichkeit. Aber nach Köln konnten sie und Kolja nie zurückkehren. Das war ein Abschied für immer. Ihr Blick fiel auf den Dom, an dem die Hakenkreuzfahnen wehten. Zum ersten Mal empfand sie das düstere Kreuz als bedrohlich. Langsam fielen Schneeflocken gegen das Zugfenster und blieben dort kleben. Der Dom verschwand hinter einer weißen Schicht. Marie nahm Koljas Hand. Sie fühlte sich warm und weich in ihrer an. Ratternd setzte sich der Zug in Bewegung.

Erläuterungen:

Die *Kükenschar* war für die sechs bis neun Jahre alten Kinder gedacht. Erst ab zehn wurde man Mitglied des Deutschen Jungvolks, um dann mit vierzehn in die Hitlerjugend zu wechseln. Das *Deutsche Jungvolk* in der Hitlerjugend war in Gebiete, Banne etc. bis hin zur Jungenschaft als kleinste Einheit unterteilt. Zur Hitlerjugend wurde auch der Bund Deutscher Mädel (BDM) gezählt. Ab zehn Jahren traten die Mädchen den Jungmädeln (JM) bei und wechselten mit vierzehn zum BDM.

Ein *Fremdarbeiter* war ein Arbeiter aus den im Krieg von den Deutschen besetzten Ländern (auch Frauen waren darunter), der nach Deutschland zwangsverpflichtet wurde. Fasst man heute unter den Begriff »Zwangsarbeiter«.

Das *Generalgouvernement* war die nationalsozialistische Bezeichnung für den polnischen Rest-Staat, der nach dem deutschen Überfall am 1.9.1939 und der damit verbundenen Angliederung der westpolnischen Gebiete an das großdeutsche Reich sowie der Besetzung von Ostpolen durch die Sowjetunion noch übrig geblieben war.

Kollege des Toten: Seit 1936 unterstand die gesamte Polizei dem Chef der deutschen Polizei, Heinrich Himmler (Reichsführer-SS). Als »Sicherheitspolizei« waren Gestapo (Geheime Staatspolizei) und Kriminalpolizei zusammengefasst. Die Gestapo rekrutierte ihre Mitarbeiter zum Teil aus den Reihen der Kriminalpolizei. Das erklärt, warum Horst Janz als Gestapo-Mann und Siegfried Severin als Kriminalkommissar Kollegen sein konnten.

Ein *Flaksoldat* wurde in Deutschland zur Luftabwehr eingesetzt. Die Flak war in der Militärsprache eine Flugabwehrkanone.

Pimock ist die kölsche Bezeichnung für Schuft.

Der *Schlageterplatz* ist der heutige Rudolfplatz, so genannt nach Albert Leo Schlageter, einem »Märtyrer« der Nationalsozialisten. Als französische und belgische Truppen 1923 das Ruhrgebiet besetzten, wurden Saboteure wie der Nationalsozialist Schlageter zum Tode verurteilt.

Seit über *zwei Jahren*, d.h. seit dem 6. September 1938, durften jüdische Metzger und Großschlächter den städtischen Schlachthof nicht mehr betreten.

Klein-Moskau hieß die Gegend hinter Nippes, in der besonders viele Kommunisten lebten.

Der *Adolf-Hitler-Platz* ist der heutige Ebertplatz.

Marienburg ist ein wohlhabender Kölner Stadtteil, in dem viele einflussreiche Nazi-Größen lebten.

Die *Kristallnacht*, auch Reichskristallnacht genannt, war ein von der Nationalsozialistischen Deutschen Arbeiterpartei (NSDAP) organisierter, von SA- und SS-Truppen ausgeführter Pogrom vom 9. bis zum 10.11.1938, bei dem Juden verhaftet und ermordet, Synagogen, jüdische Friedhöfe, Geschäfte, Büros und Wohnungen zerstört wurden.

Spangenberg und Winterberg waren SA-Männer, die am 24.2.1933, kurz nachdem die Nazis durch die Wahlstimmen der deutschen Bevölkerung an die Macht gekommen waren, am Kölner Hansaplatz und am Eigelstein von Kommunisten erschossen wurden. Kurz zuvor waren sie noch Rotfrontkämpfer gewesen. Nach dem Krieg wurden Walter Spangenberg und Winand Winterberg zu den Gefallenen des Zweiten Weltkriegs umgebettet.

Die Genossen des Opas, die im Klingelpütz *rausgeführt* wurden, gehörten zum kommunistischen Rotfrontkämpferbund und wurden im Juli 1933 vom Kölner Schwurgericht wegen Mordes an Spangenberg und Winterberg verurteilt. Sie hießen *Heinrich* Horsch, *Bernhard* Willms, *Otto* Waeser, *Hermann* Hamacher, *Josef* Engel und *Matthias* Moritz.

Stammkunden durften von den Lebensmittelhändlern bevorzugt werden.

Goldfasane war eine spöttische Bezeichnung für Amtsträger der NSDAP (Reichs-, Gau-, Kreis- und Ortsgruppenleiter bis hin zu den Zellen- und Blockwarten) aufgrund ihrer goldgestickten Rangabzeichen.

Badstraße heute Schaevenstraße.

Als der »Führer« den Krieg erklärte, hatten sie geglaubt, er sei *in wenigen Wochen vorüber*. Am Morgen des 1. September 1939 sprach Hitler: »Seit 5.45 Uhr wird zurückgeschossen.« Das war der offizielle Kriegsbeginn. Sogleich behauptete die deutsche Kriegspropaganda, dass der Krieg ein »Blitzkrieg« werde und die Deutschen den Sieg davontragen würden.

Seit der *Bewirtschaftung*, erlassen als »Kriegswirtschaftsverordnung« am 4. September 1939, wurde im großdeutschen Reich der Kauf von Nahrungsmitteln, Bekleidung und anderen Bedarfsartikeln durch Bezugskarten und Sonderregelungen reglementiert.

Bereits *im darauf folgenden Mai*, am 9.5.1940, zogen die Soldaten über die Ausfallstraßen Kölns in Richtung Frankreich, Belgien und Holland.

Röhmling war die Bezeichnung für Homosexuelle nach der Ermordung des homosexuellen SA-Stabchefs Ernst Röhm. In der so genannten »Nacht der langen Messer«, am 31. Juni 1934, erließ ein Standgericht in Berlin unter Leitung Hermann Görings ein Todesurteil nach dem anderen. In dieser »Säuberungsaktion« entledigte sich Hitler alter Rivalen und unliebsamer politischer Gegner, so auch Röhms.

Homosexualität (in Verbindung mit dem § 175) galt seit Kriegsbeginn als *politisches Verbrechen*. Übrigens ist der Strafbestand Homosexualität erst 1994 endgültig aus dem Strafgesetzbuch entfernt worden. Nach dem Krieg waren die bundesdeutschen Gerichte der Meinung, dass der Paragraph 175 auf rechtstaatliche Art und Weise zustande gekommen wäre und kein nationalsozialistisches Unrecht darstellte. Dementsprechend trauten sich die meisten Homosexuellen nicht, für erlittene Verfolgung Wiedergutmachung zu beantragen.

In den Konzentrationslagern wurden als »asozial« bezeichnete Inhaftierte mit einem *schwarzen Winkel*, einem Dreieck aus Stoff, gekennzeichnet, während z.B. politische Häftlinge einen roten tragen mussten. Tatsächlich war das Etikett »Asozialität« ein Vorwand, um alle jene Gruppen inhaftieren zu können, die sich nicht dem nationalsozialistischen Lebensstil unterwarfen oder unterwerfen konnten. So zum Beispiel Bettler, Alkoholiker, Prostituierte, Zuhälter, aber auch Roma und Sinti.

Alte Kämpfer waren diejenigen, die eine Mitgliedsnummer der NSDAP unter 100.000 besaßen.

Das *Horst-Wessel-Lied* wurde neben dem Deutschlandlied 1933 zur zweiten Nationalhymne. Gedichtet wurde es von Horst Wessel, einem Führer eines Berliner SA-Sturms, der 1930 aus privaten Motiven erschossen wurde und nach seinem Tod zu einem Partei-Märtyrer aufstieg.

Der *Horst-Wessel-Platz* ist der heutige Rathenauplatz.

Der *deutsche Blick* war eine ironische Bezeichnung dafür, dass man sich bei einem Gespräch, etwa auf der Straße, nach allen Seiten hin vergewisserte, dass auch niemand zuhörte, wenn man etwas gegen das Reich und die deutschen Politiker sagte.